„Wenn jemand eine Reise tut,
so kann er was erzählen"

Matthias Claudius
Deutscher Dichter und Lyriker

„Reisen bedeutet herauszufinden,
dass alle Menschen Unrecht haben mit dem,
was sie über andere Länder denken"

Aldous Huxley
Britischer Schriftsteller und Philosoph

„Lass deine Erinnerungen nie größer werden
als deine Träume"

Douglas Ivester
Amerikanischer Geschäftsmann

Bibliografische Information der Deutschen Nationalbibliothek: Die Deutsche Nationalbibliothek verzeichnet
diese Publikation in der Deutschen Nationalbibliografie;
detaillierte bibliografische Daten sind im Internet über
dnb.d-nb.de abrufbar.

TWENTYSIX
Eine Marke der Books on Demand GmbH

Herstellung und Verlag:
BoD – Books on Demand, Norderstedt

© Juli 2022 Markus Zang www.markuszang.de/kreativ

ISBN: 9783740707927

Einführung in die Welt der LiLa-Reiseabenteuer

LiLa steht für Liebe und Lachen und in der Kombination mit Reiseabenteuer können Sie sich denken, was Sie hier erwartet. Meine frei erfundenen Protagonisten nehmen Sie mit in die große weite Welt zu den schönsten Orten auf diesem Planeten und entfachen hoffentlich auch bei Ihnen Sehnsucht nach dem Unbekannten. Freuen sie sich auf Beziehungsdramen vor grandiosen Kulissen, spannende Abenteuer in der Wildnis, Liebe und Laster in Reinkultur und verrückte Begegnungen zwischen Menschen, die Sie nicht mehr so schnell vergessen werden.

Jedes Buch der LiLa-Reiseabenteuer-Reihe erzählt Geschichten aus einem anderen Land. Wer selbst schon einmal in diese Länder gereist ist, wird jeden dieser Orte nochmals emotional miterleben und dabei seine eigenen Erlebnisse auffrischen. Für alle anderen sind diese Geschichten wie ein Kurzurlaub für die Seele oder ein Trip in eine bisher unbekannte Welt.

Die Reihe der LiLa-Reiseabenteuer wird kontinuierlich fortgesetzt, also freuen sie sich schon jetzt auf alles was noch kommt...

Manni auf Abwegen

Lassen Sie sich in Band 1 unserer LiLa-Reiseabenteuer-Reihe in den Süden Afrikas, zu den schönsten Orten in Namibia und Botswana entführen und begleiten Sie „Manni" hautnah auf seiner höchst emotionalen und turbulenten Selbstfindungstour

Manni ist frisch getrennt und will seine Exfrau Inge möglichst schnell vergessen. Er muss Abstand gewinnen, zur Ruhe kommen und will sein Leben neu ordnen. Ein Kollege schwärmt ihm von Namibia vor und dass er dort die erhoffte Ruhe und Einsamkeit finden wird. Doch es sollte anders kommen.

Der Zufall und das Schicksal lassen Manni von einem Abenteuer ins nächste stolpern und was er da so erlebt, macht ihn zu einem völlig anderen Menschen …

1
Windhoek

Oh Mann, was war das für ein Flug. Warum gibt es bei den Sitzplatzreservierungen keine Gefahrenhinweise zum Körpergewicht oder zum Schnarch-Verhalten des Sitznachbarn? Ich bin ja auch nicht gerade schlank, aber wenn zwei so korpulente Menschen beim Versuch sich anzuschnallen ständig nur gegenseitig an den Arsch packen, weil keiner mit seiner Hand durch die Sitzspalte kommt um den Gurt zu fassen, wird es echt ungemütlich. Ich habe jetzt noch einen ganz feuchten Oberschenkel, weil mein Nachbar und ich uns jetzt zehn Stunden lang aneinander gerieben haben. Davon mal abgesehen, dass ich diesen Schweißgeruch jetzt bis zur nächsten Duschgelegenheit nicht mehr aus der Nase bekomme, werde ich vor Müdigkeit vermutlich nicht einmal stolperfrei ein Taxi besteigen können.

Inge hat mir mein Leben lang vorgeworfen, ich würde schnarchen, aber nach dieser Nacht weiß ich erst, zu welchen Geräuschen Menschen im Schlaf fähig sind. Immer dann, wenn ich mit tiefsitzenden Ohrstöpseln endlich ins Koma fallen wollte, spürte ich die wütenden Tritte der hinter uns sitzenden Fluggäste in meiner Rückenlehne. Offensichtlich sind nicht alle Fluggäste so rücksichtsvoll und friedlich wie ich, aber das Grauen hat nun ein Ende. In etwas mehr als einer Stunde werden wir hoffentlich in Windhoek landen, aber zuvor gilt es für mich noch die schwerste Prüfung im Flieger zu bewältigen, das Frühstück.

Sicherlich gibt es Menschen, die mögen Rührei, aber ich gehöre nicht dazu. Ich bekomme schon Anzeichen von Würgereiz, wenn ich Rührei am Buffet im Hotel unter der geschlossenen Edelstahlklappe nur erschnüffele, aber hier im Flieger wird es echt apokalyptisch. Da reißen dann über 300 Fluggäste die Folie ihrer Frühstücksbox ab und der ganze Flieger stinkt wie das Innere einer Geflügelfarm, in der man vergessen hat die Fenster auf Kipp zu stellen. Warum gibt es nicht einfach nur ein belegtes Sandwich mit Schinken oder Käse oder zwei Brötchen mit Marmelade, so wie es die Leute auch zuhause essen würden? Das Schlimme ist, dass ich nicht einmal ein Fenster aufmachen darf. Ich muss niemanden erklären, was die Kombination aus unfreiwilligem, nachbarschaftlichem Schweißabrieb und dem Gestank von Rührei auf 8.000 Metern Flughöhe für meine Nase bedeutet. Ich habe den Verdacht, dass die Fluggesellschaften nur wegen dieser morgendlichen Rühreiexzesse Kotztüten ins Netz des Vordersitzes stecken. Wenn ich meinen Nasenflügeln trauen darf, hat einer der Fluggäste in den hinteren Reihen sein Frühstück gerade an eine dieser Tüten wieder zurückgegeben. Ich bin offensichtlich nicht alleine mit meiner „Ei-Phobie".

Nach dieser Symbiose aus Erbrochenem, Rührei und dem Schweißgeruch meines korpulenten „Schnarch-Nachbarn", bin ich überglücklich den Flieger nach der Landung in Windhoek endlich verlassen zu dürfen.

Jetzt stehe ich hier in einer Wartehalle und keiner wartet auf mich. Normalerweise buche ich Pauschalurlaube und dann steht irgend so ein armer Wicht hinter der Absperrung und hält sein Schildchen hoch, bis er alle seine Schäfchen eingesammelt hat. Da brauchst du dann nur treudoof hinterherzulaufen und möglichst in den richtigen Bus einzusteigen, alles andere regelt irgendeiner. Urlaub beginnt im Kopf und wenn man sein Hirn für ein paar Tage abschalten darf, ist das echte Erholung. In diesem Moment regelt niemand was für mich und ich frage mich, ob ich mich nicht etwas überschätzt habe als ich diesen Trip nach Namibia gebucht habe. Namibia steht für Einsamkeit, für menschenleere Wüsten und absolute Ruhe, also für alles, was ich gerade so nötig brauche.

Ich habe im Moment keinen Bock auf Menschen, nicht nach dem, was ich die letzten Wochen erlebt habe. Deswegen habe ich auch keinen Pauschalurlaub und auch keine organisierte Rundreise gebucht. Meine Freunde haben mich gewarnt, regelrecht bekniet und meinten: „Wie doof ist das denn? Nach diesem ganzen Scheiß zuhause, machst du dir so einen Stress und willst in einem fremden Land alles selbst organisieren? Lass es, da wirst du doch niemals zur Ruhe kommen." Im Grunde genommen haben sie recht. Schon kurz nach der Landung wird mir klar, dass es keine besonders gute Idee war einfach nur den Flug zu buchen und dann zu schauen, worauf ich Lust habe. Im Moment habe ich Lust ein Schild zu sehen, auf dem steht: „Hallo Manni, herzlich willkommen in Windhoek!"

Dann würde ich brav hinterherlaufen und wüsste wenigstens ungefähr, wie es weitergeht. So stehe ich ziemlich verloren, mitten in einer Traube von Menschen, deren Sprache ich nicht verstehe und hoffe auf eine Eingebung. Früher hätte sich Inge um so etwas gekümmert, denn Inge kann gut Fremdsprachen. Heute kümmert sie sich aber um Joachim, denn mit ihm kann sie auch gut, zumindest besser als mit mir. Ich hätte nicht gedacht, dass ich meine Frau - oder sollte ich besser sagen „zukünftige Exfrau" - schon am ersten Tag meiner Reise vermissen würde. Inge hätte jetzt ganz resolut den nächstbesten Typen angequatscht, der einigermaßen intelligent ausgeschaut hätte und sich von ihm den Ausgang zeigen lassen. So ähnlich hat sie auch Joachim kennengelernt, aber der hat ihr noch ganz andere Sachen gezeigt. Über Joachim will ich jetzt aber nicht nachdenken, ansonsten versaue ich mir den ganzen Tag.

Ich trotte jetzt einfach den anderen Leuten hinterher, denn die wollen ja auch irgendwohin und sicherlich nicht in der Flughafenhalle übernachten, auch wenn einige so aussehen. Nicht wenige Frauen tragen offensichtlich bunte Bettdecken über der Schulter oder um ihre breiten Hüften und einige haben ihre Kopfkissenbezüge sogar um ihren Kopf gewickelt. Da ich im Flieger kaum schlafen konnte, habe ich ein wenig im Airline-Magazin geblättert und dort stand etwas über diese „Herero-Frauen". Das stolze Volk der Herero, das in der Stadt Windhoek wohl omnipräsent ist.

Hier im Flughafen sind sie es definitiv, aber es sind fast ausschließlich die Frauen, die so dermaßen ins Auge fallen. Als ich die Bilder im Magazin sah dachte ich, dass die Fotos schon ziemlich unvorteilhaft geschossen wurden, denn diese Herero-Frauen sahen in der Mitte ihres Bettdeckenbezuges ziemlich breit aus. Jetzt, da ich das alles in echt sehen darf, kommen mir die Fotos sogar noch schmeichelhaft vor. Inge war auch nie so richtig schlank, aber in dieser Gesellschaft würde sie definitiv als Gazelle durchgehen. Vielleicht tragen diese dicken bunten Tücher auch nur etwas auf? So etwas kann offensichtlich nicht jede Frau tragen. Tja, andere Länder, andere Sitten. Wenn ich allerdings die stolzen Blicke der dazugehörigen Männer sehe, scheinen die damit sehr glücklich zu sein. Ich dachte immer es wäre nur ein dummes Klischee, aber die Körperfülle einer Frau scheint in dieser Region von Afrika noch immer ein anerkanntes Statussymbol für Wohlstand zu sein. Namibia ist ganz offensichtlich ein sehr reiches Land, aber das kommt mir jetzt schon irgendwie gelegen, denn ich bin nicht wegen der hübschen Frauen hier, sondern um auf ganz andere Gedanken zu kommen.

Dieses Theater-Drama mit Inge und Joachim nagt noch ziemlich an mir und wenn ich nicht aufpasse, dann werde ich davon noch regelrecht zerfressen. Mit Inge hätte ich so eine Reise vermutlich niemals machen können. Inge braucht immer diese „Wohlfühl-Area" um sich herum, damit sie halbwegs zufrieden ist. Ich konnte ihr das wohl nicht im geforderten Maße bieten und deswegen war sie mir gegenüber in letzter Zeit alles andere als zufrieden, eher das Gegenteil.

Wenn jede noch so kleine Meinungsverschiedenheit immer gleich in Geschrei übergeht, dann hast du irgendwann nur noch Sehnsucht nach Stille und Frieden. Genau das suche ich jetzt in den Wüsten von Namibia.

Im Fernsehen habe ich auf ARTE letztens eine Dokumentation gesehen, in der europäische Touristen behaupteten, sie wären nach nur wenigen Tagen in Namibia in der Lage gewesen ihren eigenen Atem und ihren Herzschlag zu hören, so ruhig ist es in den abgelegenen Wüstenregionen. Ich bin sehr gespannt, ob auch ich mein Herz hören kann. Inge hat in unserer Trennungsphase behauptet, ich hätte gar kein Herz, aber vielleicht hat sie bei dem ganzen Trubel einfach nur nicht richtig hingehört. Wenn du dir immer wieder die gleichen Bilder oder Situationen in den Kopf rufst, dann glaubst du irgendwann an das, was du da denkst, egal ob es stimmt oder nicht. Inge hat über die Jahre ihre ganz eigene Wahrheit entwickelt und so wie es aussieht, trage ich eine ganz andere in mir. Auf jeden Fall liegt mir diese im Moment ganz schön schwer auf meinen Schultern. Ich brauche dringend andere Bilder in meinem Kopf. Ich will mich selbst wieder spüren und vielleicht spricht dann auch mein Herz wieder zu mir. Es kann natürlich sein, dass es schon die ganze Zeit zu mir spricht, aber was willst du machen, wenn du es vor lauter Geschrei nicht hören kannst? Hier in Namibia wird keiner schreien, höchstens ein paar Wildkatzen oder Raubvögel.

Kaum habe ich diesen Gedanken gedacht, hallt mir hektisches Geschrei entgegen. Ein junger Typ neben mir wollte eine dieser bunten Herero-Frauen fotografieren und steht nun kreidebleich, wie zur Salzsäule erstarrt neben mir und blickt angstvoll in die Richtung aus der die Schreie kommen. Dieser Schnappschuss war wohl keine gute Idee. Selbst ich, der keine Ahnung von den guten oder schlechten Sitten im südlichen Afrika hat, spürt, dass man das nicht hätte tun sollen. Das Objekt der fotogenen Begierde stößt einen spitzen Schrei nach dem anderen aus und aus allen Ecken kommen aufgebrachte Männer herangespurtet, die in einer mir unverständlichen Sprache auf den jungen Kerl verbal einschlagen, dass man Angst um sein Leben haben könnte. Gottseidank bleibt es nur bei den lautstarken und sehr emotionalen Zurecht-weisungen und endet nicht noch in körperlichen Angriffen.

Ich habe mal in einem Buch gelesen, dass indigene Völker im Amazonasgebiet Angst vor Fotoapparaten haben, weil sie dachten, diese würden ihre Seelen einfangen. Keine Ahnung, warum das hier jetzt so ausgeartet ist, aber es scheint ein ungeschriebenes Gesetz zu sein, dass man diese Frauen nicht fotografieren soll. Ich werde es mir merken. Es reicht, wenn ich mit Inge Stress habe.

Gottseidank sprechen hier ein paar Leute einigermaßen Englisch und jetzt stehe ich am Schalter einer Mietwagenfirma und muss feststellen, dass es doch schwieriger ist als gedacht.

Ich habe mir schon öfter Mietwagen angemietet, aber das war dann meistens auf einer dieser kanarischen Inseln, in Italien oder irgendwo in Griechenland. Da kommst du mit einem Kleinwagen meistens überallhin, aber hier scheint das so nicht zu funktionieren. In meinem Budget hatte ich einen Kleinwagen einkalkuliert und jetzt schüttelt mein Gegenüber heftig mit dem Kopf und will mir keinen Schlüssel aushändigen, nur weil ich das Stadtgebiet von Windhoek verlassen und Richtung Namib-Naukluft Nationalpark fahren will. Soweit ich weiß, führen dorthin ordentlich asphaltierte Straßen und da sollte so ein kleiner Citroen oder ein Fiat doch ausreichen, also was soll das jetzt mit dem vierradgetriebenen Offroader? Das ist doch sicher nur Geschäftemacherei, oder? Wenn ich in diesem Moment gewusst hätte, was mich in Namibia erwartet, wäre ich sicherlich auf seine Einwände eingegangen, bin ich aber nicht. So haben wir uns auf einen Fiat 500 geeinigt, für den ich allerdings versicherungstechnisch einen nicht gerade geringen Zusatzbeitrag zahlen soll. Hätte ich den Vertrag doch nur richtig durchgelesen, dann wäre mir die „Abschleppklausel" vermutlich aufgefallen, aber ich wollte einfach nur weg vom Flughafen und der Hektik der Stadt. Also alles unterschreiben, Schlüsselübergabe, Koffer rein und los geht`s. Das mit dem Koffer hatte ich mir auch anders vorgestellt. Erstens gab es bisher immer freundliche Busfahrer oder Hotelbedienstete, die mir den Koffer abgenommen haben und zweitens musste ich frustriert feststellen, dass italienische Kleinstwagen rollenkofferuntauglich sind, zumindest für den, den ich mir gepackt hatte.

Wie kann man nur Autos in dieser Größe bauen, bei denen man nicht einmal die Rückbank umlegen kann? Nach ungefähr 20 Minuten hatte ich meinen riesigen Rollenkoffer irgendwie auf die Rückbank gewuchtet, ohne gleich für 2.000 € Lackschäden zu verursachen und wäre am liebsten umgehend in die nächste Klinik gefahren, um mir eine Schmerzspritze in meine Lendenwirbel verpassen zu lassen.

2
Unterwegs

Ich wollte es ja so, aber so ganz alleine ist auch irgendwie doof. Nach all dem aufgestauten Frust der letzten Wochen brauche ich dringend jemanden der mir zuhört, bei dem ich all meinen „Müll" loswerden kann, aber außer mir ist keiner da und so langsam habe ich keine Lust mehr auf diesen ewig vor sich hin nörgelnden Typen, der meine Sonnenbrille trägt. Ich frage mich, ob ich früher auch öfter so muffig drauf war. Ich meine diese eher pessimistische Grundhaltung, bei der du unterschwellig nach jeder sich bietenden Gelegenheit geierst, in der du jemanden kritisieren oder ihm für irgendwas die Schuld in die Schuhe schieben kannst. Vielleicht ist das auch einer dieser unausgesprochenen Gründe, warum Inge mich verlassen hat? Gerade jetzt als ich mich in meinem Rückspiegel betrachte, denke ich, dass ich mit so einem Menschen nicht wirklich gerne unterwegs sein möchte. Vor allem nicht in dieser Wüstengegend, in der du wenige Alternativen hast, wenn es um adäquate Gesprächs-partner geht. Gut, dass ich eine Sonnenbrille aufhabe, denn wenn ich mir jetzt in die Augen schauen könnte, würde ich vermutlich feststellen, dass ich einen tieftraurigen Blick habe, der so überhaupt nicht zur Urlaubsfreude passt. Naja, genau genommen ist das hier alles andere als Urlaub. Erholung fühlt sich anders an. Früher habe ich Inge hin und wieder vorgeworfen, sie würde den Unterschied zwischen einer Reise und einem Urlaub nicht kennen.

Ich hatte darüber was in einem Reise-Magazin gelesen und wollte mal wieder oberschlau daherreden. Ich fand, es hörte sich auch irgendwie überzeugend an, das dachte ich zumindest. Jetzt, da ich zum ersten Mal tatsächlich auf Reisen bin muss ich nüchtern feststellen, dass theoretisches Wissen und praktische Erfahrung ganz schön auseinander-klaffen. In dieser einsamen Gegend denke ich unaufhörlich daran, was ich tun soll, wenn das Auto plötzlich eine Panne hat, oder mir das Benzin ausgeht. Wenn du am Pool einer Vier-Sterne-Hotelanlage liegst, hast du diese Sorgen definitiv nicht. Am Pool kannst du dich mit all diesen mehr oder weniger attraktiven Bikini-Frauen ablenken oder dir mit ein paar Cocktails die Sorgen wegsaufen, aber danach brauchst du hier in dieser Einöde erst gar nicht zu suchen.

Bis zum Horizont nur Brauntöne, Grautöne, Rottöne und hin und wieder ein verdorrter Strauch. Die Straße verläuft seit gefühlten zwei Stunden schnurstracks geradeaus, sodass ich Angst haben muss einzuschlafen. Mir sind seit Windhoek gerade mal ein Dutzend Autos entgegengekommen und ich habe mich jedes Mal echt darüber gefreut. Wenn nicht diese endlosen Weidezäune links und rechts der Straße wären, könnte man meinen, dass man auf dem Mond unterwegs ist. Ich frage mich seit Stunden, warum man diese Zäune dahin gebaut hat? Bei uns in Deutschland findest du in der Nähe des Zaunes immer ein paar neugierige Tiere, die versuchen den Kopf zwischen den Draht zu stecken, weil sie glauben, dass das Gras auf der anderen Seite besser schmeckt.

Hier wächst nichts, was einem Tier schmecken könnte, weder auf der einen, noch auf der anderen Seite des Zaunes. Was lebt dort überhaupt? Ich habe bisher weder Kühe, noch Rinder und auch keine Schafe oder sonst irgendwelche Tiere gesehen.

Angeblich soll es in Namibia die meisten Skorpione auf der ganzen Welt geben, aber die verstecken sich vermutlich gerade alle unter den Milliarden Steinen, die hier überall auf dem Wüstenboden rumliegen. Die trauen sich nicht einmal über die Straße zu huschen, obwohl sie das bei den wenigen Autos durchaus wagen könnten. Denen ist das bestimmt zu heiß. Wenn ich gewusst hätte, wie heiß sich 45 Grad in einem schlecht klimatisierten Fiat 500 mitten in der Wüste Namibias anfühlen, wäre ich sicherlich nicht um diese Uhrzeit losgefahren. Ich habe in einem Reiseführer gelesen, dass man in Namibia nach Einbruch der Dunkelheit möglichst nicht mehr mit dem Auto unterwegs sein soll, das wäre zu gefährlich. Angeblich wegen der Tiere! Was für Tiere? Selbst wenn es hier welche gäbe, würden die doch alle hinter irgendeinem Zaun zum Stehen kommen, oder? Angeblich sollen hier in Namibia viele Elefanten leben, was mir beim Anblick dieser endlosen Wüsten ohne Bäume, Sträucher oder auch nur einem winzigen Wasserloch schwerfällt zu glauben. Vielleicht bin ich auch nur noch nicht dort angekommen wo die Elefanten leben? Wenn es hier Elefanten gäbe, dann wären die Zäune doch sicherlich alle niedergetrampelt, oder?

Während meine müden Blicke von links nach rechts zum jeweiligen Horizont schweifen, stelle ich mir vor wie es wäre, wenn hinter all diesen Zäunen tausende glückliche Kühe auf saftig grünen Weiden grasen würden. Plötzlich taucht vor mir, wie aus dem Nichts, eine Kreuzung auf. Ein großes Schild verspricht Erlösung: Namib-Naukluft Nationalpark 30 Km. Nationalparks sind immer etwas Besonderes, also wird es hier auch nicht anders sein. Inge und ich waren mal vor einigen Jahren im Nationalpark Berchtesgadener Land und ja, dort war es ganz besonders schön, selbst mit Inge, die es nicht unbedingt in die Natur zieht. Ich erinnere mich gerne an die knusprige Schweinshaxe und das kalte Weizenbier im Biergarten am See. Herrlich! Ich glaube, die Hitze macht mir echt zu schaffen, ich bekomme langsam schon Wahnvorstellungen.

Erst die glücklichen Kühe auf saftig grünen Weiden und jetzt die Vision vom eiskalten Weizenbier mit Blick auf einen Gebirgssee. „Manni, bleib cool, du bist in Namibia und hier gibt es keine Gebirgsseen" höre ich mich bestimmend, aber nicht unhöflich vor mich hinsagen. Ist das nicht krank? Da setzt du dich zehn Stunden lang in ein Flugzeug, weil du Fernweh hast und unbedingt mal was anderes sehen willst und kaum bist du da, sehnst du dich nach dem, was du zuhause gerade hinter dir lassen wolltest. Fernweh ist wohl so eine Art Krankheit und kann sogar weh tun, steckt ja sozusagen schon im Wort.

Jetzt bin ich aber hier in Namibia und ich werde diese zwei Wochen genießen, jawoll! Wenn ich jetzt im Berchtesgadener Land wäre, dann würde ich bestimmt nur an Inge denken, wie sie nörgelnd neben mir hertrottet und hörbar vor sich hin schimpft, was Menschen überhaupt antreibt freiwillig durch den Wald zu laufen, wo es hier doch nur schmutzig ist und überall kleine eklige Tiere über den Boden krabbeln. Inge und ich hatten es nach diesem Urlaub in Bayern endgültig aufgegeben, etwaige Gemeinsamkeiten oder Hobbys zu finden, die uns beide begeistern. Wenn ich jetzt so darüber nachdenke, gab es verdammt wenige Gemeinsamkeiten die uns verbanden. Mein Vater hatte mir damals kurz vor der Hochzeit ins Ohr geflüstert: „Gegensätze ziehen sich an, mein Junge, also mach dir nicht so einen Kopp!" Klar, fand ich das spannend, mit einer so ganz anderen Frau zusammen zu sein als mit meiner Mutter, mit der ich fast 30 Jahre unter einem Dach lebte. Ich kann mich bis heute nicht davon freisprechen, dass ich bei Frauen häufig darauf achte, dass sie meiner Mutter ähnlich sind. Angeblich sollen Menschen bei der Partnerwahl unbewusst nach Charaktereigenschaften suchen, die sie von ihren Müttern oder Vätern kennen. Auf der einen Seite macht es das Zusammenleben sicherlich leichter, weil jeder vom anderen ungefähr weiß, wie er oder sie in bestimmten Situationen reagiert. Allerdings kann das Leben dann auch irgendwann einmal zu berechenbar und langweilig werden. Deswegen war Inge für mich eine willkommene Abwechslung in meinem Leben, das zu diesem Zeitpunkt ein wenig müde und zu sehr eingefahren wirkte.

Die Anziehung der Gegensätze ist kein physikalisches Gesetz, auf jeden Fall gilt es nicht für Paarbeziehungen. Wenn es ein physikalisches Gesetz wäre, dann würde es immer und für jeden gelten und nicht nur für maximal ein oder zwei Jahre zu Beginn einer Beziehung. Wenn ich damals etwas besser darüber informiert gewesen wäre, dann hätte ich vermutlich schon vor unserer Hochzeit bemerken können, dass diese Gegensätze auf Dauer eher abstoßend als anziehend wirken. Aber was wäre denn die Alternative gewesen? Hätte ich eine „gleichgeartete" Frau wie meine Mutter heiraten sollen, die vermutlich von Anfang an reibungslos funktioniert hätte? Meine Kollegen haben schon öfter von einer gut funktionierenden Ehe oder Beziehung gesprochen und früher dachte ich immer, wie langweilig das klingt, so gar nicht nach Romantik, Sehnsucht oder Spannung. Heute bin ich schlauer, aber so wie mein Vater seine eigenen Erfahrungen sammeln musste, so werde ich das auch tun müssen, denn Inge wird vermutlich nicht meine letzte Beziehung sein, so hoffe ich zumindest.

Jetzt habe ich mir aber erst einmal eine Auszeit verordnet. Keine lockenden Frauen am Hotelpool oder beim Beach-Volleyball, sondern die pure Einsamkeit. Bevor ich nach einer neuen Beziehung suche, muss ich mich erst einmal selbst wiederfinden. Wenn ich jetzt eine andere Frau kennenlerne, würde die wahrscheinlich alles abkriegen, was sich bei mir und Inge in all den Jahren aufgestaut hat. Das wäre unfair und würde vermutlich im Chaos enden.

Ich bin mir nicht sicher, ob diese zwei Wochen tatsächlich ausreichen zu mir selbst zurück zu finden, aber in diesem endlos flachen Land ohne Hecken und Sträucher kann ich mich offensichtlich nirgends verstecken und das macht es hoffentlich leichter.

Vor mir taucht ein leicht verwittertes Schild „Willkommen im Namib-Naukluft Nationalpark" auf und das meine ich wörtlich. Das steht da in deutscher Sprache und urplötzlich kommt mir wieder in Erinnerung, dass es vor vielen Jahren mal eine unrühmliche Verbindung zwischen Namibia und Deutschland gab. Mein Opa hat mir früher, als er noch lebte, hin und wieder das „Rommel-Lied" vorgesungen, so wie er es in der Schule auswendig lernen musste. Irgendwas von Stolz, Schweiß und Blut. Davon mal abgesehen, dass die meisten Fanlieder von Fußballvereinen ähnliche Textzeilen haben, ging es beim „Rommel-Lied" um Panzer und den heldenvollen Siegeszug der Nazi-Truppen im südlichen Afrika. Rommel war wohl ein bekannter General oder irgend so ein hohes Tier beim Militär, den sie Wüstenfuchs nannten, der hier damals für Zucht und Ordnung sorgen sollte, zumindest hat das mein Opa so ausgedrückt. Dass er im Zusammenhang mit Afrika auch gerne das „N-Wort" verwendete, habe ich in den Jahren nach seinem Tod versucht zu verdrängen, weil ich es nicht nur peinlich, sondern auch menschenverachtend empfand. Ich glaube allerdings, im Grunde genommen hat er es nicht böse gemeint.

Auf jeden Fall scheint sich die deutsche Sprache in Namibia immer noch an der einen oder anderen Ecke zu zeigen, denn auch in Windhoek ist mir das schon aufgefallen. Da gibt es offensichtlich eine ganze Menge Geschäfte und Läden mit deutsch klingenden Namen. Auch wenn ich hier in deutscher Sprache willkommen geheißen werde, so erinnert mich hier nichts, also absolut gar nichts an Deutschland. Wo ist denn dieser Nationalpark? Ich kann gegen die tiefstehende Sonne nicht alles sehen, aber das was ich gerade sehe, sieht genauso aus wie das, was ich schon seit Stunden vor Augen habe, allerdings ohne die Zäune am Straßenrand und zugegebenermaßen etwas hügeliger.

Sollte ich nach dem einseitig geplanten Abgang von Inge jetzt etwa die nächste schwere Enttäuschung erleben? Mein Arbeitskollege sagte mir vor ein paar Monaten: „Manni, wenn du die schönste Ecke von Afrika sehen willst, dann musst du unbedingt nach Namibia in den Namib-Naukluft Nationalpark. Guck dir Sossusvlei an, das ist der Hammer!" Mein Kollege kam aus dem Schwärmen überhaupt nicht mehr raus und da sonst keiner aus der Runde in der Büroküche jemals auch nur annähernd im südlichen Afrika war, hatte ihm auch keiner widersprochen. Im Moment wäre ich also der Einzige, der ihm vehement widersprechen würde. Zugegeben, diese unterschiedlichen Braun-, Grau-, Ocker- und Rottöne der bizarren Felsformationen bieten den grün-verwöhnten „Europäer-Augen" einen ungewohnten und wirklich spektakulären Anblick.

Hier hat sich ganz offensichtlich einer mit dem Farbkasten der Natur ausgetobt und wenn ich mir das in der zwischenzeitlich tief stehenden Sonne so betrachte, dann hat es sogar was Beruhigendes. Beim kurzen Blick auf meine Uhr macht sich dann allerdings Unruhe breit. Die Sonne steht tief und das bedeutet, dass sie bald untergeht. In meinem Reiseführer steht ausdrücklich, dass ich nicht in der Dunkelheit auf der Straße bleiben soll und wenn ich das richtig gelesen habe, dann wird es in diesen Breitengraden verdammt schnell dunkel.

Da ich bereits stundenlang durch menschenleeres „Nirvana" gefahren bin, kann ich mir gerade schlecht vorstellen, dass ich hinter der nächsten Biegung ein schönes Hotel mit einem freien Zimmer finde und genau das macht mich unruhig. Würde ich in diesem Moment in einem Reisebus sitzen, dann könnte ich den Blick auf den Farbkasten genießen, mir ein eiskaltes Bier aus der Kühlbox greifen und mich schon mal auf ein leckeres Abendessen und ein gemütliches Bett im vorreservierten Hotel freuen. Diese beruhigende Gewissheit geht mir gerade völlig ab und weicht einer Panik, wie ich sie schon lange nicht mehr gespürt habe. Natürlich hatte ich schon häufiger Panik, aber das waren dann eher so Sachen, wie zum ersten Mal selbst in der Küche stehen und Gästen was kochen zu müssen, oder das erste Mal Sex, wobei ich heute noch nicht sicher bin, was von beidem schlimmer war.

Was mache ich denn, wenn es jetzt tatsächlich von der einen auf die andere Minute dunkel wird? In meiner Fantasie sehe ich in meinem Scheinwerferlicht, wie Abermillionen von Skorpionen über die Straße krabbeln und mir den Weg versperren. So viele, dass ich nicht mehr weiterfahren kann und diese meinen Fiat 500 Stück für Stück auffressen, bis sie mich selbst bis auf die Knochen abgenagt haben. Oh Mann, ich habe in den 80er Jahren definitiv zu viele Insekten-Horror-Filme im Kino geguckt. Manni, reiß dich am Riemen!

Irgendwo müssen die Touristen ja wohnen, die bei ihrer Rundreise ein Hotel zum Übernachten brauchen und dieser Nationalparkt steht ganz sicher auf der Liste aller Reiseveranstalter. Als ob mich eine übergeordnete Macht erhört hätte, taucht hinter der übernächsten Biegung tatsächlich etwas auf, das nach einer Kleinstadt im Nirgendwo aussieht. Das mit der überfallartigen Dunkelheit ist übrigens keine Angstmacherei, sondern harte Realität. Ich bin wirklich froh, dass ich wenigstens noch in einem Mindestmaß an Dämmerung auf dem Parkplatz angekommen bin. Viel später hätte ich nicht ankommen dürfen. Ich werde es mir für die nächsten Tage merken. Jetzt aber schnell ein Zimmer buchen und dann ab zum Abendessen.

3
Im Hotel

Vielleicht hätte ich mich vorher besser auf diese Reise vorbereiten sollen. Meine Freunde hatten recht: Ich bin verrückt! „Aber ich will auch manchmal ein bisschen verrückt sein", flüstert eine trotzige Stimme in mir, „deswegen bin ich doch hier". Mangelnde Vorbereitung hat einen entscheidenden Vorteil und einen entscheidenden Nachteil. Der Vorteil ist, du lernst zu improvisieren und der Nachteil ist, du zahlst dafür einen hohen Preis. Natürlich war das Hotel weitestgehend ausgebucht, das hätte ich mir denken können, denn es ist Hauptsaison für die Touristen. Ich habe es nicht genau nachgerechnet, aber es waren gefühlte 50% Preisaufschlag für das letzte Zimmer. Wenn ich sage „das letzte", dann meine ich auch „das letzte"! Inge wäre schreiend zur Rezeption gelaufen und hätte sich wie eine Elster in der Brunftzeit aufgeführt, solange, bis irgendein Bediensteter das Ungeziefer entfernt und die Staubflusen unter dem Bett weggesaugt hätte, aber ich bin zu meiner eigenen Überraschung völlig ruhig geblieben.

Das war eine ganz neue Erfahrung für mich. Einfach mal annehmen, was das Leben an Überraschungen für mich bereithält und gucken was passiert. Im Grunde genommen bin ich heilfroh, dass ich überhaupt einen Schlafplatz gefunden habe. Ich frage mich ernsthaft, was ich ansonsten gemacht hätte, wenn die mir nicht dieses Zimmer gegeben hätten?

Natürlich schmolle ich noch ein bisschen wegen dem Preisaufschlag, aber manchmal muss man im Leben Lehrgeld bezahlen und da bin ich keine Ausnahme. Nachdem ich mit meiner Schuhspitze getestet habe, dass sich die vertrockneten und angestaubten Skorpione auch tatsächlich nicht mehr bewegen, habe ich meinen Koffer auf's staubige Bett geknallt und bin gleich runter in den Speisesaal. Dass es hier überall etwas staubig ist, kann ich nachvollziehen. Nicht nur, dass da draußen alles mit Staub bedeckt ist und der Wind dir den ganzen Tag die Staubkörner regelrecht durch die Nasenflügel direkt ins Hirn pustet, nein, selbst hier im Speisesaal findest du kleine Sandhäufchen unter den Tischen. Die stammen ganz offensichtlich von den Schuhen der Touristen. Die halbe Wüste steckt noch in den Sohlen und die Schwerkraft macht den Rest.

Es scheinen übrigens noch mehr Deutsche hier im Hotel zu sein, denn ansonsten würde ich hier nicht so viele Menschen mit ihren klobigen, verdreckten Wanderschuhen sitzen sehen. Mein Kumpel Pascal ist ein Reisender vor dem Herrn und der hat mir mal erzählt, dass du deutsche Touristen auf dem ganzen Planeten immer an den klobigen Wanderschuhen und den neonfarbenen „High-Tech-Wander-Rucksäcken" erkennst. Die schleppen immer ihre Fotoausrüstung und die ganzen Wertsachen mit sich rum, weil sie offensichtlich wenig Vertrauen in die Menschen haben, deren Kultur sie gerade dabei sind zu erkunden.

Pascal hat mir auch was von Jack-Wolfskin-Jacken erzählt und dass diese Outdoor-Bekleidungsfirma wohl über 90% der angeblich absolut wasserdichten Jacken nach Deutschland verkauft. Die Deutschen würden diese Jacken dann meistens auf Reisen in Ländern anziehen, in denen es so gut wie nie regnet. Pascal hat gnadenlos darüber gelästert, doch wenn ich jetzt sehe, wie viele dieser Jacken tatsächlich über den Stuhllehnen hängen, muss ich auch etwas grinsen. In dieser Jahreszeit liegt die Regenwahrscheinlichkeit in Namibia bei „Null-Komma-Null!

Inge hätte mir im Speisesaal jetzt erklärt, warum die Schuhe, die Zipp-Wanderhose und die Outdoor-Jacke der einen oder anderen Frau überhaupt nicht zusammenpassen würden und anschließend mindestens eine Stunde von ihrer befreundeten Farb- und-Stil-Beraterin erzählt. Inge war das Äußere schon immer wichtig und deswegen frage ich mich gerade, was sie an mir überhaupt anziehend fand? Als wir uns kennenlernten, war ich noch nicht so korpulent wie heute. Naja, Inge hat schon immer behauptet ich wäre etwas korpulent, auch wenn sie es anfangs freundlicher formulierte. Meine neue Kollegin aus der Buchhaltung meinte vor ein paar Wochen, ich wäre nicht dick oder korpulent, sondern würde einfach nur aussehen wie ein richtiger Mann, so wie sie es mag. Ich denke es gibt auch bei Frauen Zeichen der Anmache, die man einfach nicht übersehen oder wie in diesem Fall überhören kann. Vielleicht wollte sie auch nur ein Kompliment erwidert bekommen, weil sie selbst wie eine „richtige" Frau aussieht.

Wie sehen überhaupt „richtige" Frauen aus? Mein Ex-Schwager Edgar ist zum Beispiel ein absoluter Fan von diesen superschlanken „Gazellen", wie er sie gerne nennt. Ich finde das passt irgendwie zu Afrika und wenn wir schon mal dabei sind, bleibe ich bei den Tiervergleichen. Edgar würde ich übrigens der Kategorie Wasserbüffel zuordnen, weil er nicht nur etwas gedrungener wirkt, ziemlich breite Hüften hat, meistens mit längeren und ungepflegten Haaren rumrennt, sondern auch, weil er sein halbes Leben im Hallenbad verbringt. Nicht wegen dem Schwimmsport und der Fitness, sondern weil Edgar dort als Bademeister arbeitet. Auf jeden Fall ist Edgar davon überzeugt, dass er und seine Kumpels sich bei den Frauen niemals in die Quere kommen, weil jeder seiner Kumpels andere Vorlieben hätte. Er erzählte mir mit hingebungsvoller Begeisterung von Gazellen, Leoparden und Löwen, allerdings ohne diese ordentlich zu gendern. Im Nachgang folgten auch ein paar provokative Vergleiche mit Nilpferden und Elefanten, wobei er sich dabei etwas zurückhielt, weil er mich nicht verletzen wollte. Ich selbst würde mich als Bär bezeichnen, so ein Kuschelbär mit großen Tatzen, einem Stiernacken und kräftigen Beinen, der beim Laufen für gewöhnlich etwas schwankt, weil ihm sein Bauch etwas aus der Form geraten ist. Hier in Namibia gibt es keine Bären und deswegen fühle ich mich vielleicht auch etwas fehl am Platz. Inge würde ich nach meiner persönlichen Kategorisierung übrigens den Hyänen zuordnen.

Oh Mann, warum bin ich nur so feindselig? Eigentlich wollte ich hier in Namibia doch runterkommen und meine „bad-vibrations" zuhause lassen. Apropos Hyänen, wenn ich hier sehe, wie die Leute sich auf ihr Essen stürzen, scheint es entweder besonders gut zu schmecken oder sie haben den ganzen Tag über nichts Gescheites zu Futtern bekommen. Da fällt mir gerade ein, dass ich den letzten Lebensmittelmarkt am Stadtrand von Windhoek gesehen habe. Was mache ich denn, wenn ich morgen nach dem Frühstück keine Gelegenheit mehr finde Lebensmittel einzukaufen? Noch viel wichtiger ist Wasser! Ich habe heute im Auto fast drei Liter Wasser gesoffen, trinken kann man das nicht mehr nennen. Mehr habe ich nicht dabei. Ich könnte natürlich die leeren Plastikflaschen mit Wasser aus dem Wasserhahn auffüllen, aber ich habe gelesen, das sollte man definitiv nicht tun. Das hat wohl was mit Keimen oder irgendwelchen Bakterien zu tun, auf jeden Fall ist es nicht gut für meinen Magen oder meine Darmwindungen.

Ich stelle mir gerade bildhaft vor, dass ich deswegen auf der Straße rechts ranfahren muss und dann findest du auf 100 Kilometer keinen einzigen Strauch, hinter den du kacken könntest. Ich habe auf der Fahrt von Windhoek hierher kein einziges Dixi-Klo oder sowas in der Art am Straßenrand gesehen, geschweige denn ein Raststätten-Klo mit Wasserspülung. Darüber steht natürlich nichts in meinem Reiseführer. Über jeden unwichtigen Scheiß stehen dort seitenlange Kommentare und Empfehlungen, aber über die existenziellen Themen schweigen die Autoren sich aus.

Vielleicht sollte ich heute Abend an der Bar eine dieser „Jack-Wolfskin-Frauen" ansprechen, denn die haben bestimmt auch feuchtes Toilettenpapier in ihren Rucksäcken. Sicher ist sicher. Doch eines nach dem anderen. Zuerst einmal die Nahrungsaufnahme, bevor ich mich mit dem beschäftige, was unvermeidlich hinterherkommt. Was steht denn auf der Speisekarte? „Rommel sei Dank" ist die Speisekarte nicht nur auf Englisch, sondern auch in deutscher Sprache. Zumindest finden sich dort kryptische Buchstabenkombinationen die einen auf die richtige Spur bringen könnten. Dafür, dass ich hinter all diesen Weidenzäunen keine Tiere gesehen habe, scheint es in Namibia doch eine ganze Menge Tiere zu geben, zumindest finden sich die üblichen Hühnchen-, Lamm- und Rindfleischgerichte auf der Karte. Ich vermisse Zebra, Springbock oder Elefantenfleisch.

Spaß beiseite, ich bin Vegetarier, aber genau hier fängt es jetzt an kompliziert zu werden. In Windhoek war das kein Problem, da gab es an jeder Ecke einen Imbiss, bei dem man sich auch fleischlos ernähren konnte, aber diese Speisekarte hier scheint ausschließlich für Karnivoren gemacht zu sein. Immerhin stehen acht verschiedene Menü-vorschläge mit unterschiedlichen Beilagen darauf, also genau genommen zwei unterschiedlichen Beilagen, aber alles nur in Kombination mit irgendeinem Stück toten Tier auf dem Teller. Kein Wunder, dass da draußen keine mehr rumlaufen.

Einfach nur einen Salat essen geht nicht, weil der Salat möglichweise mit bakteriell verseuchtem Wasser gewaschen wurde und dann nutzen auch keine Feuchttücher mehr. Es wird angeraten nur Gekochtes oder Gebratenes zu essen. Dann will ich es mir mit meinem Magen nicht gleich zu Beginn der Reise verscherzen und bestelle einfach nur einen Teller Pommes mit Ketchup.

Als mein Essen nach 20 Minuten endlich kommt, kann ich zumindest die mitgelieferte Ketchupflasche als solche eindeutig erkennen, aber mit dem, was da auf dem Teller liegt habe ich meine Probleme. Was hat das hier mit den knusprigen Pommes Frites zu tun, die ich von deutschen Imbissbuden kenne? Okay, das sind irgendwie länglich geformte Kartoffelspalten mit Schale, die auf irgendeine Art mit Frittieröl Kontakt hatten. Trotzdem sieht das eher nach Kartoffeleintopf oder Kartoffelsuppe aus, wie sonst sollte da so viel Flüssigkeit auf den Teller gekomen sein? Nachdem ich vorsichtig den ersten Bissen probiert habe, wurde mein Verdacht bestätigt, dass es sich bei dieser Flüssigkeit tatsächlich um reines Bratfett aus der Fritteuse handelt. Wie haben die das nur gemacht? Ich glaube, ich will mir das in diesem Moment nicht vorstellen. Jetzt habe ich die Wahl zwischen übermäßig fetten Pommes, einem möglichweise mit Keimen verseuchten Salat oder einer unruhigen Nacht mit knurrendem Magen. Durchfall oder schlaflose Nacht? Ach verdammt, ich habe Hunger und wenn das die anderen Leute an ihren Tischen essen, dann wird es auch mich nicht umbringen.

Am nächsten Morgen wird mir schmerzhaft bewusst, dass ich meinen spontanen Einschätzungen nicht immer uneingeschränkt vertrauen sollte. Ich bin heilfroh, dass ich mir aus Deutschland noch zwei Päckchen Papiertaschentücher mitgebracht habe. Die beiden Rollen Toilettenpapier auf meinem Zimmer haben leider nicht ausgereicht. Pommes sind für die nächsten zwei Wochen gestrichen! Irgendwie ist es ein total bescheuertes Gefühl, wenn du nach so einer Nacht völlig entleert mit knurrendem Magen am Frühstückstisch sitzt, aber dich deine innere Stimme unentwegt mit Warnhinweisen malträtiert und du dich nicht traust, irgendwas in deinen Mund zu stopfen.

Der inneren Stimme von gestern Abend habe ich die Freundschaft gekündigt und mit der von heute Morgen, will ich mich noch nicht so richtig anfreunden. Es bleibt schwierig. Nach diesem nächtlichen Katastropheneinsatz ist mir gerade die Lust vergangen, diese schon leicht auf dem Teller zerfließende Butter auf mein Brötchen zu schmieren. Auf dem Schälchen mit der Erdbeermarmelade tummeln sich gerade ein halbes Dutzend Fliegen, die dort offensichtlich eine perfekte Bleibe für ihren Nachwuchs gefunden haben. Da bleibt mir nicht mehr viel, zumal es ansonsten nur Rührei mit Speck, natürlich schön miteinander vermischt und das „gefährliche", gewaschene Obst gibt. Dann esse ich eben nur zwei staubtrockene Weizenbrötchen und schütte mir ein paar Tassen Kaffee hinterher, das muss für die nächsten Stunden reichen. Ich bin ja nicht zum Vergnügen hier und ein paar Kilos abnehmen ist auch keine schlechte Idee.

Völlig verunsichert, ob ich auf meiner weiteren Fahrstrecke noch Gelegenheiten finde Trinkwasser einzukaufen, gehe ich zielstrebig auf den Reiseleiter der deutschen Reisegruppe zu, um ihn nach Wasserflaschen zu fragen. Er gibt sich super nett und hat mir freundlicherweise drei seiner eigenen Flaschen für umgerechnet zehn Euro verkauft, damit ich nicht verdursten muss.

Jetzt stehe ich draußen auf dem Parkplatz im hellen Sonnenlicht und sehe am hinteren Rand den kleinen Bretterverschlag mit einem Wasserverkäufer. Auf dem selbstgemalten Schild steht ein Preis für eine Wasserflasche, der mir schmerzhaft bewusst werden lässt, dass ich vorhin schon wieder Lehrgeld gezahlt habe. Offensichtlich hat sich meine „Dummheit" schon rumgesprochen, denn immer wieder begegnen mir Jack-Wolfskin-Jacken-Träger mit einem fetten Grinsen im Gesicht, bei dem du am liebsten direkt reinschlagen willst. Ich bin nur froh, dass ich nicht mit diesem Gesindel unterwegs sein muss. Während der Reisebus bereits zielstrebig losfährt, schaue ich erst einmal in meinen Reiseführer, was es hier denn außer Nichts noch so zu sehen gibt. Alle Wege führen offensichtlich nach „Sossusvlei" und da werde ich jetzt wohl auch hinfahren, selbst auf die Gefahr hin, dass ich dort wieder diesen doofen Grins-Backen begegne.

4
Sossusvlei

Es ist gerade mal 10 Uhr morgens und mir kommen auf diesem mehr oder weniger asphaltierten Feldweg nach Sossusvlei mehr Autos entgegen als auf der langen Fahrt gestern. So toll scheint es dort wohl nicht zu sein, wenn die alle nach so kurzer Zeit wieder zum Hotel zurückfahren. Keine zehn Minuten später wird mir klar, warum, aber eins nach dem anderen. Es gibt Plätze auf dieser Welt, die sind schön anzusehen. Es gibt Plätze auf dieser Welt, die sind fantastisch und es gibt Plätze wie diese hier, die sind einfach zu schön um wahr zu sein. Riesige Sanddünen soweit das Auge reicht, aber nicht nur einfach so ein typisches Wellenmeer aus ockerfarbenen Sandkörnern, nein, fast schon richtige Gebirge aus bunten Sand- und Felsenschichten. Als ob das alles nicht schon beeindruckend genug ist, sieht man zwischen den Dünenbergen leuchtend weiße Salzpfannen, die einen Kontrast fürs Auge schaffen, wie ich ihn noch nie wahrgenommen habe.

Voller Euphorie steige ich aus meinem Fiat 500 und will unbedingt tiefer in diesen riesigen Farbkasten aus Sand, Salz und Stein hineinwandern. Genau in diesem Moment wird mir klar, warum die anderen Leute schon wieder auf dem Rückweg ins klimatisierte Hotel waren. Scheiße ist das heiß hier! Keine Ahnung, wie viel Grad das sind, aber es ist definitiv zu heiß zum Wandern. Ich stehe jetzt keine zwei Minuten vor meinem Auto auf dem sandigen Parkplatz in der prallen Sonne und habe bereits aufgegeben.

Wie heiß wird das hier erst um die Mittagszeit? So langsam dämmert es mir, warum heute Morgen beim Frühstück gegen 8 Uhr so wenige Menschen im Speisesaal waren. Die sind offensichtlich zum Sonnenaufgang hier gewesen und sitzen jetzt im kühlen Speisesaal. Das ist die deutlich intelligentere Reihenfolge. Das macht jetzt keinen Sinn zu Wandern, also steige ich wieder ins Auto und will losfahren. Hätte ich doch nur auf diesen penetranten Verkäufer in der Mietwagenstation gehört. "Mister, you need four-wheel-drive in the desert, you can trust me"! Wenn dich so ein schmieriger Typ angrinst und dir dabei einen Vertrag unter die Nase hält, mit dem mehr als doppelten Preis, den du normalerweise eingeplant hast, dann denkst du an alles, nur nicht daran diesem Typen zu vertrauen. Das hätte ich aber besser tun sollen, denn mein Fiat bewegt sich gerade keinen Meter von der Stelle. Diese beschissenen kleinen Räder haben sich gefühlte 30 Zentimeter in den weichen Sand reingefressen und fühlen sich da offensichtlich sehr wohl. Intuitiv greife ich zu meinem Portemonnaie und ziehe meine goldene ADAC-Mitgliedskarte heraus. Ja, ich weiß, wie bescheuert muss man sein, aber ich bin zwar körperlich in Afrika angekommen, aber irgendwie mit meinen Gedanken noch bei Inge, Zuhause und auf der A3. Bei meiner Reifenpanne letztes Jahr auf der A3 kam der gelbe Engel innerhalb von 30 Minuten vorbei, aber hier kreist nur ein Geier über mir und wartet auf seinen Einsatz. Dummerweise ist der ganze Parkplatz wie leergefegt und ich kann niemanden anquatschen und bitten mich anzuschieben.

Leicht panisch greife ich zu meinem Mobiltelefon um Hilfe zu rufen. Die leichte Panik steigert sich blitzartig in die die übernächste Stufe als mir klar wird, dass ich hier kein Netz habe. Hier gibt es nur Sanddünen und Berge, aber keinen einzigen Funkmast. Verdammt nochmal, es kann doch nicht sein, dass ich der einzige Trottel bin, der um diese Uhrzeit hier rumturnt? Es nutzt alles nichts, aber ich werde mich wohl mit meinen drei Wasserflaschen auf die Suche nach einem schattigen Platz machen und abwarten müssen, bis sich endlich mal wieder ein Auto oder ein Reisebus hierher verirrt. Gottseidank gibt es in Sichtweite so etwas wie ein Wartehäuschen mit einem Dach. Auf jedem Parkplatz in der Nähe von Sehenswürdigkeiten auf diesem Planeten stehen bunt gekleidete Nordafrikaner und bieten dir aufdringlich Modeschmuck, Tücher oder Plastikspielzeug „Made in China" an, aber hier ist absolut tote Hose. Da sitze ich nun mit meinen Wasserflaschen unter dem Wellblechdach dieser Bushaltestelle, zu der gemäß dem handgeschriebenen Fahrplan die nächsten sechs Stunden kein Bus kommen wird und schaue ziemlich frustriert gegen die sich vor mir auftürmende, rund 300 Meter hohe Wand aus Sand. Das gibt mir wenigstens Gelegenheit mal in Ruhe nachzudenken, ist ja sonst nichts los, was mich ablenken könnte. Ich dachte nicht, dass es so schwierig wird, mit mir einfach nur dazusitzen und auf gute Gedanken zu kommen. Okay, wenn du in einem fremden Land mitten in der Wüste sitzt, den Bus verpasst hast und dann auch noch das Gefühl in dir aufkommt, „keiner hat dich lieb", ist das sicherlich auch nicht ganz einfach.

Nachdem ich mich nun fast zwei Stunden über den Mietwagen-Fuzzi und diesen kriminellen Wasser-Mafia-Reiseleiter-Typen aufgeregt habe, geht mir die Luft aus. Sprichwörtlich! Mein Gott, wie heiß wird es denn noch? Ich war in meinem Leben schon ein paar Mal in der Sauna, aber das hier ist eine andere Liga. Soweit ich weiß, hat mein Körper eine Temperatur von rund 38 Grad. Da sollte es mir doch keine Schmerzen bereiten, wenn da Atemluft mit vielleicht 45 Grad reingepumpt wird, oder? In der Sauna war das doch auch kein Problem und da waren es sogar deutlich mehr als 80 Grad. Wenn hier jetzt allerdings einer noch einen Aufguss macht, sterbe ich.

So langsam verstehe ich die Anmerkungen meines Kollegen, der mir erzählt hat, du würdest deinen eigenen Atem und deinen Herzschlag hören, so still ist es in Namibia. Vermutlich hat er damals auch auf der beschissenen Wartebank auf diesem Parkplatz gesessen und hat den Bus verpasst. Mein Herzschlag ist dermaßen laut zu hören, dass ich Angst habe, mein Herz könnte kollabieren. Natürlich fängst du bei dieser Hitze an zu hecheln und das zusammen macht einen ganz schönen Krach in deinem Innenohr und versaut einem die ansonsten wohl traumhafte Stille um einen herum. Ich komme mir gerade vor, wie ein ausgesetzter, geprügelter Hund mit traurigen Augen, der nicht einmal mehr die Kraft hat zu bellen. Inge hat immer behauptet, ich wäre ein melancholischer Typ, so einer, der eigentlich ständig heulen wollte, es aber nicht schafft, weil er keine Schwäche zeigen will.

Selbst wenn ich hier jetzt heulen würde, könnte keine Träne auf den Boden fallen, weil hier jeder Tropfen in Sekundenschnelle verdampfen würde. Aber Inge hat schon recht, denn ich bin wirklich etwas melancholisch. Jetzt sitze ich hier und denke darüber nach, wer überhaupt traurig wäre oder zu meiner Beerdigung kommt, wenn ich auf dieser Bank meinen letzten Atemzug ausstoße? Das ist nicht melancholisch, das ist krank. Naja, vielleicht nicht unbedingt krank, aber warum denke ich über so etwas nach? Erstens habe ich noch über zwei Liter Wasser, die reichen zum Überleben bis in wenigen Stunden der nächste Bus kommt. Zweitens wird vermutlich in ein paar Minuten sicherlich noch ein weiterer verirrter Trottel auf den Parkplatz fahren und mich dann sicherlich anschieben können. Viele Minuten später wird mir klar, dass es mehr Hoffnung als Gewissheit war. Ich glaube, ich habe mich in meinem ganzen Leben noch nie so einsam gefühlt. Obwohl ich einigermaßen sicher bin, dass es hier in weniger als vier Stunden vermutlich mit Sonnenuntergangs-Touristen nur so wimmeln wird, habe ich regelrecht Angst davor, diese paar Stunden mit mir allein zu sein. Normalerweise würde ich jetzt mein Smartphone zücken und mir aus dem Internet stundenlang irgendwelche schlecht recherchierten Informationen reinziehen, alles nur um mich abzulenken. Aber ich habe hier kein Netz! Das ist vergleichbar mit einem Artisten, der in zehn Metern Höhe von links nach rechts schwingt und plötzlich bemerkt, heute gibt es kein Netz. Das macht ihn bestimmt ganz schön nervös.

Bei mir ist das gerade doppelt schlimm, denn erstens habe ich kein Netz, auch wenn es nur aus Funkwellen besteht und zweitens kann ich dann keine Hilfe rufen, die mich ins Krankenhaus bringt, wenn ich jetzt mit einem Hitzschlag von der Bank falle. Warum bin ich überhaupt hier? Das ist so eine dieser blöden Fragen, die du dir immer hinterher stellst. Warum bin ich hier, warum habe ich das gemacht, warum war ich nur so dumm, warum war ich so gutgläubig, warum habe ich nichts gesagt, warum habe ich nicht eingegriffen, warum habe ich nicht den „Four-Wheel" gemietet und warum stelle ich mir überhaupt so viele Fragen? Sich Fragen zu stellen ist durchaus sinnvoll und manche Menschen sprechen von emphatischen Fähigkeiten, wenn man sich selbst hinterfragen kann. Ich mag mir aber nicht so viele Fragen stellen, ich mag viel lieber Antworten hören und zwar Antworten, die mir „Erlösung" bringen. Erlösung klingt jetzt irgendwie nach Bibel oder nach so etwas Endgültigen, aber ich meine damit nur, dass diese nervenden Fragen langsam aufhören sollen, das nervt! Ich stelle mir jetzt schon über 50 Jahre Fragen über Fragen und vor lauter Suche nach dem Sinn - von der Suche nach dem Glück will ich erst gar nicht sprechen - habe ich regelrecht die Orientierung verloren. Jeder sagt dir was anderes, wenn es darum geht, den Sinn des Lebens zu ergründen. Mein Ex-Schwager Edgar, der mit den Gazellen, findet seinen Sinn des Lebens in Form von tiefergelegten Autos. Er hat in seiner Pubertät den Film „Manta Manta" wohl einmal zu oft im Kino gesehen und dachte, dass er mit solchen Karren ebenfalls hübsche Frauen anziehen wird.

Der macht bezahlte Überstunden wie blöde, nur damit er sich den ganzen Schwachsinn leisten kann. Wie doof ist das denn? Edgar ist aber voll in seinem Metier und er geht ab wie ein Zäpfchen, wenn es um seine Umbauten oder um neue Breitreifen geht. Für ihn macht das alles großen Sinn und ganz nebenbei wirkt er auch noch glücklich. Das ist unfair! Mein Kollege Jörg sammelt Bierdeckel und fährt sogar jedes Jahr nach Prag zu einer internationalen Sammlerbörse, nur um alle Jahre wieder ein Vermögen für etwas auszugeben, was er dann zuhause in alten Schuhkartons in Kellerschränken aufbewahrt. Ist das sinnvoll? Nein, denn Jörg ist Weintrinker und keiner aus seinem Bekanntenkreis interessiert sich auch nur annähernd für sein Hobby. Er hockt dann stundenlang auf seiner Couch und kriegt beim Anblick dieser „Pappe-Deckelchen" regelrechte Orgasmen. Was soll das? Was mich noch viel mehr aufregt, ist die offensichtliche Tatsache, dass ihn das übermäßig glücklich macht. Das ist unfair!

Haben denn alle anderen schon ihre Antworten gefunden und nur ich einsamer Wolf streune noch durch die Wildnis unserer Gesellschaft auf der Suche nach dem Sinn des Lebens? Für eine gewisse Zeit dachte ich, Inge wäre der Sinn meines Lebens, aber das war wirklich nur eine ganz kurze Phase. Sie hatte schon immer eine Art an sich, anderen Menschen unmissverständlich klarzumachen, was wirklich sinnvoll ist und was nicht.

Ich wurde ziemlich altmodisch erzogen, also nach dem klassischen Familienmodell. Der Bub muss was Ordentliches lernen, damit er später mal seine Familie ernähren kann. Spätestens mit dem Erreichen des 25. Lebensjahres fragten die Verwandten, wann denn nun endlich die Enkelkinder für meine Eltern abgeliefert werden und wenn du mit Dreißig nicht mit dem Blaumann auf der Baustelle des eigenen Einfamilienhauses gewerkelt hast, hat man dich als verantwortungslos oder einfach nur als fauler Verlierer gebrandmarkt. Bei dem ganzen Druck aus der buckeligen Verwandtschaft habe ich eine Frau nach der anderen angebaggert, immer in der Hoffnung, endlich die Mutter der Enkelkinder meiner Eltern zu finden und die sollte dann natürlich auch die konservativen Erwartungen bezüglich unseres Familienmodells erfüllen. Oh Mann, es war schon damals fast unmöglich eine Frau zu finden, die sich freiwillig dermaßen anpassen wollte oder sollte ich besser sagen, die sich so unterordnen wollte? Natürlich hat das nicht sonderlich gut geklappt und so warten meine Eltern mit ihren fast 80 Jahren immer noch auf das Babygeschrei in ihrem lastenfreien Einfamilien-Haus mit großem Garten. Vor lauter Frust über die Lästereien meiner Verwandtschaft, habe ich es aus Trotz bewusst vermieden ein Haus zu bauen oder eines zu kaufen. Daraufhin habe ich die Kinder, das Haus und den Apfelbaum von meiner „Sinn-des-Lebens-Liste" gestrichen und fühlte mich seitdem nur noch leer. Meine Eltern haben mir sonst nicht viel mitgegeben, außer dem, was sie selbst gelernt und von ihren eigenen Eltern übernommen hatten.

Wenn mein Vater wenigstens eine Briefmarkensammlung gehabt hätte oder sonst ein langweiliges Hobby, über das er hin und wieder mal hätte reden können, aber nein, es ging immer nur um Kinder, Haus und Garten. Mein Vater hat sein halbes Leben im Baumarkt verbracht, weil sein ganzer Lebenssinn darin bestand, keinem einzigen Handwerker auch nur eine Mark, später dann Euro, zu überlassen. Ich kann alles, ich kümmere mich um alles und ich bin ein guter Familienvater, weil ich genügend Geld mit nach Hause bringe. Das war ihm Sinn genug. Ich dachte, oder besser ich hoffte, ich wäre anders und mein ganzes Leben würde eine Aneinanderreihung von erfüllten Lebenszyklen werden, abseits vom klassischen Familienmodell meiner verstaubten Familie. Vermutlich ist der ganze Staub in meiner Nase dafür verantwortlich, dass ich in diesen Gedanken aus der Vergangenheit verharre.

Ich dachte, mit Inge würde ich den Turnaround schaffen, zu dem ich alleine offensichtlich nicht in der Lage war. Als wir uns kennenlernten, war das Thema Kinderkriegen weitestgehend von der Agenda des Machbaren oder Gewollten gestrichen. Inge hatte das so für uns entscheiden und basta. Was willst du als Mann auch dagegen machen, da hast du keine Chance. Inge wollte immer frei sein, tun und lassen was sie will und auf niemanden Rücksicht nehmen müssen. Hätte ich damals doch nur besser hingehört, dann wäre das mit ihr und Joachim nicht so überraschend gekommen.

Im Grunde genommen musste unsere Beziehung so enden und wenn ich ehrlich bin, bin ich da nicht ganz unschuldig. Natürlich war ich damals froh, dass ich mit Inge nicht mehr diesen gesellschaftlichen Druck spürte, unbedingt als treusorgender Familienvater und Häuslebauer funktionieren zu müssen, aber ich konnte noch nie so ganz aus meiner Haut raus. Tief in meinem Herzen bin ich überzeugt, dass auch ich mit dem Familienmodell mein Glück hätte finden können, auch wenn ich gegenüber meinen Eltern noch Jahre später vehement anders argumentiert habe. Inge hat das mit der Zeit natürlich irgendwann gespürt, aber da war es dann schon zu spät einen Rückzieher zu machen. Wir wollten damals ja unbedingt Nägel mit Köpfen machen und wenn es keine „Altlasten" in Form von Kindern aus erster Ehe oder nennenswertes Immobilienvermögen gibt, dann könnte man ja auch heiraten, meinte Inge. Ich fand das total spannend und durch das Zusammenziehen in die gemeinsame Wohnung nach den Flitterwochen, konnte ich wenigstens ein kleines Nest bauen, das mir ein wenig Sinn gestiftet hat. Als ich damals meinen Vater mit einer Bohrmaschine in meiner Hand im Baumarkt getroffen hatte, zeigte er tatsächlich eine starke Gefühlsregung, die man vorsichtig als Stolz bezeichnen könnte. Das mit den Enkelkindern haben mir meine Mutter und mein Vater allerdings nie verziehen und natürlich gaben sie Inge auch die Mitschuld an unserer kinderlosen Beziehung. Ich kann mich noch gut an diese verkrampften, teils peinlichen Geburtstagsfeiern bei meinen Eltern erinnern.

Da saß Inge total verkrampft, wie in einem Schützengraben an der Westfront des ersten Weltkrieges, ängstlich am gedeckten Kaffeetisch und wartete nur darauf, dass meine Eltern ihr eine Granate nach der anderen in den Schoß werfen. Wie heißt es so schön: Deine Freunde kannst du dir aussuchen, deine Verwandten nicht! An solchen Tagen wurde uns Beiden sehr deutlich, was alles noch zwischen uns stand. Leider haben wir nie richtig darüber gesprochen. Ich sah es immer nur an ihren Blicken und merkte es aufgrund des tagelangen Entzuges von Zärtlichkeit. Meistens habe ich überhaupt nicht reagiert, weil ich keinen aus der Runde verletzen wollte, aber wie das nun mal im Krieg ist, gibt es immer Verletzte und unsere Wunden wurden nicht nur immer größer, sondern in regelmäßigen Abständen auch immer wieder schmerzhaft aufgerissen. Inge hatte sich daraufhin mehr und mehr von mir zurückgezogen und machte einfach „ihr Ding", genauso wie sie es mir schon von Anfang an gesagt hatte. Bei „ihren Dingen" gab es natürlich wenig Platz für mich und meistens wusste ich nicht einmal, was sie so alles treibt. Irgendwann verlierst du das Interesse an dem was dein Partner macht und das ist der Anfang vom Ende. Inge war schon immer sehr aktiv. Bei Kindern würde man von einem Aufmerksamkeits-Defizit-Syndrom sprechen, aber die wuseln dann wenigstens nur durch die Gegend und suchen Beachtung. Inge hat auch gewuselt, aber nicht mit mir und als Joachim merkte, dass er Inge mit einem geringen Maß an Aufmerksamkeit. Lob und Beachtung ganz leicht ins Bett kriegt, war das Thema durch.

Ich habe es anfänglich nicht einmal bemerkt, obwohl es im Nachhinein offensichtlich war und das hat meinen Frust nur noch verstärkt.

So ein Mist, jetzt sitze ich hier an einem der schönsten Ecken dieser Welt und meine Gedanken drehen sich nur um mein verpfuschtes Leben. Vielleicht sollte ich mich einfach in die Sonne legen und warten bis mein Herz aufhört zu schlagen. Wenn ich wieder zuhause bin, sollte ich wegen dieser Melancholie-Anfälle echt mal zum Therapeuten gehen. Mitten in diese einsamen trüben Gedanken mogelt sich etwas anderes in meine Gehörgänge und es ist diesmal nicht mein Atem und auch nicht mein eigener Herzschlag. Es ist eindeutig ein Motorengeräusch. Hoffnung naht! Durch das Flimmern der Hitze habe ich erst spät erkannt, dass da offensichtlich noch ein Fiat 500 auf den Parkplatz rollt. Wie vom Blitz getroffen springe ich auf, renne auf das Auto zu und winke hektisch mit den Armen. Um Gotteswillen, dieses Auto darf nicht auch noch im Sand versinken, ich muss den Fahrer unbedingt aufhalten. Das ist mir dann auch gelungen, aber nicht so, wie ich mir das gedacht habe. Im Nachhinein war mir schon klar, warum die Frau am Steuer sofort aufs Gas getreten und wieder abgedüst ist. Wenn ich als Frau in diesem Auto gesessen hätte, wäre ich auch sofort geflüchtet. Da kommt aus dem Nichts ein übergewichtiger, total verschwitzter Mann mit fettigen Haaren und hektisch herumschlagenden Armen auf dich zu gerannt und ruft dir mit panischem Gesichtsausdruck etwas zu, das du im Auto natürlich überhaupt nicht verstehen kannst.

Das macht sicherlich Eindruck, aber ganz sicher nicht den erwünschten. Diese Chance habe ich jetzt wohl vertan, wie schon so viele in meinem Leben, also wieder raus aus der Sonne und im Schatten hoffnungsvoll auf Rettung warten. Wenn die Busse in Namibia pünktlich kommen, dann sollte sich hier in spätestens einer Stunde etwas tun. In vier Stunden wird es doch schon wieder stockdunkel, also wann kommen denn endlich all diese Touristen, die ich im Hotel gesehen habe? Es gibt ja nicht nur dieses eine Hotel, sondern vor den beiden anderen standen auch Reisebusse und sogar vereinzelt ein paar Jeeps. Was machen die den ganzen Tag?

Irgendwie kommt mir dieses Gefühl gerade bekannt vor. Ich sitze tatenlos rum und warte darauf, dass jemand vorbeikommt und mein Leben wieder in Schwung bringt. Inge hat mir das auch hin und wieder vorgeworfen. Ich glaube sie hätte Gründe genug gehabt es mir öfter zu sagen, aber nach ein paar gemeinsamen Jahren ist ihre Kritik immer leiser geworden und dann hat sie aufgegeben. Ich mag mich in solchen Momenten auch nicht sonderlich. Überall sehe ich andere Menschen herumwuseln die irgendwas machen, auch wenn es nicht unbedingt perfekt oder halbwegs zielführend ist, aber die tun wenigstens was. Ich sitze dann mehr oder weniger ohnmächtig auf der Couch und zermartere mir den Kopf, wie ich es am besten machen könnte und dann verliere ich den Mut, weil ich es mir einfach viel zu kompliziert mache.

Warum spiele ich mit mir immer dieses beschissene „Wenn-Dann-Spiel", von dem doch kein Mensch genau weiß, wie es ausgeht? Wie willst du so ein Spiel angehen, geschweige denn gewinnen? Es gibt im Leben einfach zu viele Unbekannte, das habe ich schon im Gymnasium in Mathe gelernt. Angeblich soll es auch eine Vielzahl von Gleichungen und Schnittmengen geben, aber wenn ich so auf meine Ehe zurückblicke, dann war die Schnittmenge hier extrem klein. Dafür waren die Kanten der Schnittmengen so scharf, dass wir uns immer wieder verletzt haben. Im Zusammenhang mit einer Paarbeziehung empfinde ich den Begriff Schnittmenge sowieso etwas befremdlich. Wenn ich schneide, dann trenne ich doch etwas, was vorher offensichtlich zusammengehört hat. Schneide ich Schnittlauch, dann trenne ich ihn von der Wurzel, Schnittblumen werden von der Knolle getrennt und selbst beim Zwiebel schneiden trenne ich diese von der meistens schmuddeligen Außenhaut. In der Natur muss man sich offensichtlich immer zuerst von etwas trennen, damit man seiner finalen Bestimmung nachkommen kann. Ist das bei den Menschen vielleicht auch so? Inge würde das jetzt sicherlich bejahen und hoffentlich nicht ganz so vorwurfsvoll und offensiv darauf hinweisen, dass es ihr mit Joachim final jetzt viel besser ginge, weil sie sich endlich aus meiner Umklammerung lösen konnte. Inge würde selbst im Rückblick niemals zugeben, dass es mehr als genug Situationen gab, in denen sie mir hätte danken sollen, dass ich sie gebremst oder am Boden gehalten habe.

Ich bin gespannt, wie lange es dauert bis Joachim merkt, was Inge so an verrückten Ideen in ihrem Repertoire bereithält. Der wird sich noch umgucken.

Wenn ich hier noch länger alleine auf dieser Bank sitze bis es dunkel wird, brauche ich definitiv auch eine verrückte Idee, denn das, was mir sonst durch den Kopf geht ist alles andere als zielführend. Offensichtlich verfalle ich gerade wieder in meine alten Verhaltensmuster und hoffe auf Rettung von außen. Oh Mann, ich bin doch ansonsten auch nicht träge. In meinem Job als Systementwickler finde ich jeden Tag ein paar neue gute Ideen und Ansätze und da fällt es mir ganz leicht, also warum klappt es bei meiner Arbeit, aber nicht in meinem Leben? Natürlich arbeite ich nicht alleine und ich gebe zu, dass wir schon ein sehr gutes Team sind, wenn es um Entwicklungen und Projekte geht. Jeder bringt seine Stärken ein und die Ergebnisse können sich echt sehen lassen. Bei meinen Kollegen fällt es mir aber auch viel leichter den Mund aufzumachen, denn da geht es um die Sache oder um die gemeinsame Aufgabe. Die Gespräche mit Inge waren all die Jahre weit weniger sachlich, sondern meistens eindeutig emotional und wir sprachen auch nie über gemeinsame Aufgaben, sondern jeder wollte dem anderen erklären, was er oder sie bitteschön zu tun hätte. Im Grunde genommen gab es viel zu wenig „wir", sondern in der Regel nur „du oder ich". Das ist leider oft so, wenn du dich erst im Herbst deines Lebens findest. Da hat so jeder seine liebgewonnenen Macken und ist irgendwie gefangen in seinem gewohnten Trott.

Ab einem gewissen Alter wird es einfach schwerer sich anzupassen oder ausreichend Rücksicht aufeinander zu nehmen. Klar, kann sich sowas mit der Zeit einspielen, aber wer gibt sich heutzutage noch diese Zeit? Im Grunde genommen brauchst du erst einmal ein paar Jahre des Zusammenlebens, damit du einigermaßen durchblickst, wie dein Partner so tickt. Auf diesem Weg stolperst du jeden Tag über kleine Missverständnisse oder enttäusche Erwartungen und der Frustrationspegel steigt und steigt. Bevor du dann endlich die Erfahrung und die Reife hast, damit so umzugehen, dass du deinen Partner glücklich machen kannst und dich selbst dabei nicht verbiegen musst, ist die Karre meistens schon in den Dreck gefahren. Genauso wie ich meinen Fiat 500 in den Sand gesetzt habe. Vielleicht will mir der liebe Gott einfach nur ein Zeichen geben, dass ich nicht genug für meine Beziehung mit Inge getan habe? Das ist wieder typisch, immer suche ich nach einem Schuldigen, auch wenn es dabei viel zu oft mich selbst trifft. Natürlich ist es viel einfacher, wenn man auf jemand anderen zeigen kann, der scheinbar dafür verantwortlich ist. Die letzten Wochen habe ich es mir da ganz einfach gemacht, denn ich habe mir eingeredet, dass es immer Inge gewesen sein muss, die es verbockt hat.

Jetzt hocke ich hier im Nirvana und je mehr ich darüber nachdenke, desto mehr Zweifel kommen mir, wie hoch mein eigener Anteil am Scheitern meiner Beziehung ist. Ich will ungern von Schuld reden, denn im Moment geht`s mir auch so schon ziemlich dreckig. Wann kommt denn endlich dieser verdammte Bus?

5
Aufbruch in der Dunkelheit

Wie hat meine Oma immer gesagt: „Alles wird gut!" Davon mal abgesehen, dass sie die Trennung von Inge und mir nicht mitbekommen hat und sie in der Gewissheit hätte sterben müssen, dass sie nicht immer Recht hat, ging es gestern Abend tatsächlich noch gut aus. Als ob einer irgendwo eine Schleuse geöffnet hätte, kamen in wenigen Minuten dutzende Autos angefahren und ein einheimischer Guide hat meinen Fiat 500 dann mit seinem Jeep aus dem tiefen Sand gezogen. Übrigens habe ich im Hotel beim Abendessen auch wieder die Frau getroffen, die ich ein paar Stunden zuvor auf dem Parkplatz so erschreckt habe. Als sie mich erblickte, konnte ich in ihren Augen einen deutlichen Fluchtreflex erkennen, aber wenigstens ist sie nicht gleich aufgesprungen und schreiend weggelaufen. Ich habe all meinen Mut zusammengenommen und sie in der Hotellobby angesprochen und wollte mich für mein Verhalten entschuldigen. Irgendwann sind wir dann an der Hotelbar gelandet und mussten beide herzhaft darüber lachen, was wir in dieser skurrilen Situation voneinander dachten. Ich hatte fast schon vergessen, wie schön es ist, eine Frau Lachen zu sehen. Ich kann mich kaum mehr daran erinnern, wann Inge zum letzten Mal mit mir so herzhaft gelacht hat. Ich meine nicht das Lachen über einen Menschen, wenn er was Peinliches oder Lustiges gemacht hat, sondern das miteinander lachen, weil man sich gerade so richtig wohl fühlt und sein Glück gerne zeigen will.

Inge hat selten gelacht, sondern meistens nur vor sich hin gegrinst, so wie diese doofen Touristen aus dem Reisebus gestern. Ich empfand dieses Grinsen schon immer als fies und herabwürdigend. Inge hat einfach nur gegrinst, aber so gut wie nie ausgesprochen, worüber sie grinst und was sie dabei über mich gedacht hat. Da bleibt viel Freiraum für Vermutungen und Verdächtigungen und dann baust du dir in deinem Hirn was zusammen, was dich immer mehr einnimmt und dann zur Überzeugung und deiner eigenen Wahrheit wird. Ich glaube das nennt man subjektive Wahrnehmung. Inge kam dabei nicht gut weg.

Meine subjektive Wahrnehmung bei meiner Zufallsbekanntschaft Elke ist, dass sie mich mag, oder vielleicht sollte ich mich etwas vorsichtiger ausdrücken, dass sie sich in meiner Gegenwart einigermaßen wohl fühlt und das ist ja schon mal was. Nach einer Trennung bist du regelrecht süchtig nach solchen Empfindungen und das Lachen von Elke an der Hotelbar hat einfach nur gutgetan. Mehr nicht, dachte ich zumindest noch gestern Abend. Nach dem anstrengen Tag in der Hitze des Namib-Naukluft und dem versöhnenden Happy End, habe ich die Nacht geschlafen wie ein Toter. Keine sonst üblichen Albträume von Inge oder über meine ungewisse Zukunft als einsamer Wolf, nein, einfach nur friedlich dahingeschlummert. Allerdings bin ich heute früh mit einer für mein Alter erstaunlichen Morgenlatte aufgewacht, die ich in dieser Konsistenz das letzte Mal als Sechzehnjähriger hatte. Das gibt mir zu denken.

Insgeheim hoffe ich, dass es nichts mit Elke und ihrem herzerfrischenden Lachen zu tun hat, denn sich in dieser Lebensphase gleich wieder zu verlieben ist etwas, das ich gerade überhaupt nicht gebrauchen kann. Mein Leben ist kompliziert genug. In meiner aktuellen Verfassung würde ich ein Zurückweichen oder eine offene Ablehnung seitens einer Frau nicht verkraften. Es macht einfach keinen Sinn, mir wegen diesem zugegebenermaßen zauberhaften Lachen Druck aufzubauen oder noch viel schlimmer, Elke unbewusst unter Druck zu setzen, wenn ich ihr jetzt wie ein verliebter Dackel begegne.

Im Moment steht ein ganz anderer Höhepunkt auf meiner Liste und nach dem Fiasko mit meinem festgefahrenen Fiat, habe ich gestern Abend kurzerhand beschlossen, mit Elke zusammen eine geführte Jeep-Tour zum Sonnenaufgang in den Sanddünen des Sossusvlei zu buchen. Draußen ist es noch stockdunkel und im Speisesaal fangen sie gerade erst an die Tische und das Büffet vorzubereiten. Jetzt stehe ich hier in der Hotellobby, wie ein verliebter Schuljunge vor seinem ersten Rendezvous und ich schäme mich dafür, dass ich mir dieses nervöse Zappeln in den letzten 45 Jahren meiner Geschlechtsreife einfach nicht abgewöhnen konnte. Wenn nur nicht diese blöde Spiegelwand in der Hotellobby wäre, denn ständig bleibe ich mit meinen Blicken an meinem morgendlichen Outfit hängen. Menschen in meinem Alter sehen um diese Uhrzeit sowieso nicht besonders frisch, geschweige denn sexy aus, aber wenigstens bei den Klamotten hätte ich ein wenig nachhelfen können.

Hellbeige dreiviertel Zipp-Hose, hellbraune Wandersandalen, dunkelblau kariertes Wanderhemd und darüber, damit es auch zusammenpasst, eine hellbeige Safari-Weste. Allein diese Kombination sieht schon ausgesprochen langweilig aus, aber mit den weißen Tennissocken in den Sandalen und diesem bescheuerten Schlapphut auf dem Kopf, mache ich mich auch noch lächerlich. Ich hätte nicht auf diesen jungen Typen im Sportgeschäft hören sollen, der mir diesen ganzen Plunder mit einem Dauergrinsen im Gesicht verkauft hat. Wenn dich einer mit: „Siehst echt creepy aus Opa, aber du kannst sowas tragen" verabschiedet, hätte ich besser gleich nachfragen sollen, was „creepy" überhaupt bedeutet? Warum müssen die jungen Leute auch immer Worte verwenden, die meine Generation nicht kennt. Dieses „creepy" klang irgendwie modern, so „hip", aber wenn ich mich jetzt in diesem Plunder im Spiegel sehe, würde ich am liebsten vor Scham im Erdboden versinken. Zu spät, da kommt Elke bereits die Treppe runter.

Sie lacht schon wieder, aber diesmal irgendwie anders und ich habe eine leise Ahnung, woran das liegt. „Na dann mal los, du Großwildjäger", säuselt sie mir mit rauchiger Stimme entgegen und schreitet zielstrebig Richtung Ausgang an mir vorbei, wo unser Guide auf uns warten soll. Manni, mach dich locker, es ist nur einer deiner Urlaubstage und nicht dein Hochzeitstag. Nimm diesen Tag an, wie er kommt.

Unser Guide heißt übrigens Hans und ist so ein Bilderbuch-Schwarz-Afrikaner mit Afrofrisur, dicken Lippen, blendend weißen Zähnen und einem Stiernacken, der jedem Tier da draußen signalisiert, dass Hans es mit jedem aufnehmen kann. Neben Hans sehe ich aus wie ein hellbeiges Häufchen Elend, zumal er mindestens 30 Jahre jünger und ziemlich durchtrainiert ist. Hoffentlich flirtet Elke nicht mit ihm, das würde mein Ego nicht ertragen. Während der holprigen Fahrt durch die rabenschwarze Nacht, frage ich ihn in gebrochenem Schulenglisch, ob Hans in Afrika ein ganz normaler Vorname wäre, denn er würde so deutsch klingen. Hans erklärt mir daraufhin in einem überraschend guten Deutsch, dass viele Menschen in Namibia deutsche Vornamen hätten. Allerdings ist er froh darüber, dass er nicht so heißt, wie sein Cousin Adolf. Sein Opa hätte dafür gesorgt, dass alle in der Familie deutsche Vornamen bekommen haben und von ihm hätte er auch die deutsche Sprache gelernt. Sein Opa hat das wohl in jungen Jahren auf einer Farm gelernt, weil die beiden Farmbesitzer aus Ost-Preußen damals nur Deutsch mit ihm gesprochen haben. Sein Opa hätte das jedoch sehr schnell gelernt, weil die Ost-Preußen ihm mit Stockschlägen Nachhilfe gegeben haben. Hans klingt in diesem Augenblick vollkommen locker, als ob das völlig normal wäre. Elke und ich empfinden allerdings Scham, obwohl wir zu dieser Zeit noch überhaupt nicht geboren waren. Dann erzählt uns Hans noch von seiner Mutter Eva, seinem Bruder Heinrich und seiner jüngeren Schwester Hildegard und was ihre Familie den Deutschen alles zu verdanken hat.

Elke und ich schweigen peinlich berührt vor uns hin und können einfach nicht verstehen, warum Hans beim Erzählen darüber auch noch lachen kann. Ich habe im Reiseführer was über die unrühmliche Geschichte und die Bedeutung der Deutschen in Zeiten des Nationalsozialismus in Namibia gelesen und es klang alles ziemlich skurril. Bis zum Jahr 1968 hieß das Land hier Deutsch-Süd-West-Afrika und offensichtlich hatten die Nazis hier lange das Sagen. Das klingt für mich sehr nach Unterdrückung, Sklavenhaltung und Menschenverachtung. Wenn ich Hans gerade zuhöre, dann nimmt er das offensichtlich viel lockerer als Elke und ich. Während Hans weiter vor sich hinplappert, schweifen meine Blicke nach vorne durch die verstaubte Windschutzscheibe. Mit jeder Bodenwelle leuchten die Scheinwerfer in eine andere Richtung und ich habe Angst, dass plötzlich ein wildes Tier vor unser Auto springt. Ich habe auf der Fahrt vom Hotel hierher nicht einen einzigen Weidezaun am Straßenrand gesehen, also können hier die Tiere ganz bestimmt frei rumlaufen und das macht mich unruhig. Hans ist die Ruhe selbst, aber er fährt diese Strecke wohl täglich und wenn man jeden Tag mit der Gefahr leben muss, dann wirst du mit der Zeit offensichtlich etwas entspannter. Zuhause lebe ich in meinem Büro jeden Tag mit der Gefahr, dass die Kaffeemaschine kaputt gehen könnte und wir dann diesen ekligen Instantkaffee anrühren müssten. Hier kann dich ein durchgeknallter Wüstenelefant von der Seite rammen oder dir ein Nashorn entgegenkommen und das ist sicherlich eine ganz andere Nummer.

Hans steckt uns mit seiner guten Laune an und so können wir die Fahrt genießen. In meinen Augenwinkeln sehe ich gerade noch die Bushaltestelle von gestern vorbeirauschen und jetzt geht`s offensichtlich ein Stück „offroad" durch die Wüste. Für 150 Euro pro Nase können wir auch was erwarten. Was allerdings meine Bandscheiben angeht, erwarten die heute im Laufe des Tages mindestens eine Schmerztablette oder wenigstens eine schmerzstillende Rheumasalbe auf die Lenden-wirbel. Kein Wunder, dass die Guides hier so jung sind, die Alten liegen wahrscheinlich alle auf der Couch und kriegen den Rücken nicht mehr gerade. Mitten in einer heftigen Schmerzattacke kommt der Jeep plötzlich zum Stehen und Hans fordert uns auf, unsere Rucksäcke mit den Wasserflaschen mitzunehmen, denn jetzt würde der anstrengende Teil der Tour kommen. Elke und ich schauen uns an und sind uns einig, dass wir in diesem Moment gerne etwas anderes gehört hätten. Wir sind jetzt schon platt und mitten in der Nacht hast du auf nüchternen Magen andere Gelüste, als mehr oder weniger blind durch den Wüstensand zu stolpern.

Laut meinem Reiseführer gibt es in Namibia viele nachtaktive Schlangen, die bis in die frühen Morgenstunden auf Beutejagd gehen. Ich ekle mich vor Reptilien jeder Art, aber ganz besonders vor Schlangen, Spinnen und Skorpionen. Was hat mich nur „geritten", dass ich ausgerechnet nach Namibia fliegen musste? Im Schwarzwald wäre ich jetzt ganz bestimmt deutlich entspannter unterwegs.

Hans kennt keine Gnade und legt ein Tempo vor, bei dem Elke und ich dermaßen ins Schnaufen kommen, so wie wir beide es augenscheinlich schon lange nicht mehr gespürt haben. Wo laufen wir überhaupt hin? Wenn wir über uns nicht einen extrem schönen und hellen Sternenhimmel hätten, würde ich hier unten überhaupt nichts sehen. So aber schimmern wenigstens die Silhouetten der Wüstenberge und geben mir eine Vorstellung, wo es hingeht. Nachdem Hans jetzt schnurstracks auf die höchste Sanddüne zuläuft, schrillen bei mir sämtliche Alarmglocken. Er wird doch wohl nicht? Er wird! Diese Szene werde ich mein Leben lang nicht vergessen. Hans steht grinsend vor uns, seine weißen Zähne funkeln im hellen Mondlicht, er reckt den rechten Arm nach oben und sagt: „Nur noch 300 Meter, gleich sind wir da!"

Meine Bandscheibe, meine Lunge, meine innere Stimme, also fast alles in meinem Körper schreit im Chor „Lass es!", aber ich will mir jetzt vor Elke nicht die Blöße geben und kneifen. Wenn ich schon wie ein Großwildjäger aussehe, dann muss ich auch so tun als ob, also los geht`s. Wer meint, 300 Meter bergauf sind doch nichts Besonderes, der darf das hier gerne mal ausprobieren. 45 Grad Steigungs-winkel und mit jedem Schritt sinke ich gefühlte 30 Zentimeter in den weichen Sandboden. Nach 50 Höhenmetern hätte ich mich am liebsten fallen gelassen und wäre die Düne einfach runtergerollt. Dann wäre Elke bestimmt dankbar hinterhergerollt, weil sie nicht die erste war, die aufgegeben hat.

Wir hätten uns unten glücklich umarmt und wenn wir schon mal dabei gewesen wären, hätten wir uns geküsst und der Tag hätte so ganz anders verlaufen können. Natürlich kam es anders! Wir haben unsere letzten Kraftreserven mobilisiert und sind Hans keuchend hinterhergestampft. So langsam wird mir klar, warum wir mitten in der Nach losgefahren sind, denn bis wir da oben ankommen, geht locker eine Stunde drauf. Wenn wir überhaupt dort ankommen.

Als Elke und ich später erschöpft, aber glücklich beim Frühstück sitzen, kommen wir aus dem Schwärmen nicht mehr raus. Da sitzt du auf dem Scheitel einer der höchsten Dünen in diesem Nationalpark, über dir Millionen von funkelnden Sternen, du kannst sogar die Milchstraße mit dem bloßen Auge sehen und ganz langsam wird es am Horizont hell. Erst taucht die aufgehende Sonne den Himmel in zartrosa, dann öffnen sich die Nebelfelder unter dir und geben dir den Blick frei auf ein kunterbuntes Sanddünenmeer, wie es schöner nicht sein könnte. Die Düne endet unten in einer schneeweißen Salzpfanne und der glutrote Sand der sie umringt, zeigt eine so scharfe Kante, dass es den Augen wehtut. In dieser Salzpfanne stehen wie Zinnsoldaten schwarze, abgestorbene Baumstämme nebeneinander und alles was wir in diesem kurzen Moment sahen, wird sich für immer in unser Gedächtnis einbrennen. Apropos einbrennen. Mit der Sonne kam nicht nur überfallartig die Hitze, sondern auch der Wind und wenn du dann oben auf einer Düne sitzt, kann das ganz schnell unangenehm werden.

Elke meinte, sie hätte so etwas auch schon mal in der Sahara erlebt und deswegen war sie vorbereitet. Das hat was mit den kalten und heißen Luftschichten zu tun, bemerkte sie oberschlau, während sie sich ein dickes Tuch um ihren Kopf, Mund und Nase band, damit sie sich an den vom aufkommenden Wind herumwirbelnden Sandkörnern nicht verschluckte. Ich selbst konnte mir dann nur meinen Schlapphut vor mein Gesicht halten und machte mich somit völlig zum Affen. Hans nahm mich wie einen Schuljungen an die freie Hand und wir hüpften in großen Schritten todesmutig den Hang hinunter. Es grenzt an ein Wunder, dass mein Abstieg nicht mit ungewollten Purzelbäumen endete. Im Nachhinein war ich sogar richtig stolz, dass ich dieses Abenteuer ohne größere Blessuren überstanden habe. Wenn ich das zuhause dem jungen Burschen vom Sportfachgeschäft erzähle, wird er sich ein anderes Wort als „creepy" für mich ausdenken müssen.

Während Elke und ich uns wechselseitig anstrahlen, überkommt mich urplötzlich wieder meine Melancholie. Von einer Sekunde auf die andere wird mir bewusst, dass ich Elke in wenigen Stunden vermutlich nie wieder sehen werden. Wir sind auf dieser Reise nicht zusammen als Paar unterwegs, sondern wir haben uns lediglich zufällig getroffen. Ein Moment des Glücks, mehr nicht! Ich glaube, Elke hat sofort gemerkt, dass etwas nicht stimmt. Auch ihr Blick ändert sich und so sitzen wir ein paar Augenblicke in peinlicher Stille voreinander und keiner traut sich aussprechen, was uns beiden vollkommen klar ist.

Wie immer bin ich viel zu feige, das auszusprechen, was ich in diesem Moment empfinde und ihr so gerne sagen will. Das ist wohl so ein „Männerding". Meine Freunde und Kollegen können auch nicht über ihre Gefühle sprechen, höchstens, wenn ihr Lieblings-Fußball-Club mal wieder abgestiegen ist. Die können den ganzen Tag eine Fresse ziehen, aber wenn du sie fragst was ist, kriegst immer nur zu hören, es wäre alles okay. Wenn die zuhause mit ihrer Frau offensichtlich richtig Stress haben, dann kommt vielleicht so ein „wir haben gerade eine schwierige Phase" über die Lippen, das war`s. Klar ist es Elke, die es zuerst thematisiert und was sie mir zu sagen hat, ist auf der einen Seite sehr wohltuend, aber auf der anderen Seite falle ich gerade in ein tiefes schwarzes Loch. Es wäre superschön mit mir gewesen, wir hätten eine gute Zeit gehabt, sie wünscht mir noch eine tolle Zeit in Namibia, weil sie jetzt nach Windhoek fährt, weil ihr Flieger übermorgen zurück nach München geht. Wir haben dann noch unsere Telefonnummern und Mailadressen ausgetauscht und das war`s für den Moment. Im Grunde war das Ende absehbar.

6
Swakopmund

Wir haben uns dann zum Abschied nochmal etwas unbeholfen umarmt. Elke hat spürbar einen Moment gezögert, ob sie mir einen Kuss auf die Wange geben soll oder nicht? In diesem Moment war es für uns Beide sicherlich besser, es uns nicht unnötig schwer zu machen. Jetzt stehe ich hier frisch geduscht vor dem Hotel und winke ihr nach. Offensichtlich tut es mir mehr weh als ich vorhin beim Frühstück dachte. Verdammt nochmal, wie kann das sein? Wir waren doch gerade mal 24 Stunden zusammen? In meinem Alter gibt es keine Liebe auf den ersten Blick, das ist etwas für Teenager. Wie soll ich mich jetzt bloß wieder auf meine Reise konzentrieren, wenn sich jeder Gedanke um Elke und ihr unwiderstehliches Lachen dreht? Elke hat gut lachen, denn sie sitzt übermorgen wieder auf ihrer Couch in ihrem Wohnzimmer und muss sich nicht mehr mit dieser mörderischen Hitze und dem ganzen Ungeziefer rumschlagen. Außerdem wird sie wieder jeden Morgen zur Arbeit fahren und findet rund um die Uhr Ablenkung, während ich hier alleine mit mir rumstehe und nicht weiß, wie ich auf andere Gedanken kommen soll?

Wie sagt mein Exschwager Edgar immer: „Einfach mal machen!", was er allerdings auf die Ansprache jüngerer Frauen bezieht, die ganz bestimmt weder seiner Alters- noch seiner Gewichtsklasse entsprechen. Doch Edgar hat schon Recht, denn wenn ich weiterhin hier rumstehe, wird es sicherlich nicht besser.

Bevor ich jetzt Richtung Swakopmund weiterfahre, habe ich mich erst einmal erkundigt, ob die Straße dorthin auch durchgängig asphaltiert ist. So langsam gewöhne ich mich an die Hitze und die halbwegs funktionierende Klimaanlage in meinem Fiat macht es mir ein wenig erträglicher. Kaum markiert ein Schild das Ende des Nationalparks, tauchen wieder die endlosen Zäune am Straßenrand auf. Ob ich vielleicht heute irgendwelche Tiere zu sehen bekomme? In Swakopmund vermutlich nicht, denn wenn ich mir das hier so anschaue, dann komme ich mir vor wie in einer Kleinstadt an der Ostsee. Vereinzelte Fachwerkhäuser, hier und da deutsche Straßen-namen und sogar ein altes Schulgebäude, das mich an Norddeutschland erinnert. Wahrscheinlich gibt es hier auch nur Hunde, Katzen, Karnickel, Pferde und ein paar Hühner im Garten. Wenn es nicht so heiß wäre, könnte man nicht glauben, dass man in Afrika ist. Für diesen Ostsee-Charme bin ich jetzt über zehn Stunden geflogen? Naja, es wird sich wohl noch etwas finden, das mich begeistert oder zumindest interessiert.

Ich gehe erst einmal schnurstracks in einen Andenkenladen, um mich nach den umliegenden Sehenswürdigkeiten zu erkundigen. Wie selbstverständlich begrüßt mich eine etwas ältere Dame mit einem leicht sächselnden „Guten Tag" und fragt sofort, aus welcher Ecke von Deutschland ich denn kommen würde? Woran erkennen die Einheimischen bloß, dass ich aus Deutschland komme? Es kann doch nicht nur an den Wander-sandalen und dem Rucksack liegen, oder?

Ruckzuck sind die alte Dame und ich im Gespräch und sie meint, sie könne sich noch gut an Dresden und die Frauenkirche erinnern. Irgendwie überkommt mich das Gefühl, dass sie diese Kirche wohl noch im Originalzustand vor dem Krieg gesehen hat. Sie scheint es zu genießen, dass sie sich wieder mal mit einem Deutschen über die Heimat unterhalten kann. Sie spricht tatsächlich immer wieder von der Heimat, obwohl sie nach meinem Nachfragen bestätigt, dass sie seit 1931 hier in Swakopmund lebt. Als sie dann noch erwähnt, dass sie mit ihren Eltern hierherkam und dann gleich in die deutsche Schule nebenan ging, kamen mir echte Zweifel. Dann muss diese Frau doch mindestens 95 Jahre alt sein? Die Hitze Namibias scheint gut zu konservieren, denn sie sieht eher wie eine rüstige Mittsiebzigerin aus.

Noch bevor ich sie fragen kann, was es denn hier in der Umgebung an Sehenswürdigkeiten gibt, kommt sie auf ein Thema, das ich ganz sicher nicht im Afrika des 21. Jahrhundert erwartet hätte. Wie kommt diese Frau dazu, mich nach weniger als fünf Minuten in ein Gespräch zu verwickeln, in dem sie in jedem zweiten Satz nach Bestätigung sucht, dass Adolf Hitler das hier in Afrika besser hätte zu Ende bringen sollen? Oh Mann, ist das krass. Hans, unser Guide, hatte in Sossusvlei schon so ein paar komische Bemerkungen fallen gelassen, aber dass mich das so schnell wieder einholt, hätte ich nicht gedacht. Ist hier etwa die Zeit stehen geblieben? Hier sieht es nicht nur aus, wie in einer deutschen Kleinstadt vor dem zweiten Weltkrieg, sondern es fühlt sich auch so an.

Eigentlich wollte ich aus Höflichkeit noch ein paar Postkarten kaufen, aber nach diesen Sprüchen will ich hier nur noch raus. Wahrscheinlich hätte sie mir aus der Schublade Briefmarken geholt, die noch mit Reichsmark frankiert sind. Wenn ich wieder zuhause bin, werde ich mir das mit der Geschichte von Namibia etwas genauer durchlesen. Für den Moment habe ich genug von der Vergangenheit und widme mich lieber der Zukunft.

Was ich über Swakopmund weiß ist, dass es hier tatsächlich einen der ganz wenigen Strände gibt, an denen man baden kann. Damit passt der Vergleich mit einem Ostseebad. Also krame ich in meinem Rollenkoffer nach einer Badehose und los geht`s. Normalerweise hätte es mich stutzig machen sollen, dass so wenige Menschen im Wasser sind. Genau genommen ist kein Einziger im Wasser, nicht mal ein Einheimischer. Da es wochentags kurz vor der Mittagspause ist, mache ich mir einen Reim darauf, dass in Deutschland um diese Zeit auch alle im Büro sitzen oder im Laden stehen. Also rein ins kühle Nass. Gottseidank habe ich nicht den üblichen Kopfsprung mit Anlauf gemacht, denn was ich gerade so naiv als kühles Nass bezeichnet habe, stellt sich als arschkaltes Gewässer heraus, in dem ich eher schwimmende Eisberge als Touristen vermuten würde. Wie kann das Meer so weit im Süden nur so kalt sein? Inge würde mir jetzt sicherlich einen Vortrag darüber halten, dass es nicht nur am Nordpol, sondern auch am Südpol sehr kalt ist und Namibia gar nicht so weit davon entfernt liegt.

Jetzt stehe ich bis zur Hüfte im arschkalten Wasser und selbst die erotischsten Gedanken an Elke lassen meine Lenden eiskalt. Vielleicht sollte ich besser gleich wieder aus dem Wasser gehen, denn erstens habe ich irgendwo ein Schild gesehen auf dem ein Hai abgebildet war und zweitens kann ich in weniger als einer Minute vermutlich meine Beine nicht mehr bewegen. Das ist ganz schön irre. Gestern bin ich um diese Zeit nur ein paar Autostunden von hier fast den Hitzetod gestorben und jetzt kriege ich vom eisigen Wasser und dem kalten Wind dermaßen eine Gänsehaut, dass ich Angst haben muss mich zu erkälten. Mehr und mehr wird Namibia zum Land der Extremen.

In meinem Reiseführer steht was von einer großen Robbenkolonie in der Nähe von Swakopmund, also ziehe ich mich wieder an und mache mich auf den Weg. Bevor ich losfahre, muss ich aber noch ein Zimmer für die Nacht suchen. Ich habe die Wahl zwischen der Pension Regina und dem Gästehaus Weber. Toll!

7
Allein am Meer

Wir haben zwar erst kurz vor Zwölf Uhr mittags und das so genannte Kreuzkap ist nur rund 100 Km entfernt, aber mein Abenteuer in Sossusvlei hat mich vorsichtig werden lassen. Die Küstenstraße soll zwar durchgängig gut asphaltiert sein, aber ich plane trotzdem lieber etwas mehr Zeit ein. In Swakopmund ist die Heimat der Robbenkolonie als Kreuzkap ausgeschildert, aber je näher ich komme, desto häufiger lese ich was von Cape Cross. Offensichtlich nehmen sie es mit der deutschen Sprache nicht überall so verbissen ernst, wie im heimeligen Ostseebad. In der Nähe der Küste empfinde ich die Temperaturen fast schon als erfrischend. Ohne diesen heißen Wüstenwind lässt es sich deutlich besser aushalten.

Ich habe mein Fenster runtergekurbelt und genieße die Aussicht auf's offene Meer. Auch hier an der Küste ist es ganz schön einsam, zumindest nicht so dicht besiedelt, wie man das von anderen Küsten auf dieser Welt kennt. Ich kann mir auch nicht vorstellen, dass sich angeblich tausende Robben an einem Ort niederlassen, an dem es vor Hotelburgen und Fastfood-Läden wimmelt. Als ich zum ersten Mal diesen unangenehmen Gestank in der Nase hatte, waren alle Zweifel schlagartig beseitigt. In der Gegend hier will sicherlich kein Mensch freiwillig wohnen und bei dieser Duftkombination aus Robbenscheiße und verfaultem Seetang, mag ich nicht einmal mehr aus dem Auto steigen.

Elke würde mich jetzt wahrscheinlich zärtlich von der Seite anschauen, meine Hand nehmen und mir ins Ohr flüstern: „Komm Manni, das wird toll, lass uns das machen!" Elke sitzt aber leider nicht an meiner Seite und wenn sie bei mir wäre, dann wären wir vermutlich jetzt nicht hier, sondern würden um diese Zeit noch durch unser Schlafzimmer in der Pension Regina toben. Eine schöne Vorstellung.

Ich habe es letztendlich nur diesem Gestank zu verdanken, dass ich bei all diesen erotischen Gedanken an Elke keinen Ständer bekomme. Das Einzige, was in mir gerade hochkommen will, ist der Würgereiz. Das ist echt kaum zu ertragen. Ich bin laut dem Schild auf dem Parkplatz noch über 200 Meter weg vom ersten Aussichtspunkt, aber ich habe das Gefühl mit meiner Nase schon direkt in einem Haufen Robbenscheiße zu stecken. Außer meinem kleinen Fiat steht sonst kein anderes Auto auf dem Parkplatz und ich denke ich weiß, warum das so ist. Ach, verdammt, so oft kriege ich Robben in freier Wildbahn nicht zu sehen und ich werde von diesem Gestank schon nicht sterben. Aber so ähnlich muss es wohl riechen, wenn man am Abgrund des schwefeligen Höllenschlundes steht. Ich hatte keine Ahnung, dass ich so lange durch den weit aufgerissenen Mund atmen kann, ohne meine Nasenflügel auch nur einen Millimeter zu weiten. Nur gut, dass mich so keiner sieht. Ich bin hier ganz allein, allein mit vermutlich hunderttausend Robben, deren Schreie ich schon aus großer Entfernung höre.

Es ist eine regelrechte Symphonie aus Schreien, Stöhnen und Grunzen, wie ich sie noch nie in meinem Leben gehört habe. Wie kann man sich hier bei so einem Krach nur freiwillig aufhalten? Die haben hier den größten Strand den ich jemals gesehen habe, aber diese Robben liegen hier tatsächlich Leib an Leib, dicht aneinandergepresst in vermoderten, fauligen Seetang und überall sehe ich irgendwelche Sekrete aus den Hinterleibern herausquellen, die ganz sicher noch schlimmer stinken als sie aussehen. Warum tun die Robben sich das an und hocken sich dermaßen auf der Pelle? Die meisten von ihnen scheinen nicht einmal ein Bad im Meer nehmen zu wollen, obwohl sie das ganz offensichtlich wieder einmal nötig hätten. Dieses Gewimmel an sich hin- und herwogenden Leibern ist ein Anblick, den ich wohl für immer in Erinnerung behalten werde. Alle paar Meter sieht man besonders große Tiere, ich glaube das sind männliche Seelöwen, wie sie sich gegenseitig anschubsen und dabei so laut grunzen, dass einem echt angst und bange werden kann. Dazwischen liegen die Robbendamen ganz entspannt und schauen dem Treiben gelangweilt zu. Das erinnert mich irgendwie an meine Nachbarin in Frankfurt, wie sie träge auf ihrer Couch lümmelt, wenn sie die nachmittäglichen Reality-Shows auf RTL 2 guckt. Es ist ja nicht nur so, dass sie dieses offensichtliche Brunftgebaren der männlichen Tiere zu ignorieren scheinen, sondern sie ignorieren auch ihre eigene Brut, also zumindest sieht es so aus. Die Kleinen dürfen wohl machen was sie wollen. Ich muss schon sagen, diese Robbenweibchen haben echt die Ruhe weg.

Ich wäre an deren Stelle schon durchgedreht. Diese Hektik, dieser Krach und dieser Gestank sind kaum zu ertragen, aber es scheint diesen weiblichen Muttertieren nichts auszumachen. Wenn ich mir überlege, was so einige Mütter aus meinem Bekanntenkreis für einen Aufstand machen, wenn ihr Kleines „Kacka" in der Windel hat, oder wenn der Mieter obendrüber mal wieder zu laut durch die Wohnung stapft.

Irgendwie bin ich neugierig, was Elke wohl zu diesem männlichen Brunftverhalten sagen würde? Würde es ihr vielleicht sogar gefallen, wenn ein Mann so heißspornig um sie kämpft, oder würde sie ein solches Verhalten komplett missbilligen, weil es ihr schlichtweg zu primitiv ist? Nach meinen persönlichen Erfahrungen fühlt sich die eine oder andere Frau geschmeichelt, wenn ein Mann um sie kämpft und etwas unkonventioneller vorgeht. Ich kann das und ich will das nicht und vielleicht ist das auch ein Grund, warum Inge mich letztendlich verlassen hat. Joachim hat von Anfang an „den dicken Max" gemacht und ich hatte ihm nicht viel dagegenzusetzen. Er hat seinen fülligen Leib wie dieser Seelöwe vor mir nach oben gestoßen und mich grunzend weggeschubst und Inge hat das offensichtlich gefallen. In diesem Moment ist der Geruch hier nicht das Einzige, was mir gerade mächtig stinkt. Schnell noch ein paar Fotos schießen und dann bloß weg hier. Ich weiß im Moment nicht, was schlimmer ist: Der Gestank oder die Erinnerung an Inge und Joachim?

Es hat fast eine halbe Stunde Fahrt bei offenem Fenster gedauert, bis ich den Gestank einigermaßen aus meiner Nase hatte. Auf dem Rückweg nach Swakopmund lasse ich meine Gedanken schweifen, denn es gibt so gut wie nichts, was mein Auge ablenken könnte. So langsam verstehe ich meinen Kollegen, wenn er sagt: „Das Besondere an Namibia ist das Nichts!"

Früher bin ich an einem Strand lediglich spazieren gegangen, aber nie weiter entfernt als einen Kilometer vom Hotelstrand. Ich brauche die Nähe zu meinem Nest und ich muss wissen, wo ich hingehöre. Solange es etwas gibt, an dem ich mich orientieren oder sogar festhalten kann, geht es mir gut, selbst wenn es nur die Gewissheit ist, zu wissen, wo genau mein Rückweg verläuft. In diesem Moment habe ich es lediglich dem sehr übersichtlichen Straßennetz von Namibia zu verdanken, dass ich genau weiß, welche Straße mich zurück nach Swakopmund bringt, geradewegs zu meinem Nest in der Pension Regina. Ich glaube, dass man sich in Namibia überhaupt nicht verfahren kann. Wenn ich mir die Straßenkarte so anschaue, dann gibt es vielleicht drei Straßen von Süden nach Norden und drei Straßen von Osten nach Westen. Fährst du zu lange Richtung Osten, bleibst du irgendwann im Sand der Kalahari-Wüste stecken und fährst du zu lange nach Westen, fällst du irgendwann ins eiskalte Wasser. Da sind die Grenzen klar abgesteckt und jeder weiß was passiert, wenn du diese Grenze überschreitest. Bei uns Menschen ist das offensichtlich nicht so.

Die wenigsten Menschen in meinem Umfeld sind weder in der Lage ihre eigenen Grenzen aufzuzeigen, noch in der Lage, die von anderen Menschen zu akzeptieren. Ich vermute, dass viele Menschen ihre eigenen Grenzen selbst noch nicht einmal kennen. Immer alles schön rauf und runter bis zu den Grenzen, an denen man schon mal war. Warum sollte man diese Grenzen auch überschreiten, wenn es im selbstgewählten Lebensraum so bequem und übersichtlich zugeht? Genau deswegen bin ich hier in Namibia. Ich will austesten, ob ich meine Komfortzone verlassen kann ohne Panik zu kriegen oder gleich wieder reumütig zurück zu kriechen. Ich mach das lieber innerhalb eines freiwilligen Forschungsprojektes als dass mich ein anderer Mensch dazu zwingt. Natürlich muss ich mir die Frage gefallen lassen, ob ich auch hier wäre, wenn Inge mich nicht verlassen hätte, aber diese Frage will ich mir jetzt nicht stellen.

Ich stelle mir lieber die Frage, ob ich genau hier mal eine Pause einlegen will? Der Ausblick ist traumhaft.
Es sind höchstens noch 15 Minuten bis Swakopmund zu fahren und wenn mich hier die Dunkelheit überraschen sollte, komme ich auf jeden Fall noch in der Dämmerung zurück zur Pension. Ich steuere meinen Fiat vorsichtig auf einen Feldweg, der nach ein paar Metern auf einem provisorischen Parkplatz endet. Vor hier aus geht`s zu Fuß weiter. Es kann nicht mehr sehr weit bis zur Küste sein, denn ich höre schon das Rauschen der Wellen.

Ist das Leben nicht manchmal ganz schön ungerecht? Da sitzt du allein an einer idyllischen Küste die schöner nicht sein könnte und soweit das Auge reicht ist kein Mensch zu sehen. Hier könntest du den besten Sex deines Lebens am Strand haben, ohne dass auch nur irgendeiner mit dem Fernglas zusehen könnte. Wie oft war ich in glücklicheren Zeiten am Mittelmeer und hätte mir ein solches Szenario mit meiner Partnerin gewünscht, aber alle paar Minuten kam da ein Pärchen um die Ecke, das ebenfalls ein stilles Plätzchen zum Kuscheln suchte und sich natürlich über unsere Gegenwart aufgeregt hat. Spätestens jetzt geistert mir Elke wieder durch den Kopf, aber diesmal werde ich schweigen. Ich darf ganz ungestört meinen Fantasien nachgehen und es fühlt sich gut an. Hin und wieder schreckt mich eine Möwe mit ihren Schreien auf, aber daran habe ich mich selbst nach dieser Stille in der Namib-Wüste schnell gewöhnt.

Die Möwen über mir wären die einzigen Lebewesen die es mitbekommen würden, wenn ich hier jetzt sterbe. Dieser Gedanke kommt mir jetzt schon zum zweiten Mal, seit ich in Namibia bin. Das hängt ganz bestimmt mit dem Gefühl der Einsamkeit zusammen. Da hockst du an einer Bushaltestelle im heißen Wüstensand oder hier an einer abgelegenen Küste und bist dir bewusst, dass gerade keiner da ist, wenn es passieren sollte. Ich traue mich nicht auf mein Mobiltelefon zu gucken, ob ich hier ebenfalls wieder keinen Empfang habe. Es ist mir auch egal!

Es ist mir tatsächlich vollkommen egal, ob ich erreichbar bin, oder ob ich im Notfall Hilfe rufen könnte und das nach erst drei Tagen Namibia. Das grenzt an ein Wunder. Ich hätte niemals gedacht, dass ich so schnell runterkomme. Wenn ich diese Namibia-Reise mit einer Reisegruppe gemacht hätte, dann würde ich jetzt vermutlich irgendeinem Typen mit einem Namensschildchen am Polo-Shirt hinterherdackeln oder wäre um diese Zeit schon längst beim Abendessen an einem Tisch mit Menschen, die ich zuhause niemals an meinen Tisch gebeten hätte.

Meine Kollegen haben behauptet ich wäre verrückt und ja, ich bin es und ja, es fühlt sich verdammt gut an und ja, ich wundere mich gerade selbst darüber. Nachdem nun jegliche Spannung von mir gewichen ist, kann ich den bevorstehenden Sonnenuntergang genießen. Es ist in Namibia übrigens nicht so leicht einen Sonnenuntergang über dem Meer zu genießen, denn der Großteil der Küste nennt sich nicht umsonst Skelett-Küste. Ursprünglich wollte ich unbedingt an diese Skelett-Küste fahren, denn ich habe mal vor Jahren einen Film im Kino gesehen der an dieser Küste gedreht wurde. Da flogen die mit einem Flugzeug die Küste entlang und es waren kilometerweit nur bunte Sanddünen zu sehen, die von blau schimmernden Wellenbergen regelrecht verschlungen wurden. Zwischendurch ragten vermoderte Teile von gestrandeten Schiffswracks aus dem Sand und die verliehen dieser Skelett-Küste ein schauriges, aber traumhaft schönes Ambiente. Mit ein wenig Abstand sieht bekanntlich alles ein wenig bedrohlicher aus.

Ein Blick auf meine Straßenkarte erinnert mich daran, warum die da mit dem Flugzeug hinfliegen und nicht mit dem Auto hinfahren, denn zur Skelett-Küste führen keine Straßen, zumindest keine Straßen für meinen Fiat 500. Nach meinem Parkplatz-Fiasko in Sossusvlei werde ich nicht so lebensmüde sein und mit meiner Karre durch die Sanddünen fahren. So morbide bin ich dann doch nicht, um freiwillig ein weiteres Fotomotiv für die Skelett-Küste abzugeben.

Der Sonnenuntergang ist übrigens ganz nett, aber ich finde, dass Sonnenuntergänge über dem Meer grundsätzlich nur an ganz wenigen Orten so richtig schön sind. Für viele Menschen ist ein Sonnenuntergang über dem Meer Romantik pur, aber das bezieht sich meiner Meinung nach mehr auf die Situation, so etwas mit einem Partner zusammen erleben zu dürfen. Bei uns im Rhein-Main-Gebiet gibt es deutlich schönere Sonnenuntergänge. Das liegt allerdings an dem vielen Kerosin in der Luft über Frankfurt, denn die irrsinnig vielen Flugzeuge lassen ihren Dreck über der Stadt ab und dann spiegeln sich eben die Sonnenstrahlen so schön in den Kerosin-Partikeln, schöner als in der klaren Luft Namibias.

Zurück in Swakopmund hat sich die Herbergsmutter der Pension Regina übrigens als Waltraut entpuppt. Waltraut hat als jüngste Tochter in der Familientradition die Pension ihrer Mutter weitergeführt. Zum Abendessen gab es eine große Portion Schweinenackenbraten mit Sauerkraut und Kartoffelpüree.

Ich komme mir in solchen Momenten vor wie ein Chinese, der auf seiner Deutschland-Rundreise beim Stadtbesuch von München im Hofbräuhaus nur gebratene Nudeln süß-sauer, labberige Pekingente mit klebrigem Reis oder Glückskekse und Pflaumenwein auf der Speisekarte findet. Allerdings hatte ich heute Abend nicht einmal die Auswahl, denn Waltraut hat ganz klare Prinzipien und genau das stand eben für einen Dienstagabend auf dem Speiseplan.

Als ich Waltraut etwas über vegetarische Ernährung erklären will, schaut sie mich nur entgeistert an, als ob sie noch nie einen Mann getroffen hat, der nicht jeden Tag eine halbe Antilope verspeist, die er vorher über dem Lagerfeuer gegrillt hat. Waltraut blieb natürlich hart und ich stochere jetzt in meinem Kartoffelbrei und würge ihn mit dem viel zu salzigen Sauerkraut herunter. Mein Gott, Waltraut und ihre Prinzipien, die sind hier echt noch deutscher als die Deutschen selbst.

8
Heia Safari

Nach einem üppigen Frühstück mit importierter Erdbeermarmelade und einem hart gekochten Ei, bin ich nun schon seit etwa zwei Stunden Richtung Etosha-Pfanne unterwegs. Wenn mir mein Kollege im Büro nicht von dieser „Pfanne" erzählt hätte, würde ich wahrscheinlich nicht auf dem Weg dorthin sein. Immerhin ist er selbsternannter Afrika-Experte und das hat ausnahmsweise nichts mit seiner allseits bekannten Vorliebe für dunkelhäutige Frauen zu tun. „Da musst du unbedingt hin", lag er mir in jeder gemeinsamen Frühstückspause in den Ohren, seit er erfahren hatte, dass ich nach Namibia fliegen will. Immer wenn ich fragte, was denn an dieser Etosha-Pfanne so besonders wäre, sagte er nur: „Wirst du schon sehen, wenn du da bist!"

Ich habe diese „Pfanne" dann mal gegoogelt und siehe da, es geht um Tiere. Warum in Namibia die lebendigen Tiere in einer Pfanne leben und in Deutschland nur tote Tiere in die Pfanne dürfen, habe ich nicht verstanden, aber das Leben birgt vermutlich eine Menge weiterer geheimnisvoller Fragen. Auf jeden Fall ist das ein großes Naturreservat mit allen Tieren, die es in Afrika gibt. Also nicht mit allen Tieren, denn hier gibt es verdammt wenig Regen, also kaum Wasser und somit fallen schon mal ein paar Tierarten weg. Wenn du als Tier viel Wasser brauchst oder auf saftig grünes Futter stehst, gibt es bestimmt nettere Wohngegenden.

Ich weiß nicht warum, aber ich habe gerade so ein komisches Bild im Kopf, von einem sandbeigefarbenen Nilpferd, das vollkommen verstaubt, durstig und mit traurigem Blick mitten in der Wüste steht und auf den nächsten Bus wartet. „Nilpferde gibt`s nur am Nil, ansonsten nennt man die Flusspferde.", hat mir mein Kollege erklärt. Der kann mir viel erzählen, denn außer einem halben Dutzend Besuche in Zoos oder Tierparks, habe ich in meinem Leben noch nichts gesehen, was auch nur annähernd nach wilden Tieren aussieht. Das sollte sich allerdings sehr bald ändern.

Im Nachhinein habe ich mir geschworen, nie wieder ohne eine ordentliche Vorbereitung in ein fremdes Land zu fliegen. Am Abend zuvor habe ich in meinem Reiseführer offensichtlich überlesen, dass man möglichst nicht mit dem eigenen Auto durch das Naturreservat fahren soll und das sollte seine guten Gründe haben. Nachdem mir eine herumstreunende Hyäne fast vor das Auto gelaufen ist, war ich gewarnt und habe meine Fahr-geschwindigkeit gedrosselt. Dieses seltsam fiese und furchteinflößend dreinblickende Tier kam wie aus dem Nichts direkt auf die Straße gelaufen als ob es die natürlichste Sache der Welt wäre, dass ich als Autofahrer für Tiere eine Vollbremsung hinlege. Diese Hyäne ist entweder ganz schön verwöhnt oder ziemlich doof. Von nun an halte ich automatisch meinen Blick nicht nur auf der Straße, sondern lasse ihn auch sicherheitshalber links und rechts der Straße schweifen. Es ist bei diesen mannshohen Sträuchern gar nicht mal so leicht den Überblick zu behalten.

Alles ist staubgrau oder sandfarben. Der Boden, die Sträucher und auch die meisten Tiere, sodass man die echt kaum kommen sieht. Das nächste Tier habe ich dann allerdings kommen sehen und ich stand sofort auf der Bremse. Verdammt nochmal, was soll das? Überall in Namibia gibt es Zäune am Straßenrand, aber keine Tiere vor denen sie schützen sollen. Hier, wo alle paar Minuten irgendwelche gefährlichen Tiere auf die Straße gelaufen kommen, hat natürlich keiner Schutzzäune aufgestellt. So langsam habe ich den Verdacht, dass die deutsche Bürokratie auch in Namibia Einzug gehalten hat. Wobei ich sicher bin, dass in diesem speziellen Fall auch kein Zaun geholfen hätte.

Ich sage nur Elefant. Der letzte Elefant, an den ich mich erinnern kann, war der kleine Elefant aus dem Dschungelbuch, mit dem sich Mogli angefreundet hat. Der hier ist größer, viel größer. Nicht ganz so groß wie Colonel Hathi, der strenge Oberelefant aus der Elefantenherde, aber der Elefant der hier vor mir steht, ist auch nicht ohne. Ich bin mir gerade nicht sicher, ob er meinen weißen Fiat 500 tatsächlich als Bedrohung wahrnimmt, aber seine Körpersprache ist aus meiner Sicht eindeutig. Ich gerate mehr oder weniger in Panik, denn dieser Elefant wirkt auf mich nicht unbedingt ausgeglichen oder friedlich. „Elefanten sind Pflanzenfresser, vor denen brauchst du keine Angst zu haben", hat mir mein Kollege oberlehrerhaft erklärt, aber im Moment habe ich definitiv Zweifel. Dieser Elefant läuft ständig mit schnellen Schritten auf mich zu und unterstreicht seine Feindseligkeit mit einem lauten „Töröö", nur um nach dem jeweiligen Anlauf wieder ohrenwackelnd und majestätisch zurückzuschreiten. Das macht der jetzt schon gefühlte fünf Minuten und er denkt einfach nicht daran die Straße freizugeben. Früher fand ich das „Töröö" von Benjamin Blümchen total niedlich, aber heute macht es mir Angst und geht mir regelrecht an die Nieren. Da sitzt du in einer kleinen weißen Knutschkugel und weißt ganz genau, dass die Gurtstraffer und der Airbag nicht unbedingt für Zusammenstöße mit ausgewachsenen Elefanten erfunden wurden. So langsam glaube ich, der Elefant macht sich mit mir einen Spaß, nur damit er heute Abend am Wasserloch was zu erzählen hat. So ein Arsch. Ich werde jetzt einfach mal auf die Hupe drücken und langsam auf ihn zufahren. „Bist du wahnsinnig?" schreit eine mir unbekannte Stimme in meinem Kopf. Wo kommt die denn plötzlich her? Das ist wohl mein Notfallassistent. Ich kann hier mit meinem Auto doch nicht stundenlang ausharren und darauf warten, dass dieser aufgedrehte Elefant endlich heim zu Mami trottet. In wenigen Stunden wird es auch hier stockdunkel sein und ich will hier auf keinen Fall im Dunkeln fahren, geschweige denn eine Nacht im Auto verbringen. Es kommt natürlich so, wie es im Leben öfter kommt. Da denkst du an nichts Gutes und plötzlich springt es um die Ecke. Hier in Form eines Pritschenwagens, der hinten auf der Ladefläche zwei Sitzbänke angeschraubt hat, auf der ein Dutzend japanische Touristen gerade dabei sind, das Duell zwischen dem Elefanten und meinem Fiat in gefühlten 100.000 Bildern digital festzuhalten.

Immer dann, wenn ich Japaner treffe, wundere ich mich, warum ihnen die Evolution nicht noch einen zusätzlichen Arm in Form eines Teleskopstativs für Selfies hat wachsen lassen. Ein paar von den Japanern sind jetzt sogar von der Pritsche gesprungen, nur um ein Selfie mit mir zu machen. Der Guide im Führerhaus ruft dem Elefanten irgendwas zu und der macht sich sofort auf den Weg hinter den nächsten Busch. Die ganze Truppe auf der Pritsche lacht noch mal herzhaft über mich und knippst ein letztes Erinnerungsfoto vom doofen Deutschen. Es gibt Momente, da könnte ich glatt zum Rassisten werden, aber egal, denn so geht es für mich wenigstens weiter.

Offensichtlich fährt der Nippon-Express Richtung Village, also dorthin, wo es einige Lodges zum Übernachten gibt. Also folge ich den Japanern unauffällig in gebührendem Abstand und freue mich darüber, dass deren Truck mir die Straße freiräumt. Mir graut es schon jetzt vor dem Abendessen. Ganz bestimmt kriegt einer von den Japanern meine Anwesenheit mit und dann steht die ganze Truppe kichernd um meinen Tisch und macht noch mehr Selfies. Da es langsam aber sicher dunkel wird, habe ich keine andere Wahl. Hoffentlich haben die ein Bett für mich und liefern Essen auf's Zimmer.

9
Am Wasserloch

Jetzt weiß ich, warum die den Ort alle nur „Village" nennen, denn „Okaukuejo" klingt beim Aussprechen so, als ob man sturzbetrunken ist. Hier finde ich bestimmt keine Pension Regina und ich sollte Recht behalten. Da ich den Pritschenwagen der Japaner vor einer Lodge parken sehe, weiß ich bereits, wo ich definitiv nicht übernachten werde. Außerdem sieht die Lodge der Japaner sündhaft teuer aus und würde mein Budget sicherlich sprengen. Nachdem ich am äußersten Rand von Okaukuejo eine halbwegs akzeptable, aber dafür nicht ganz so teure Bleibe für die Nacht gefunden habe, kann ich mich hier entspannt zum wohlverdienten Abendessen zurückziehen.

Inmitten all dieser Wildtiere finden sich bestimmt auch ein paar exotische Gerichte auf der Speisekarte. Es wird ja nicht gleich ein Elefanten-steak oder eine gegrillte Nashornhaxe sein, aber ich vermute, dass es auch hier wenig Auswahl für Vegetarier geben wird. Beim Blick auf die Speisekarte überkommt mich der Verdacht, dass hinter all diesen endlosen Weidezäunen Namibias wohl zig Milliarden Hühner leben müssen, denn 80% der Gerichte auf der Speisekarte sind „Chicken mit Irgendwas". Es gibt hier wenigstens kein durchgebratenes Zebrafilet, keine Wasserbüffelschwanzsuppe und auch kein Affenhirn auf Eis, so wie bei diesem Indiana Jones Film.

Diese herzlos laminierte Speisekarte könnte übrigens auch auf einem Stehtisch in einer Imbissbude in Castrop Rauxel liegen. Egal, ich habe einen Bärenhunger und dann ist es eben das Hähnchenbrustfilet mit Irgendwas. Das Irgendwas hat übrigens richtig gut geschmeckt und ist wohl ein Knollengemüse aus der Gegend. Wenigstens haben die hier ein gescheites Bier. Laut Google kommt das leckere Gesöff von einer Brauereifamilie, die vor über hundert Jahren von Bremen nach Deutsch-Süd-West-Afrika, ausgewandert ist. Mich würde es nicht wundern, wenn der Koch hier auch deutsche Wurzeln hat. Nach dem dritten kühlen Bier werde ich hundemüde und der Rest der Nacht ist dann ziemlich unspektakulär.

Wenn es so früh dunkel wird, verändert sich auch dein Biorhythmus und du fällst jeden Abend früher ins Bett als sonst und natürlich wirst du auch früher wach. Meine Uhr zeigt jetzt vier Uhr morgens und zuhause würde mich um diese Zeit kein Mensch aus dem Bett bringen. Normalerweise bin ich um diese Zeit komatös und wenn nicht, dann zumindest unausstehlich. Nach vier Tagen Namibia ist alles anders, als ob ich in so kurzer Zeit ein anderer Mensch geworden wäre. Blöd ist, dass ich nach einem so frühen Abendessen jetzt auch schon wieder Hunger habe, aber wenn ich das richtig gelesen habe, dann öffnet der Speisesaal erst wieder um 07.00 Uhr. Bevor ich vor Langeweile wieder einschlafe, beschließe ich zum Sonnen-aufgang die Gegend um mein Hotel zu erkunden.

So nah an der Zivilisation werden schon keine wilden Tiere rumlungern, aber wie so oft in meinem Leben muss ich später feststellen, dass ich zwar immer eine Meinung, aber dann doch wenig Ahnung habe. Wenn die Zivilisation schläft und es so dermaßen still ist, dann trauen sich die Tiere natürlich erst recht näher an die Häuser im Village heran. Im Nachhinein ist man immer schlauer. Auf dem kurzen Trail zu einem nahegelegenen Wasserloch in der Nähe der japanischen Lodge, fängt es plötzlich hinter fast jedem Busch an zu rascheln. Ich bin ziemlich aufgekratzt als ich endlich dort ankomme. Ich habe immer noch keine Ahnung, was da in den Büschen geraschelt hat. Endlich kommt ganz zärtlich die Morgendämmerung über den Horizont geschlichen und ich genieße diese Atmosphäre, wie kaum einen anderen Augenblick in meinem Leben. Da sitzt du ganz alleine auf einer Bank und schaust total relaxed zu, wie Minute um Minute immer mehr Tiere zum Saufen ans Wasserloch kommen. Die tun so als ob du gar nicht da wärst und irgendwie verschmelze ich in diesem Moment mit all diesen Tieren. Was braucht so ein Zebra schon zum Leben? Es kommt morgens und abends zur Tränke, frisst den ganzen Tag das, was die Natur bietet und wenn es einigermaßen aufpasst, dann wird es auch kein Teil der Nahrungskette für umherstreunende Raubtiere. Für mich sehen diese Zebras alle gleich aus, obwohl ich mal gelesen habe, dass kein Zebra das gleiche Muster hat. Sozusagen eine Art individueller Fingerabdruck. Trotzdem stelle ich mir die Frage, wie diese Tiere sich auseinanderhalten?

Auch die Oryxantilopen ähneln sich total und die haben nicht einmal ein sichtbares Muster am Körper. Kann es da einem Bock nicht auch mal passieren, dass er versehentlich das falsche Weibchen bespringt? Natürlich nicht absichtlich, sondern nur, weil es genauso aussieht?

Mein Gott, jetzt sitze ich hier allein auf einer Bank vor einem Wasserloch und bin in Gedanken bei kopulierenden Böcken, die für den versehentlichen Seitensprung immer eine gute Ausrede parat haben. Kann es sein, dass ich vielleicht doch mehr Probleme mit dem Alleinsein habe als gedacht? Ich könnte jetzt auch darüber sinnieren, wie so ein Zebrapärchen mit seinen Kindern den Alltag verbringt und wie sie sich gegenseitig vor Raubkatzen schützen oder sowas in dieser Art, aber nein, ich habe noch nicht einmal gefrühstückt und denke schon ans Poppen. In der Gegenwart von Inge habe ich verhältnismäßig selten ans Poppen gedacht und wenn es dann soweit war, habe ich offensichtlich auch nicht so abgeliefert, wie es Inge sich erhofft hatte. Naja, wir haben darüber kein Buch geführt, aber es fühlt sich im Nachhinein nicht ganz so erfüllend an. Vielleicht lag es auch daran, dass jeder von uns seiner Karriere nachgegangen ist und wir uns geschworen hatten, uns gegenseitig niemals zu behindern, wenn es um Job, eigene Hobbys oder den persönlichen Freundeskreis ging. Unsere Beziehung führten wir mehr nebeneinander als miteinander. Für die Freiheit musst du offensichtlich einen hohen Preis bezahlen und wir zahlten ihn in Form von Einsamkeit.

Entweder ich hockte zuhause alleine auf der Couch, wenn Inge ihren Sport machte oder mit ihren Freunden loszog, oder sie langweilte sich zuhause, weil ich neben ihr auf der Couch saß und nicht so viel Elan zeigte, wie ihre Freunde oder Sportkameraden. Man kann sich auch in Gegenwart seines Partners einsam fühlen, wer wüsste das besser als ich? Inge hatte versucht mich zu motivieren, mir doch auch mal was zu suchen, aber das klang für mich nicht unbedingt stimmig. Ich glaube, sie wollte mich einfach nur dazu bewegen aus dem Haus zu gehen, damit sie ihre Ruhe hat. Unsere Freunde haben uns damals geraten, wir könnten doch zur Abwechslung auch mal was gemeinsam machen. Während ich ernsthaft darüber nachdachte, was denn in Frage käme, hatte Inge schon ein halbes Dutzend überzeugend klingende Argumente rausgehauen, warum das nicht geht. Sie wollte einfach nicht und wenn ich etwas sensibler mit diesen Reaktionen umgegangen wäre, dann hätte ich mir viel früher denken können, dass es mit uns Beiden kein gutes Ende nimmt.

Nach dem Motto: „Was nicht sein darf, ist nicht", habe ich solche Gedanken einfach verdrängt. Ich konnte und wollte mir damals nicht vorstellen, dass Inge mich vielleicht total öde und langweilig findet und sie sich sukzessive nach einem anderen potentiellen Partner umschaut, der ihr Dasein mit mehr Spannung und Leben füllt, als ich es kann. Ich stelle mir mehr und mehr die Frage, ob ich es wirklich nicht konnte, oder ob ich es einfach nicht wollte?

Manchmal schleicht sich so ein komisches Gefühl in dein Herz und dann ist es natürlich auch ganz schnell in deinem Kopf, setzt sich fest und dann ist es im Grunde genommen schon entschieden. Nach ein paar Monaten des Zusammenlebens mit Inge kamen mir Tag für Tag immer mehr Zweifel, ob mir so ein Leben auch wirklich gefällt? Ich war damals schon nicht mehr der Allerjüngste und ab einem gewissen Alter bist du eben nicht mehr bereit so viel zu ändern, selbst wenn du es könntest. Manchmal ist es die Gewohnheit, manchmal falscher Stolz und manchmal auch nur die Angst zu viel von sich selbst aufzugeben, wenn man auf seinen Partner Rücksicht nehmen soll. Es sind ganz oft nur Kleinigkeiten, die einen mit der Zeit mürbe machen und irgendwann kann dann der Zeitpunkt kommen, an dem du denkst, du packst das nicht. Vielleicht erging es Inge ja genauso? Wir haben nie richtig drüber gesprochen.

Die Zebras, Gnus und Oryxantilopen haben diese Probleme nicht, zumindest rede ich mir das ein. Vielleicht haben die aber auch viel mehr Stress als ich mir vorstellen kann und jetzt saufen die sich hier am Wasserloch gerade ihren ganzen Frust weg. Zwischenzeitlich lässt das zarte Rosa am Horizont alles erstrahlen und die Atmosphäre könnte nicht friedlicher sein. So fühlt es sich an, wenn die Seele auf Reisen geht. Verdammt, genau in diesem Moment der Glückseligkeit höre ich das mir vertraute Kichern der Japaner und schon bin ich wieder hart auf dem staubigen Boden der Realität gelandet.

Gottseidank sind ihre Fotoapparate entweder Richtung rosa Himmel oder Richtung Wasserloch gerichtet, sodass sie mich noch nicht bemerkt haben, also nichts wie weg hier. So langsam überkommt mich ein Magenknurren, das auf dem Rückweg zum Hotel jedes noch so wilde Tier hinter den Sträuchern vertreibt und somit lande ich wieder sicher in meinem Speisesaal.

Ich hätte nie gedacht, dass ich mal der Erste beim Frühstück bin, aber hier in Namibia ist alles anders und ich entdecke ganz neue Seiten an mir. Vor lauter Verzweiflung über die Streichmettwurst und den gebratenen Schinken und mangels Alternativen, esse ich sogar etwas von dem Rührei. Wer hätte das gedacht?

10
Unter Geiern

Ich werde auf jeden Fall noch einen weiteren Tag hierbleiben, denn wo sonst auf dieser Welt sieht man noch so viele Tiere in freier Wildbahn? Klar, Tansania, Kenia oder im Krüger-Park in Südafrika, aber da rufen die Reiseveranstalter zwischenzeitlich Preise auf, da wird dir schwindelig. Hier in Namibia ist es noch bezahlbar, vorausgesetzt man folgt nicht den Japanern in ihre Luxus-Lodges. Es hat übrigens keine 30 Sekunden gedauert und die ganzen Tiere am Wasserloch sind bei dem Gekicher meiner speziellen Freunde in alle Himmelsrichtungen geflüchtet. Da haben die urplötzlich riesige Zoom-Objektive an ihre Fotoapparate geschraubt, nur um sich anschließend gegenseitig beweisen zu können, dass der mit dem Längsten auch der Beste ist.

Ich muss mir hier wohl eine individuelle Safari-Tour buchen, denn mit so einer Truppe will ich diesen Tag hier ganz bestimmt nicht verbringen. Meine weiße Knutschkugel bleibt also auf dem Parkplatz und ich schließe mich einem holländischen Pärchen an, die ich zufällig beim Veranstalter der Safari-Tour getroffen habe. Die Holländerin spricht erfreulicher-weise perfekt Deutsch, aber aus dem Mund ihres Mannes kommen immer nur so komische Knurrlaute, die ich weder der niederländischen, noch der deutschen Grammatik zuordnen kann. Ich finde, die Beiden passen nicht unbedingt gut zueinander.

Sie ist ziemlich extrovertiert, man kann schon fast sagen total offensiv, sodass man intuitiv einen Schritt zurückgehen will. Es kommt mir im Moment vor als ob diese Frau euphorisch und sehr glücklich darüber ist, endlich mal wieder mit Jemanden plaudern zu können. Da ihr Mann nach zehn Minuten immer noch nichts Verwertbares gesprochen hat, hege ich den Verdacht, dass er vielleicht stumm ist. Warum auch nicht, so etwas soll es ja geben? Erst viel später hat sich dann herausgestellt, dass es im Grunde genommen auch so eine ähnlich unglückliche Konstellation wie bei Inge und mir ist, nur dass die Beiden dachten, so eine gemeinsame Reise könnte ihre Beziehung retten. Im Moment sieht das für mich nicht so aus, als ob das klappen könnte. Der Mann, er heißt übrigens Luuk, hat nach einer gefühlten Ewigkeit dann doch noch seinen Mund aufgemacht, aber nur, weil er unseren Guide darum bitten wollte, ihm ein kaltes Bier aus der Kühlbox zu geben. Da hat seine Frau, sie heißt übrigens Swantje, nur kurz mit den Augen gerollt und sofort wieder fröhlich drauflos geplappert. Mein Gott, hört das denn niemals auf? Die vertreibt mit ihrer überdrehten Stimme doch jedes Großwild auf 500 Meter. Soll ich es jetzt genauso machen wie ihr Mann und mir frustriert ein kaltes Dosenbier nach dem anderen reinziehen, oder traue ich mich und fahre ihr endlich in die Parade? Ich tue so etwas normalerweise nicht, dafür haben meine Eltern bei meiner Erziehung schon gesorgt. Wenn ich meiner Mutter damals ins Wort gefallen wäre, hätte mein Vater seinen Gürtel ausgezogen und ich wäre in mein Zimmer geflüchtet.

So, wie ich das beurteilen kann, würde Luuk keine Strafmaßnahmen androhen, sondern er wäre vielleicht sogar sehr froh darüber, wenn seiner Swantje endlich mal einer sagt, sie solle ihre Klappe halten. Im Grunde genommen finde ich Swantje ganz nett, denn sie hat so eine offene erfrischende Art, so wie sie viele holländische Frauen haben. Ich mag das, denn das gibt einem Mann das Gefühl, dass sich die Frau an seiner Seite wohl fühlt. Ist es wirklich so einfach? Lass die Frau an deiner Seite munter drauflos plappern, unterbreche und korrigiere sie nicht und schon ist sie die glücklichste Frau der Welt? Wenn Inge angefangen hat zu plappern, oder sollte ich besser sagen über ihr Leben zu klagen, hat sie natürlich auch den einen oder anderen Spruch gegen mich rausgehauen. Ich habe mich dann so gut wie nie getraut sie zu unterbrechen oder sie zurechtzuweisen. Trotz all meiner Zurückhaltung hatte ich währenddessen nie den Eindruck, dass sie dabei glücklich ist. Swantje scheint anders zu sein, aber wir sind hier schließlich auf einer Safari und nicht auf der Couch bei einem Psychotherapeuten. Ich will jetzt endlich ein paar Tiere sehen, also atme ich tief ein und bitte sie höflich aber bestimmend darum, doch bitte mal für eine halbe Stunde still zu ein. Ich glaube, Swantje ist es nicht gewohnt, dass man sie so behandelt. Sie wird plötzlich auf eine Art hektisch, die nichts Gutes ahnen lässt. Unser Guide scheint deutlich mehr Erfahrung mit solchen Frauen zu haben, denn er holt Luuk sofort sein viertes Bier aus der Kühlbox und greift dann beherzt selbst zur Dose.

Jetzt stehen wir mit laufendem Motor mitten in der Wildnis und ich muss diesen Kampf hier wohl alleine führen, obwohl wir Männer rein zahlenmäßig deutlich überlegen sind. Ich denke schon, dass der Guide auch gerne etwas mehr Ruhe an Bord hätte, aber er hält sich raus, weil er sein Geld so oder so bekommt.

Luuk scheint offensichtlich alles egal zu sein, denn er zerdrückt nach einem langen Schluck schon wieder seine leere Bierdose und fordert mit seiner freien Hand bereits die nächste. Das kann ja heiter werden. Entweder ignorieren die Männer das Problem oder können es nur besoffen ertragen. Ist das jetzt so ein Männerding? Vielleicht hätte ich mir alternativ auch besser eine kalte Bierdose geben lassen sollen, aber nein, ich musste ja unbedingt voran gehen und den Mutigen spielen. Das ist wie im Stellungskrieg, denn diejenigen die vorneweg gehen, kriegen als erste eine auf die Fresse oder müssen sogar den Heldentod sterben. Ich war noch nie ein Held und nur, weil ich jetzt ein paar Tage in Afrika umherziehe und aussehe wie ein Großwildjäger, bin ich es trotzdem nicht. Ich kenne mich nicht aus mit solchen Situationen. Was soll ich denn machen, wenn Swantje jetzt anfängt lautstark zu schimpfen oder sie sogar handgreiflich wird? Am Ende fängt sie noch an zu heulen und damit konnte ich noch nie umgehen. Wenn Inge ihre seltenen Heulanfälle bekam, bin ich jedes Mal moralisch eingeknickt und wie ein reuiger Hund zurück-gekrochen, nur damit sie endlich damit aufhörte.

Swantje ist anders, das sagte ich bereits, aber auf eine Art, die mir dann doch sehr angenehm ist. Dieses unkontrollierte Zucken in ihrem Gesicht war nicht die Ouvertüre für einen Tobsuchtsanfall oder die Schleusenöffnung für eine Heulattacke, sondern einfach nur ein Zeichen ihrer Nervosität. Sie weiß in diesem Moment einfach nicht, wie sie jetzt damit umgehen soll, sie ist offensichtlich überfordert. Was darauf folgt, ist eine sprichwörtliche Waffenruhe. Wir bleiben einfach still voreinander sitzen und warten darauf, dass ein neutraler Dritter das Zepter in die Hand nimmt. Alle Erwartungen liegen bei unserem Guide, denn Luuk könnte, so betrunken wie er ist, selbst wenn er das wollte kein Zepter mehr in der Hand halten.

Überrascht vom friedlichen Ausgang meines mutigen Auftritts, nimmt unser Guide schnell wieder Fahrt auf, sagt „Let`s go my friends" und dann nimmt alles seinen Lauf, so wie man sich eine Wild-beobachtung in der Etosha-Pfanne vorstellt. Swantje findet offensichtlich sogar Gefallen daran, einfach nur still dazusitzen und die Tiere zu beobachten. So sind wir alle abgelenkt von unseren kleinen Problemen und haben eine glückliche Zeit. Bis auf Luuk, denn ihm stellt das Leben nach dem Griff in die zwischenzeitlich leere Kühlbox eine ganz harte Bewährungsprobe. Gottseidank hatten wir bis zu diesem Zeitpunkt schon fast alle hier heimischen Tiere aus nächster Nähe gesehen und deswegen empfinden wir es nicht als so tragisch, als Luuk plötzlich anfängt lautstark vor sich hinzufluchen.

Einer musste ja irgendwann die Stille durchbrechen und Swantje nutzt diese Chance gleich wieder drauflos zu plappern und so fahren wir lautstark zurück zum Parkplatz, ohne dass ich mir noch ernsthaft Mühe gebe, auf das zu achten, was die Beiden so von sich geben. So betrachtet, war es eine gute Entscheidung diese Reise alleine anzutreten. Keine Ahnung, ob die Beiden ihre gemeinsame Reise durch Namibia bis zum bitteren Ende gemeinsam verbringen, oder ob einer von ihnen frühzeitig zurück nach Holland fliegt. Es ist mir ehrlich gesagt auch egal. So hat jeder seine eigenen Probleme und von denen, die noch auf mich warten sollten, wusste ich zu diesem Zeitpunkt glücklicherweise noch nichts.

11
Unterwegs

Endlich sitze ich wieder selbst am Steuer meiner kleinen weißen Knutschkugel und bestimme wo es langgeht. Keiner quatscht mich voll oder rülpst mir nach jeder Bodenwelle seinen ekligen Bier-Atem ins Gesicht. Weit und breit keine kichernden Japaner und auch keine aufgebrachten Elefanten, die mit meinem Fiat 500 Bowling spielen wollen. Ich genieße diese unspektakuläre Landschaft und endlich findet mein Blick wieder seine gewohnte Sicherheit in Form der Weidezäune als natürliche Leitplanken links und rechts des Weges. Was mir allerdings auffällt, sind diese Strommasten oder Telefonmasten, auf deren Spitzen sich offensichtlich irgendwelche Vögel Nester gebaut haben. Nicht solche Nester, wie man sie aus Europa kennt, sondern regelrechte Mehrfamilienhäuser, teilweise so groß wie mein Auto. Später habe ich nachgelesen, dass man diese Nestbaumeister Webervögel nennt. Da haben die hier in Namibia allen Platz der Welt, ihrer Familie ein schickes Einfamilienhaus mit unverbauter Aussicht zu bieten, aber nein, dann bauen die sich solche riesigen Wohnsilos, in denen es zugeht wie in einem Taubenschlag. Vielleicht geht es den Webervögeln wie den Menschen und sie können einfach nicht alleine leben? Genauso wie die Termiten. Überall bauen die Termiten aus dem Sandboden herausragende Wohnblöcke und Hochhäuser, manchmal fast so hoch wie Bäume.

Man sollte annehmen, dass sie sich gegenseitig auf die kleinen Füßchen treten, wenn sie jeden Tag zur Arbeit müssen, um neues Baumaterial zu sammeln. Keine Ahnung, wie teuer die Grundstückspreise für Bauland in Namibia sind, aber diese Wohnsiedlungen auf engstem Raum müssen wohl andere Ursachen haben. Wahrscheinlich kannst du in dieser lebensbedrohlichen Wildnis nur überleben, wenn du dich mit Gleichgesinnten zusammentust. Das erinnert mich übrigens irgendwie an das Leben in der einen oder anderen verlassenen Gegend in den östlichen Bundesländern. Ja, ich weiß, ich sollte diese „Wessi-Sprüche" lassen, aber es gibt auch mehr als genug „Ossi-Sprüche-Klopfer", allen voran mein Kollege aus Sachsen, der mir seit über drei Jahren in jeder Mittagspause mit einem neuen Ossi-Spruch daherkommt. Er sollte mal ein Buch darüber veröffentlichen. Solche Bücher lassen sich meistens gut verkaufen, denn viele Menschen nehmen sich kaum noch Zeit zum Lesen. Ein paar kurze und knackige Sprüche sind da leichter zu verdauen als wenn du dich durch einen 500-Seiten-Roman quälen sollst. Das Leseverhalten ist heutzutage fast schon vergleichbar mit den Paarbeziehungen. Wer hat denn heutzutage noch die Ausdauer und den Willen die Trilogie einer Familiensaga von Ken Follet mit über 3.000 Seiten zu lesen, wenn eine Kolumne im Internet oder eine tolle Kurzgeschichte das schnelle Glück versprechen? Die Generation meiner Eltern hat noch regelmäßig silberne oder goldene Hochzeit gefeiert, aber heutzutage wirst du schon als langweilig abgestempelt, wenn du länger als zehn Jahre mit dem gleichen Partner zusammenlebst.

Es soll Menschen geben, die sehen das Leben als eine endlose Aneinanderreihung von spannungsgeladenen Glücksmomenten und sind dann furchtbar enttäuscht, wenn sich nach ein paar Jahren so etwas wie Routine einschleicht. Für mich ist Routine lediglich ein anderes Wort für Vertrautheit, nur dass sich Vertrautheit deutlich positiver anhört. Ich dachte immer, Vertrautheit ist eine gute Basis für eine Paarbeziehung, aber Inge sah das anders. Bevor sich bei uns so etwas wie Vertrautheit einnisten konnte, hatte Inge das schon als langweilige Routine abgestempelt. Ich gebe einem Buch mindestens 100 Seiten lang die Chance mich zu überzeugen, ob ich es gerne weiterlesen möchte und ob ich wirklich wissen will, wie es ausgeht. Inge war eher so der Kurzgeschichtentyp. Vermutlich gehört sie sogar zur idealen Zielgruppe für das Sprüche-Buch meines Kollegen.

Ich sollte langsam aufhören mich mit Inge und unserer Vergangenheit zu quälen, ich kann es doch sowieso nicht mehr ändern. Meine Oma hat immer gesagt, ich bräuchte mich nicht über verschüttete Milch zu ärgern. Oma, es tut mir leid, aber ich kann das nicht so gut. Als mir meine Oma das gesagt hat, war sie allerdings schon deutlich über 70 Jahre alt. Vielleicht kommen einem diese Erkenntnisse und diese Gelassenheit erst im hohen Alter? Ich bin auch schon fast 60 Jahre alt und dann sollte es wohl auch bei mir nicht mehr so lange dauern, hoffentlich.

Wie komme ich jetzt überhaupt von den Termiten auf meine Oma? Es gibt Menschen in meinem Umfeld, die behaupten, ich würde immer so abschweifen. Manchmal habe ich selbst das Gefühl, dass ich alles viel zu kompliziert mache. Ich bin mit meinen Gedanken ganz oft schon sehr viel weiter als mit meinem Mund und dann komme ich selbst nicht mehr hinter mir her und verliere den Anschluss. Das kann für andere Menschen ganz schön anstrengend sein. Ich habe die stille Hoffnung, dass sich jeder Mensch noch entwickeln und ändern kann und zwar unabhängig vom Alter. Im Grunde kann sich alles im Leben zum Guten wenden, wenn es nur alle Beteiligten auch wirklich wollen. Mein Ex-Schwager Edgar sagte mir mal, ich wäre ein „Gutmensch", was immer er auch darunter versteht. Ich bin mir da heute nicht mehr so sicher, ob ich ihn damals richtig verstanden habe. Nach dem ganzen Ärger mit Inge könnte er damit auch gemeint haben, dass ich über all die Jahre zu gut zu seiner Schwester war, obwohl sie es nicht verdient hätte. Naja, als älterer Bruder kennt man seine Schwester vermutlich sogar besser als der Partner, der es in den wenigen Jahren der Beziehung wohl nie so richtig geschnallt hat, worum es dieser Frau wirklich geht? Manchmal besteht zwischen Geschwistern bekanntlich auch so etwas wie eine Hassliebe. Da braucht die kleine Göre ihren älteren Bruder nur einmal zu oft genervt zu haben und schon wird es zum Trauma und der große Bruder schlägt bei jeder sich passenden Gelegenheit zurück. Ich selbst habe keine Geschwister und vielleicht sehne ich mich deshalb so sehr nach der Nähe von Menschen.

Ich brauche die Nähe zu Menschen, wie die Pflanze das Wasser und die Sonne braucht. Apropos Pflanze. Vor mir sehe ich ein Schild mit dem Hinweis auf ein paar „Welwitschias" am Rand der Straße und ich lenke meine Knutschkugel auf den Behelfsparkplatz. Diese Pflanzen gehören zu dem Erstaunlichsten, was die Welt der Pflanzen auf diesem Planeten zu bieten hat. Diese Welwitschias können weit über 1.000 Jahre alt werden und sie sehen auch entsprechend faltig aus. Das liegt aber nicht nur am Alter, sondern hauptsächlich an der Wasserzufuhr. Alte Menschen sollen bekanntlich viel trinken, aber was kann eine Welwitschia dafür, wenn sie ausgerechnet in einer der trockensten Wüsten der Welt wächst? Diese unspektakuläre Pflanze mit ihren großen lederartigen Blättern, die an einen Klumpen wild zusammengewachsener Aloe-Vera-Pflanzen erinnert, holt sich jeden Tropfen der überlebenswichtigen Flüssigkeit aus der Luft. Nachts ist es hier in Namibia kalt, in einigen Regionen sogar arschkalt, auch wenn es sich tagsüber so ganz anders anfühlt. Jeden Morgen bildet sich eine hauchdünne Schicht Nebel und die schlaue Welwitschia saugt sich da alles rein, was sie zum Überleben braucht. Wenn wir Menschen auch so genügsam wären, dann hätte die Welt ein paar Probleme weniger. Jetzt stehe ich voller Ehrfurcht vor diesen Pflanzen und bin schon fast ein bisschen neidisch, weil sie mit der Einsamkeit kein Problem haben, so wenig zum Leben brauchen und dann auch noch dermaßen alt werden. Da ich ganz alleine hier rumstehe, frage ich die Welwitschia mit lauter Stimme, ob sie denn auch glücklich ist?

Leider bleibt sie mir die Antwort schuldig, aber vielleicht hat sie auch nur keine deutschen Vorfahren und hat deswegen Probleme mit der Sprache. Nachdem ich schnell noch ein paar Erinnerungs-Selfies mit meiner alten Freundin geschossen habe, mache ich mich wieder auf den Weg Richtung Waterberg. Mein Kollege meinte, da müsste ich unbedingt hin, aber das hat er auch über jeden anderen Ort in Namibia gesagt. Wenn ich ehrlich bin, kann ich seine Begeisterung aber schon jetzt nach nur wenigen Tagen gut nachvollziehen. Bis auf die alte Nazi-Tante in Swakopmund, die japanischen Grinsbacken und mein holländisches Chaospärchen, war alles super. Genau genommen gehören die auch alle nicht zu Namibia und bleiben bei der Bewertung außen vor. Mein Kollege hatte mir davon erzählt, wie irre schön es war, am Waterberg wild zu campen und ich sollte das unbedingt auch machen. Wie stellt der sich das vor? Der kennt mich doch und weiß ganz genau, dass ich zwei linke Hände habe und niemals alleine ein Zelt aufbauen könnte, geschwiege denn ein Lagerfeuer entzünden. Wahrscheinlich darf man das bei dieser Trockenheit auch gar nicht. Egal, was auch dafürspricht, ich lasse es lieber und beschränke mich auf die visuellen Eindrücke. So viel Auswahl an Unterkünften habe ich allerdings nicht, aber an einsamen Orten ist das meistens so. Da sich gleich die erste Guest Farm mit einem wie leergefegten Parkplatz präsentiert, sollte ich hier auch ein Zimmer für die Nacht bekommen.

Wie selbstverständlich spreche ich die junge Frau hinter dem Tresen in meiner Heimatsprache an und erwarte regelrecht, dass sie sich als Johanna oder Maria vorstellt. Aber nichts dergleichen. Sie schaut mich nur etwas verunsichert an und versucht trotz der peinlichen Stille zu lächeln. Nach gefühlten 30 Sekunden presst sie endlich ein „Mister, you need a room?" aus ihren Lippen und mir wird schlagartig klar, dass ich hier wieder mein schlechtes Schulenglisch auspacken muss. „Yes, I need a room for one night. How much?" Meine Art der Konservation ist alles andere als höflich und daher schicke ich noch ein freundlich hingehauchtes „Please" hinterher. Das „Please" scheint die junge Dame wohl eher irritiert zu haben, denn nun schaut sich mich schon wieder stillschweigend an. Entweder ist das ihre Masche Touristen zu verarschen und sie lacht sich nachher mit ihren Freundinnen halbtot, wenn sie sich gemeinsam die Videoaufzeichnung der Sicherheitskamera anschauen, oder sie ist tatsächlich mit der Situation überfordert. Aber warum sollte sie überfordert sein, denn sie steht immerhin hinter dem Tresen eines Gästehauses und meine einzige Bitte ist, mir den Preis für eine Nacht zu nennen und das auch noch in einem Englisch, das primitiver nicht sein kann. So langsam kommt mir der Verdacht, dass sie vielleicht nur deswegen etwas länger braucht sich zu artikulieren, weil sie so selten auf Menschen trifft. In ihrem Kopf scheinen sich die Zahnräder ganz langsam zu drehen, aber wer kann es ihr verdenken. Vielleicht bin ich tatsächlich der erste Gast seit Wochen, der sich hierher verirrt hat?

Wenn die junge Dame seit Wochen mit niemanden gesprochen hat, kann es schon mal passieren, dass einem bei so einer Hitze und dem vielen Staub die Hirnrinde verklebt. Sie schaut mich immer noch treudoof an und so langsam werde ich unruhig. Wir stehen uns seit einer gefühlten Ewigkeit einfach nur gegenüber, starren uns an und jeder wartet darauf, dass sein Gegenüber endlich den Knoten löst. Plötzlich fängt die junge Dame an wie blöd zu lachen und wie auf Kommando, kommen zwei weitere, deutlich jüngere Mädchen hinter dem Tresen vorgekrochen und laufen kichernd in die Arme ihrer Mutter, die diese skurrile Szene wohl schon eine ganze Weile aus dem Hinterzimmer beobachtet hat. Nachdem sie selbst auch grinst wie ein Honigkuchenpferdchen, dämmert mir, dass sich die junge Dame wohl einen Scherz mit mir erlaubt hat. „Wissen Sie, es ist hier so wenig los und meine Tochter sucht nur ein wenig Abenteuer" kommt sie mir lächelnd entgegen. „Sie ist noch in der Pubertät, da macht man solche Sachen, ich hoffe Sie verstehen Spaß?" Wenn jetzt noch Kurt Felix um die Ecke kommt, würde mich das nicht wundern. Nachdem sie sich als Marianne vorgestellt hat und die Mädchen sich so langsam wieder einkriegen, werde ich von Minute zu Minute deutlich lockerer und das mit dem Zimmer ist dann auch schnell geklärt. Während ich die wichtigsten Klamotten für den morgigen Tag aus meinem Koffer hole, wird mir wieder einmal deutlich bewusst, wie leicht man mich verlegen machen kann, obwohl ich aufgrund meines Alters doch viel souveräner damit umgehen sollte. Manchmal verstehe ich das selbst nicht.

Dieses Defensive, dieses Schamhafte scheint mich mein ganzes Leben lang zu begleiten. Ich kann es mir selbst nicht wirklich erklären, warum ich mich immer wieder für etwas schäme, obwohl ich doch überhaupt nichts Schlimmes getan habe, was dieses Verhalten rechtfertigen würde. Eine Nachbarin meiner Eltern hatte mir bei einer Geburtstagsfeier vor Jahren mal was über eine Familienaufstellung erzählt, die sie mit ihrem Mann zusammen gemacht hat und siehe da, danach war den Beiden offensichtlich vollkommen klar, woher ihre Probleme kamen. In jedem dritten Satz sprach sie von einem Trauma und dass an alledem ihre Eltern schuld sind. Ihr Mann saß damals die ganze Zeit kopfnickend daneben und sagte in regelmäßigen Abständen pflichtbewusst „Ja, ja, wir selbst können nichts dafür".

Es gibt Momente in meinem Leben, da würde ich mir wünschen, ich könnte das auch. Einfach die Verantwortung abgeben, auf jemand anderen zeigen und behaupten, ich selbst kann nichts dafür. Doch am Ende des Tages kann man immer selbst was dafür, egal was einem auch begegnet oder passiert. Es ist ja nicht immer so eindeutig, wie bei Swantje oder meinen Japanern, denen man lockerleicht die Schuld für etwas geben kann, denn im Zusammen-leben läuft das meistens viel subtiler ab. Inge und ich sind oftmals umeinander geschlichen und jeder hat nur auf die kleine Schwäche seines Gegenübers gewartet. Ein kurzer Moment der Schwäche und schon bekam man den ganzen Müllberg mit aufgestauten Vorwürfen und Schuldzuweisungen vor die Füße gekippt.

Hier, es ist dein Dreck, mach das weg, du bist dafür verantwortlich, es ist deine Schuld, schäm dich. Natürlich hat sich Inge etwas unverfänglicher ausgedrückt, aber bei mir kam das genauso an und deswegen habe ich mich anschließend so schlecht gefühlt. Ich spüre heute noch diese Ohnmacht, wenn mich jemand für einen Fehler rügt, oder mich für etwas verantwortlich machen will. Es ist durchaus wichtig, dass sich Menschen selbst reflektieren können und die Schuld auch mal bei sich suchen, aber wenn du dann nur lange und intensiv genug bei dir suchst, wirst du auch fündig und schon sind die anderen aus der Schusslinie. Ich habe das Gefühl, dass Inge genau wusste, wie ich in solchen Situationen reagiere und sie hat es öfter schamlos ausgenutzt. Was für den einen Menschen bequem ist, kann einen anderen regelrecht erdrücken, aber ich habe es zugelassen und deswegen kann ich auch was dafür. Selbst wenn mich meine Eltern so erzogen hätten, kann ich in meinem Alter doch nicht immer noch mit dem Finger auf sie zeigen und behaupten sie wären schuld und ich könne nichts dafür. So ein Quatsch, irgendwann ist Schluss mit den Ausreden, ich bin doch nicht mehr in der Pubertät.

12
Endlose Weite

Nachdem mich Marianne gestern Abend mit einem rheinischen Sauerbraten und selbstgemachten Kartoffelknödeln beglücken wollte, bin ich mit einem latenten Hungergefühl früh zu Bett gegangen. Ich bin wieder im Landesinneren und das bedeutet um diese Jahreszeit heiße Temperaturen. Also möglichst früh raus und die kühlere Morgensonne nutzen. Marianne hat mir noch ein paar Tipps mit auf den Weg gegeben, welche Wanderwege besonders schön sind, was ich mir unbedingt anschauen soll und auf was ich jederzeit aufpassen soll. Letzteres hat mich fast davon abgehalten loszulaufen.

Ich bin durchaus ein erfahrener Wanderer, aber im Odenwald, Taunus oder in den Alpen musst du nicht bei jedem Schritt aufpassen, dass du versehentlich auf eine Giftschlange oder einen Skorpion trittst. Klar, kann dir auch im Bayerischen Wald ein Wildschwein über den Weg laufen, aber die sind wenigstens nicht lebensgefährlich. Hier sind ein paar größere Tiere ganz anders drauf und das macht mich schon ein wenig nervös. Zudem bin ich allein unterwegs und das meine ich genauso, wie ich es sage. Offensichtlich bin ich heute der einzige Gast am Waterberg. Auf der einen Seite freue ich mich darüber, aber auf der anderen Seite überkommt mich so ein mulmiges Gefühl. Was soll ich tun, wenn was passiert?

Ich habe keine Ahnung im Umgang mit Schlangenbissen oder wie ich mich verhalten soll, wenn etwas vor mir steht und mich anknurrt, von dem ich eben nicht weiß, ob es Vegetarier ist oder lieber Frischfleisch bevorzugt? Marianne hat nur gelächelt und meint, dieses Jahr hätte sie noch keinen Touristen ins Krankenhaus bringen müssen, ich sollte mir nicht so viele Sorgen machen. Marianne hat gut reden, denn wir haben gerade mal Anfang Februar.

Jetzt bin ich aber schon mal hier, also mache ich mich auf den Weg und bin gespannt, was mir das Leben heute schenkt. Ja, ich empfinde hier jeden Tag als Geschenk, denn jeder Tag schenkt mir nicht nur neue, bisher nicht gekannte Eindrücke, sondern auch neue Erfahrungen. Ich freue mich auch auf Begegnungen mit Menschen, die ich wie diesen Wanderweg hier erst einmal erkunden muss. So langsam macht es mir regelrecht Spaß, mich auf das Unbekannte einzulassen. Hätte mir das einer vor einer Woche so unterstellt, hätte ich abgewunken. In all den Jahren mit Pauschalurlauben, bin ich fremden Menschen meistens aus dem Weg gegangen und habe mich an Inge gehalten. Wenn du als Paar zusammen bist, dann kannst du das vielleicht so machen, aber wenn du alleine unterwegs bist, dann musst du dich öffnen, dann musst du deine Scheu überwinden und so kommst du mit ganz vielen Fremden in Kontakt. Bisher habe ich das Fremde meistens als Gefahr empfunden, aber hier hat sich meine Einstellung verhältnismäßig schnell verändert. Das Fremde ist spannend und es macht mich neugierig.

Auf dieser Reise komme ich mir vor wie ein Kind, das die Welt entdecken darf und auf alles Neue erst einmal vorbehaltlos zugeht um es auszuprobieren. Kleine Kinder wissen eben noch nicht, was alles passieren kann und deswegen machen sie es einfach und siehe da, meistens passiert auch nichts und es macht ihnen am Ende sogar Spaß. Genau betrachtet gehören immer beide Seiten der Erfahrungen dazu. Du musst lernen das Schöne und Positive anzunehmen, um es auch genießen und wertschätzen zu können. Auf der anderen Seite sind die schlechten und negativen Erlebnisse auch wichtig für deinen Erkenntnis- und Reifeprozess. Ich habe hierzu mal eine schöne Metapher gelesen. „Wenn dir das Leben Steine in den Weg legt, hebe sie auf und baue dir daraus ein Haus!"

Inge hatte zu diesem Thema auch einen Lieblingsspruch: „Wenn dir das Leben Zitronen schenkt, dann hol dir Salz und Tequila und hau dir die Rübe zu". Ich bin mir nicht sicher, ob ich das gerade richtig zitiere, aber so ähnlich klang es. Für die Zitronen war ich wohl zuständig, bzw. verantwortlich und den Tequila hat sie dann erst mit ihren Freundinnen und später dann mit Joachim zusammen gesoffen. Wenn du so ganz alleine wandern gehst, geht dir ganz schön viel durch den Kopf. Da quatscht dir keiner rein und du kannst wirklich jeden Gedanken in Ruhe zu Ende denken. Ich glaube, ich habe in den letzten Tagen mehr über mich gelernt, als die letzten 50 Jahre zusammen. Naja, ich will nicht übertreiben, aber es fühlt sich gerade so an und ich genieße es.

Da fällt mir dieser Kalenderspruch ein: „Nur wer an seine Grenzen geht wird feststellen, wie weit er gehen kann!" Die letzten Tage sind für mich tatsächlich eine Aneinanderreihung von Grenzerfahrungen, denn ich gehe jeden Schritt alleine und ich bin das einfach nicht mehr gewohnt. Die ganze Bequemlichkeit eines Pauschalurlaubs kannst du hier vergessen und ich bin echt dankbar dafür, dass ich mich das hier getraut habe. Manni allein in Namibia, wer hätte das gedacht? Mit jedem Schritt auf dieses Hochplateau des Waterberg wird mir klarer, warum ich unbedingt hierher sollte. Ich könnte meinen Kollegen dafür knutschen. Diese endlose Weite lässt mich einfach nur staunend innehalten und ich suche mir erst einmal einen passenden Felsen als Sitzgelegenheit, weil mich dieser Ausblick fast schwindelig werden lässt. Zum dritten Mal auf dieser Reise fühle ich mich wirklich einsam und ich fühle mich sauwohl dabei. Mein ewiges Gejammere über die drohende Einsamkeit nach der Trennung empfinde ich gerade als Farce und ich schäme mich dafür. Verdammt, ich wollte mich doch nicht mehr so oft schämen, hört das denn niemals auf? Mein Blick schweift von ganz links, nach ganz rechts und wieder zurück. Nachdem ich die Schönheit dieser Landschaft mindestens ein Dutzend Mal aufgesaugt habe, fühle ich mich selig. So muss sich ein Vogel fühlen, wenn er über die unendlichen Weiten Namibias fliegt. Für mich, der im dichtbesiedelten Rhein-Main-Gebiet aufgewachsen ist, ist dieser Anblick total unwirklich. Kein Haus, keine Straße, keine Stromleitungen oder Funkmasten, nicht einmal ein Flugzeug am Himmel.

Einfach nur Nichts, aber das Nichts schimmert in den schönsten Farben und du fragst dich, wie der liebe Gott das hier nur so toll hingekriegt hat? Inge würde jetzt vermutlich behaupten, Gott hätte eine Freundin, die ihm mit ihrer Farb- und Stilberatung Tipps gegeben hätte, denn Männer haben keinen guten Geschmack, das würde man ja an mir sehen. Inge hat es nicht so mit Religion und es gibt Menschen in unserem Umfeld, die behaupten sogar, sie wäre blasphemisch. In diesem Moment ist es mir völlig egal, an was Inge glaubt oder nicht, denn ich glaube, nein, ich bin davon überzeugt, dass ich ohne Inge ein schöneres Leben vor mir haben werde.

Diese erhabene Landschaft in all ihrer Weite und Schönheit lässt mich regelrecht euphorisch werden und bei all dieser Euphorie habe ich tatsächlich vergessen, wie lange ich hier schon sitze. Mein Blick nach oben sagt mir, dass es Zeit ist aus der Mittagssonne zu flüchten, ansonsten droht mir ein Hitzschlag. Da nutzt auch mein beigefarbener Schlapphut nichts. Es wird höchste Zeit, dass ich mir eine andere Kopfbedeckung suche, denn mit diesem Rentnerhut sehe ich älter aus als ich mich gerade fühle. Schade, dass ich diesen Ausblick hier nicht mit Elke zusammen genießen kann. Was sie wohl gerade macht? Vermutlich sitzt sie heute schon wieder an ihrem Schreibtisch und zehrt noch ein wenig von ihren Erinnerungen an Namibia. Das stelle ich mir gerade ziemlich brutal vor. Eben noch hockst du hier oben, genießt die endlosen Weiten Namibias und ein paar Tage später endet dein Horizont am Bildschirm deines

Computers. Eben noch hörst du nur deinen eigenen Herzschlag in deinen Ohren und ein paar Tage später quält dich wieder dein Tinnitus, weil du dem ganzen Krach um dich herum nicht aus dem Wege gehen kannst. Schon jetzt überkommt mich eine Traurigkeit, weil ich die erste Hälfte dieser Reise fast schon hinter mir habe und ich mir in diesem Moment wünsche, ich hätte mir dafür nicht zwei Wochen, sondern zwei Monate Zeit genommen. Wahrscheinlich würde mir der Abschied aus Namibia dann aber noch schwerer fallen. Wenn du dich erst einmal an etwas gewöhnt hast und es gefällt dir so gut, dann willst du es natürlich nie wieder hergeben. Elke hat mir anfänglich sofort gut gefallen und ich hatte niemals das Gefühl, mich erst einmal an sie gewöhnen zu müssen. Aber das Leben läuft nicht immer so wie man sich das denkt. Auf dem Weg nach unten bemerke ich die beiden Autos auf dem Parkplatz vor meiner Unterkunft. Anscheinend sind neue Gäste eingetroffen. Insgeheim hoffe ich, dass es keine Holländer und keine Japaner sind, aber ich will mal nicht so nachtragend sein. Schon auf dem Parkplatz höre ich lautes Gekicher aus dem Haus und ich vermute, dass die Mädchen sich auch mit den neuen Gästen ihren Spaß gemacht haben. Kurz darauf wird mir schnell klar, dass es andere Gründe gibt und die Gründe heißen Isabel, Jule, Max und Verena. Max und Verena sind ein junges Pärchen aus Köln, die hier in Namibia einfach mal chillen wollen und sich dann aber aus lauter Langeweile Isabel und Jule angeschlossen haben, die mit ihrer Zeltausrüstung auf Abenteuertrip gehen.

Ungleicher könnte diese Konstellation nicht sein, aber offensichtlich verstehen sie sich gut und jeder lacht über die Bemerkungen des anderen. Man könnte fast meinen, die hätten kurz vorher ein paar Flaschen Sekt geköpft, so ausgelassen ist die Stimmung. Auch Marianne und die Mädels genießen die fröhliche Atmosphäre und ich will natürlich kein Spielverderber sein. Also rein ins Getümmel, Hände abklatschen und fragen „was geht ab"? Es folgt peinliche Stille.

„Wer ist der Opa" fragt Jule unbekümmert in die Runde. Es gibt Momente, da fühle ich mich alt, sehr alt.

13
Planänderung

Normalerweise würde ich bei so einem Spruch angepisst reagieren und mich in eine Ecke verdrücken, aber hier ist nichts normal und auch ich bin es nicht mehr. Was heißt das überhaupt, „normal" zu sein? Klingt doch irgendwie langweilig, oder? Normal kommt von Norm und das bedeutet, dass du genauso aussiehst, so bist oder dich benimmst, wie alle anderen oder zumindest die meisten Menschen. Ich habe beruflich viel mit Normen zu tun und da droht sofort Ärger, wenn diese Normen nicht eingehalten werden. Wenn du beim Hausbau die Normen ignorierst, stürzt alles zusammen, also hält man sich eben daran. Man will ja nicht, dass was kaputt geht.

Vermutlich erwarten die Kids, dass ich mich jetzt auch wie ein Opa verhalte, nur weil die Optik meines sandbeigefarbenen Rentnerlooks dummerweise genau dieser „Ein-Opa-reist-durch-Afrika-Norm" entspricht. Ich bin aber kein Opa, ich habe nicht einmal Kinder und genau das lässt mich jetzt etwas unruhig werden. Ich habe zugegebenermaßen wenig Erfahrung im Umgang mit jungen Leuten und das könnte mir jetzt zum Verhängnis werden. Max und Verena dürften Anfang Zwanzig und Isabel und Jule eher Ende Zwanzig sein. Ich kann das schwer einschätzen, sie könnten auch älter sein, mal gucken. Es hat nicht lange gedauert und die Gruppe hat kapiert, dass ich deutlich lebendiger bin als ich aussehe.

Jule sagt, sie will mit mir unbedingt in den nächsten Outdoor-Laden gehen, damit ich endlich mal ein bisschen Farbe an den Leib kriege. Sie meint, dass mich ansonsten einer versehentlich über den Haufen fahren könnte, weil man mich farblich nicht vom Wüstensand unterscheiden kann. Im Grunde genommen hat sie recht und es ist wirklich an der Zeit, dass ich mein Äußeres meinem Inneren anpasse. Wenn du deine innere Einstellung veränderst, dann solltest du das auch nach außen zeigen.

Inge hat sich nach der Trennung sofort neue Klamotten gekauft und ihre Frisur geändert, aber ich habe den Verdacht, dass das alles nur ein Täuschungsmanöver ist. Mein Ex-Schwager Edgar hat mir kurz vor der Reise gesteckt, dass Inge mit Joachim genau den gleichen Scheiß machen würde, der mit mir schon nicht geklappt hat. Sie wäre eine trotzige Zicke und meint immer, die Männer müssten nach ihrer Pfeife tanzen. Ich will nicht wissen, was Edgar in seiner Kindheit mit seiner kleinen Schwester so erlebt hat, denn der Frust scheint tief zu sitzen. Er lässt wirklich keine Gelegenheit aus über seine jüngere Schwester Inge abzulästern. Über mich haben die hier bestimmt auch noch gelästert als sie alle in ihren Zimmern verschwunden sind, aber das ist mir egal. Es ist mir wirklich egal. Das ist neu! Beim Abendessen haben wir uns dann alle wiedergetroffen. Isabel und Jule bräuchten mal eine Dusche und ein sauberes Bett für eine Nacht, deswegen haben sie sich ebenfalls hier eingemietet.

Max und Verena haben mit Wildcampen nichts am Hut, aber sie sind gerne in der Nähe der beiden Mädels, weil die es einfach draufhaben und es mit ihnen nie langweilig wird. Offensichtlich reisen die Beiden ihnen seit Tagen hinterher und man trifft sich möglichst oft zu gemeinsamen Wanderungen oder auch mal zu einer Runde Rotwein am Lagerfeuer. Wenn ich die Beiden so reden höre, werde ich regelrecht neidisch. Rotwein am Lagerfeuer, das fehlt mir noch auf meiner Glücksliste.

Ich bin total erstaunt über mich selbst, was es die letzten Tage so alles auf meine imaginäre Glückliste geschafft hat. Da hätte ich vor einer Woche nicht mal im Traum daran gedacht. Okay, so ein Erlebnis wie mit Elke steht bei einem Mann in meinem Alter immer oben auf der Liste, aber die anderen Sachen habe ich erst hier in Namibia für mich entdeckt und ich glaube, es hat noch nicht einmal was mit diesem Land zu tun. Dieses Land hier scheint nur der ideale Ort zu sein, sich seiner Sehnsüchte bewusst zu werden. Das ist genau das, was meinen Kollegen an Namibia so begeistert und was er meinte, als er von dieser wundersamen Stille schwärmte. Manchmal musst du die Dinge mit dir alleine ausmachen und nicht mit anderen diskutieren, aber dafür brauchst du Ruhe. Im Moment bin ich hin und hergerissen, ob ich es wagen soll die Kids zu fragen, ob ich mich für den morgigen Tag anschließen darf. Nur so, ohne gleich als Klette daherzukommen und wenn es ihnen zu stressig wird, können sie mich gerne einfach wegschicken.

Ich kann mit Ablehnung zwar schwer umgehen, aber wenn ich jetzt nicht frage, werde ich wohl niemals mehr in meinem Leben die Chance auf eine Runde Rotwein am Lagerfeuer unter dem Sternenhimmel Südafrikas bekommen. Das ist es allemal wert.

Edgar hat immer behauptet: „Wenn du so sehr Angst vor einem Nein hast, wirst du niemals eine Chance auf ein Ja bekommen!" Er bezog das natürlich nur auf seine Anfragen in Dating-Portalen, aber im Grunde genommen hat er recht. Ich mache mir eindeutig zu viele Sorgen. Ich habe jetzt während des Abendessens fast eine Stunde mit mir gerungen und in Gedanken mit mir diskutiert, ob und wie ich das jetzt machen soll, ohne dass es peinlich wird oder die ganze Meute mich einfach allein am Tisch sitzen lässt. „Klar, kein Problem, kannst gerne mitkommen, aber zieh dir was Buntes an, damit wir dich auch finden, wenn du irgendwo liegen bleibst, kicher, kicher". So einfach kann es gehen, wenn du nett fragst. Auch wenn es Isabel vermutlich gerade nicht bewusst ist, aber sie hat mir in ihrer lockeren Art eine Lektion erteilt, die ich so schnell nicht mehr vergessen werde.

Eigentlich wollte ich am nächsten Tag Richtung Süden weiterfahren, aber ich lasse mich spontan darauf ein, mit den Vieren für zwei Tage einen Abstecher nach Botswana zu machen. Da wäre es total cool und außerdem kann man dort im Chobe-River die süßen Hippos sehen, die Verena aus der Ferrero-Werbung für diese überzuckerten Schoko-Riegel kennt.

So hat jeder seine eigenen Motive, aber da ich mich mit dem Nachbarland von Namibia vorher überhaupt nicht beschäftigt habe, lasse ich mich einfach mal darauf ein. Als Jule dann noch spontan anfängt von den Viktoria-Wasserfällen zu schwärmen, wird es für mich langsam bedenklich. Wenn man schon mal in der Nähe wäre, dann könnte man doch auch dort hinfahren, kennt ihre Euphorie keine Grenzen. Über diesen Wasserfall habe ich schon was in meinen Schulbüchern gelesen und er gehört wohl zu den großen Naturwundern Afrikas. Ich glaube es ist kein Zufall, dass ich genau in diesem Moment hier mit diesen Menschen zusammensitze und diesen Entschluss fasse, während ich die letzten Reste von Mariannes Erbseneintopf vom Löffel lecke. Natürlich erst, nachdem ich die kleingeschnippelten Schweinewürstchen rausgefischt habe.

Behutsam frage ich in die Gruppe, ob es denn nicht auch ein schöner Abend für eine Runde Rotwein am Lagerfeuer ist und ich wäre selbstverständlich bereit den Wein zu besorgen, wenn Isabel und Jule sich um das Feuer kümmern könnten. Alle sind davon begeistert und Marianne erwidert meinen ängstlich fragenden Blick mit einem kurzen freundlichen Nicken. Zwei Minuten später steht sie mit zwei Flaschen südafrikanischen Shiraz vor mir und sagt: „Natürlich zum Selbstkostenpreis". Marianne weiß ganz genau, wie sie deutsche Touristen glücklich machen kann. Auch wenn der Lagerfeuerplatz ziemlich nahe am Haus liegt, ist es trotzdem wunderschön.

Angeblich war es noch bis vor wenigen Jahren erlaubt direkt am Waterberg oder sogar oben auf dem Plateau offenes Feuer zu machen, aber bei dieser Trockenheit wurde es den Verantwortlichen dann doch zu gefährlich und seitdem ist es verboten. Schade, aber es ist auch so ein Erlebnis. Marianne kommt später noch mit dazu, nachdem ihre Kinder im Bett sind. Sie erzählt von ihrem viel zu früh verstorbenen Mann, der vor Jahren als Fahrer eines Pritschenwagens in der Etosha-Pfanne tödlich verunglückt ist. Sein Fahrzeug kippte während der Fahrt auf die Seite, nachdem eine Horde japanischer Touristen alle gleichzeitig auf die linke Seite der Pritsche sprang, weil sie unbedingt ein Löwenbaby fotografieren wollten. Dumm gelaufen. Es gab wohl auch mehrere Schwerverletzte und sogar einen weiteren Toten unter den japanischen Touristen und man hätte darüber sogar in den Nachrichten auf der ganzen Welt berichtet. Ich fühle mich in diesem Moment Marianne sehr verbunden, auch wenn es ziemlich gehässige Gefühle sind.

Der Sternenhimmel über Namibia ist einfach unbeschreiblich. Ich weiß, wenn man was getrunken hat, sieht man die Welt schöner als sie ist, aber ich übertreibe nicht. Da wir uns alle so gut verstehen und jeder ein paar lustige Anekdoten zu erzählen hat, holt Marianne auf eigene Kosten noch eine dritte Flasche Wein aus ihrem Keller und der Abend klingt so aus, wie ich mir das erhofft habe. Es war gut, dass wir dann alle gleichzeitig Richtung Bett aufgebrochen sind, denn wäre ich mit Marianne alleine am Lagerfeuer sitzen geblieben, hätte ich sie wahrscheinlich in den Arm genommen. Nicht, weil ich was von ihr will, sondern einfach nur, weil ich ihr was von meinem Glücksgefühl abgeben wollte. Sowas kann natürlich auch kompliziert enden, aber Alleinsein ist eben nicht einfach.

14
On the road

„Eigentlich ist es totaler Blödsinn mit drei Autos zu fahren" raunt uns Marianne am Frühstückstisch zu. „Ihr seid zu fünft, da passt ihr doch mit dem ganzen Gepäck locker in zwei Autos". Marianne meint es sicherlich gut und vernünftig ist ihr Vorschlag allemal, aber nach ihrer Bemerkung macht sich in der Gruppe schlagartig Unbehagen breit. Zusammenfahren schafft Abhängigkeiten und was tun, wenn einem der ungewollte Beifahrer nach zwei Stunden Fahrt dann schon auf den Geist geht?

Ungezwungen Rotwein am Lagerfeuer trinken ist eine andere Nummer als ein paar Tage lang miteinander eingepfercht im Auto zu sitzen. Ohne uns darüber abgesprochen zu haben, tun wir einfach so als ob wir das nicht gehört hätten und kauen weiter vor uns hin. Nur weil etwas vernünftig ist, muss man das nicht auch machen, oder? Wo kämen wir denn hin, wenn das alle Menschen tun? Eine Welt voller Vernunft und Berechenbarkeit. Irgendwie beschäftigt mich dieser Gedanke gerade mehr als ich im Moment zulassen will. Wenn ich ehrlich zu mir selbst bin, habe ich all die Jahre in meinem Leben doch nichts anderes gemacht. Ich habe stets versucht vernünftig zu sein, vernünftige Entscheidungen zu treffen, ja selbst vernünftig zu bleiben als Inge mir das mit Joachim gebeichtet hat. Vielleicht ist es genau das, was Inge an mir gestört hat, was sie vermisst hat? Durch meine Vernunft war ich für sie immer berechenbar und Inge hasst Mathematik.

Ich kann mich gerade nicht daran erinnern, wann ich zum letzten Mal so richtig ausgerastet bin. Ich kann mich nicht einmal daran erinnern, wann ich zum letzten Mal meine Stimme gegen einen Menschen erhoben habe. Selbst bei den Japanern und Swantje bin ich vernünftig geblieben, obwohl ich innerlich fast explodiert bin. Offensichtlich trage ich eine ganze Menge Gefühle mit mir rum, die ich allerdings wenig an die frische Luft lasse.

Inge war anders, Inge war eher spontan. Wenn du selbst deinen Hintern nicht hochkriegst, weil du vor lauter Denken, Abwägen und Hinterfragen so einen schweren Kopf hast, dass dich die Schwerkraft auf der Couch hält, dann ist so ein spontaner Gegenpol ganz erfrischend. Natürlich hat mich ihre Spontanität auch öfter mal genervt, weil sie mir dann nie Gelegenheit gab etwas mitentscheiden zu dürfen. Manchmal ist es nicht einfach, wenn dein Partner anders tickt als du selbst. Wenn Inge allerdings genauso ticken würde wie ich, wäre unser gemeinsames Leben vermutlich noch langweiliger verlaufen und es war auch so schon nicht besonders ereignisreich. Im Grunde genommen bestand unser Zusammenleben aus Routine. Jeder wusste, was zu tun ist, hat es mehr oder weniger gerne gemacht und wir hatten beide den Eindruck, dass es ganz gut funktioniert. Früher dachte ich, es wäre wichtig als Partner gut zu funktionieren. Das macht mich verlässlich und sich auf jemanden verlassen können ist wichtig.

Ein Maschinenbauingenieur würde mir jetzt vermutlich testieren, dass ich unter dauernder Schwerlast nicht rund laufe, einige wichtige Funktionen und Bauteile zwischenzeitlich deutliche Leistungsschwächen zeigen und mein Steuerungsprozessor nicht mehr der aktuellen Generation entspricht. Von Maschinen darf man erwarten, dass sie funktionieren, aber von uns Menschen? Macht denn nicht genau das den Unterschied, weil Menschen eben nicht wie Maschinen funktionieren? Aber wie soll eine Partnerschaft denn lange halten, wenn sich keiner auf den anderen verlassen kann, weil jeder spontan das macht, was er gerade will? Wenn sich aus purem Egoismus keiner an die alltäglichen Abläufe und Zusagen halten mag, die für das Zusammenleben wichtig sind? Ich selbst habe immer gut funktioniert, jawoll. Das kann mir keiner vorwerfen, nicht mal Inge.

So gesehen ist der bevorstehende Trip nach Botswana eine echte Herausforderung für mich. Erstens stand er nie auf dem Plan und zweitens weiß ich nicht, ob ich mich auf diese vier jungen Menschen wirklich verlassen kann? Was, wenn sie vielleicht total unvernünftig sind oder sogar unberechenbar? Dann bringen sie sich nicht nur selbst in Gefahr, sondern auch mich. Ich denke es ist eine gute Idee, wenn jeder für sich fährt. Wenn es die Situation erfordert, kann ich jederzeit wieder zurückfahren oder meine eigenen Wege gehen. Solche Rückzugsmöglichkeiten sind wichtig, ansonsten setzt du dich einfach viel zu sehr unter Druck und unter Druck kannst du das Leben nicht genießen.

Vielleicht hätten Inge und ich nicht zusammenziehen sollen? Natürlich war es vernünftig sich die Miete zu teilen, aber es ist schon eine ganz schöne Umstellung, wenn du plötzlich nicht mehr deine eigene Tür hinter dir zumachen kannst, weil der oder die andere auch einen Schlüssel dafür hat. Das ist offensichtlich so ein „Psycho-Ding", denn Inge und ich haben uns ja kaum gesehen, weil sie ständig unterwegs war, aber jeder wusste, dass man im Grunde genommen nicht frei ist. So was kann belasten. Ich frage mich nur, wo der Fehler liegt? Da wollen Menschen zusammenleben, weil sie sich lieben und sind sie dann zusammen, fühlen sie sich nicht mehr frei. Ist das dann überhaupt Liebe, wenn man die räumliche Nähe als Einschränkung oder sogar als Bedrohung empfindet? Bei der nächsten Rotwein-Session werde ich diese Frage mal in die Runde stellen. Ich bin gespannt, wie junge Menschen darüber denken.

Nachdem mir Marianne netterweise noch ein Leberwurstbrötchen für die Fahrt geschmiert hat und wir uns anschließend mit einer langen Umarmung verabschiedet haben, sitze ich nun wieder am Steuer meiner weißen Knutschkugel. Ich bin total stolz darauf, dass ich mich auf diese spontane Planänderung eingelassen habe. So etwas habe ich noch nie in meinem Leben gemacht und hier zählt es doppelt. Erstens verlasse ich meinen vorher explizit geplanten Weg und zweitens schließe ich mich Menschen an, die ich gerade mal ein paar Stunden kenne und das noch nicht einmal in einem nüchternen Zustand.

Ab jetzt ist absolut nichts mehr berechenbar und es war auch nicht vernünftig, aber genau deswegen freue ich mich darauf! Jetzt fahren wir schon seit Stunden im Konvoi und ich hänge einfach hinten dran, ohne zu wissen wo wir genau hinfahren und wie lange es noch dauern wird. Insgeheim hoffe ich, dass es Isabel und Jule anders geht, denn sie fahren vorneweg. Ich frage mich, warum diese beiden jungen Frauen überhaupt zusammen unterwegs sind, ich meine so ganz ohne Partner? Sie sind ausgesprochen hübsch, nett, haben gute Manieren, sind bodenständig, intelligent, humorvoll und außerdem sehe ich keine Anzeichen, dass sie möglicherweise ein lesbisches Paar sind. Bei den Beiden müssten die Kerle doch normalerweise Schlange stehen. Vielleicht haben sie ihre Partner auch nur zuhause gelassen, weil sie als Freundinnen auf einer solchen Reise besser funktionieren? Da war es wieder, das funktionieren. Mag sein, dass sie gut zusammen funktionieren, aber sie haben auf jeden Fall auch gleiche Interessen und eine Menge Spaß zusammen, zumindest ist das mein bisheriger Eindruck. Das mit dem ersten Eindruck ist immer so eine Sache. Wie oft habe ich mich in meinem Leben da schon getäuscht und damit meine ich jetzt nicht nur Inge. Was kann man denn schon nach ein paar Augenblicken großartig beurteilen? Sieht nett aus, hat vielleicht liebevolle Augen, ist gepflegt, artikuliert sich ordentlich und stinkt nicht aus dem Mund. Reicht das wirklich schon aus, um das wahre Wesen eines Menschen zu erkennen? Natürlich nicht.

Es sind immer erst die Oberflächlichkeiten die man sieht und es braucht schon seine Zeit, um dem Menschen in die Seele zu schauen. Aber nein, da werden nach ein paar Minuten schon die ersten Urteile gefällt und man packt den Menschen sofort in eine Schublade. Ist dieser Mensch da erst einmal reingepackt, kommt er da oftmals kaum wieder raus. Das ist doch nicht gerecht. Ich will nicht wissen, was die anderen über mich gedacht haben, als sie mich gestern zum ersten Mal sahen. Der Spruch mit dem „Opa" lässt mich zumindest ahnen.

Max und Verena kann ich noch überhaupt nicht beurteilen. Auf den ersten Blick wirken sie wie zwei Kletten, die ohneeinander keinen Schritt gehen können. Immer suchen sie die Hand des anderen, sitzen eng beisammen, wollen genau das gleiche essen und trinken, lassen sich immer gegenseitig ausreden und keiner fällt dem anderen ins Wort, selbst wenn es ganz offensichtlich Blödsinn ist. Es fällt mir echt schwer sie einzeln zu beurteilen, aber es bleiben mir ja noch ein paar Tage. Offensichtlich sind die Beiden noch nicht ganz so lange zusammen. Vermutlich schweben sie noch im siebten Himmel der frisch Verliebten. Max hat nur Augen für Verena und schielt keinen Moment nach Isabel oder Jule, obwohl es mehr als genug Gründe dafür gäbe. Wenn ich mindestens zwanzig Jahre jünger und dreißig Kilo leichter wäre, dann müssten sich die beiden Mädels vor mir in Acht nehmen. „Ach Manni, große Klappe, nichts dahinter" tönt es durch meinen Kopf und ich kann im Moment nicht zuordnen, von wem das kommt.

Ja, ich weiß, ich habe in Bezug auf Frauenbekanntschaften noch nie den Gigolo raushängen lassen. Ich bin nicht der Typ für sowas. Selbst bei Elke in Sossusvlei war nicht ich es, sondern sie, die den ersten Schritt gemacht hat. Ich wäre schon gerne ein Jagdhund, aber mich muss man offensichtlich zum Jagen tragen. Solange es jedoch Frauen gibt, die einen stattlichen Mann attraktiv finden und kein Problem mit meinem defensiven, gemütlichen Wesen haben, mache ich mir darüber keine Sorgen.

Apropos Sorgen machen. So langsam mache ich mir Sorgen über meine Blase. Wir fahren jetzt schon seit vier Stunden ohne Pause und meine drei Tassen Kaffee vom Frühstück müssen langsam mal raus. In meinem Alter ist das mit der Blase nicht immer einfach, da kannst du nicht mehr drei weitere Stunden die Oberschenkel zusammenpetzen und auf die nächste Raststätte warten. Da fällt mir siedend heiß ein, dass ich den Zettel mit den Mobilfunknummern der anderen dummerweise in meinen Koffer gepackt habe. Wie doof ist das denn? Deswegen rechts ranzufahren und die Nummern zu suchen, ist mir zu blöd. In der gleichen Zeit habe ich längst gepinkelt und kann mich dann wieder an die anderen heranarbeiten. Dann fahre ich anschließend einfach etwas schneller und hole sie wieder ein. Das mit den Mobilfunknummern im Koffer ist ein kleines Problem, aber die Suche nach einem geeigneten Busch ist ein wirklich großes Problem. Ich kann doch nicht einfach rechts ranfahren, mich hinter mein Auto stellen und mit meinem Pullermann auf die Steine pinkeln, bis die Skorpione rauskommen, während mir andere beim vorbei fahren zusehen, oder? Doch ich kann und ob ich das kann! Zum ersten Mal in meinem Leben stehe ich direkt am Straßenrand, hinter mir rauschen die LKW`s hautnah an meinem Arsch vorbei und ich pullere freudestrahlend als ob es kein Morgen mehr gibt. Das ist schon wieder einer dieser Momente, in denen ich stolz auf mich bin. Nein, es müssen nicht immer die bedeutenden Spitzenleistungen sein, sondern manchmal reicht auch ein kleiner Schritt über die eigene rote Linie, die einem ein ganz besonderes Glücksgefühl beschert.

Apropos Skorpione. Seit Tagen warnt mich jeder vor diesen Tieren und ich sollte mich unbedingt in Acht nehmen, weil unter jedem Stein einer sitzt und nur darauf wartet mich zu bespringen. Wo sind all diese giftigen Viecher? Ich bin jetzt sechs Tage in Namibia und habe noch keinen einzigen gesehen. Es ist ja nicht so, dass ich gerne einen streicheln will, aber es könnte sich doch wenigstens mal einer zeigen und wenn es nur für ein Selfie ist. Manni und der Todesskorpion, das wäre doch eine geile Story. Da bin ich auch nicht anders als die anderen Touristen die in solche Länder reisen. Wenn die nach Deutschland zurückkommen und im Büro oder bei ihren Freunden von ihrer Reise erzählen, dann müssen es immer die ganz besonderen Erlebnisse sein. Am besten exotisch, verrückt oder total gefährlich. Alles, aber bloß nicht langweilig. Die anderen sollen neidisch sein, weil ihr eigenes Leben total langweilig ist und keiner ihre Geschichten vom letzten Alles-Inklusive-Urlaub auf den Balearen hören will.

Die letzten Jahre musste ich mir das im Büro auch immer anhören, aber jetzt kann ich selbst was erzählen und das macht mich fast schon glücklicher als das Erlebte selbst.

Jetzt hänge ich schon eine halbe Stunde hinter diesem überlangen Sattelschlepper fest und finde keine Möglichkeit zu überholen. Das ist mit 60 PS unter der Haube auch nicht ganz einfach. Dieses Hitzeflimmern über dem Asphalt irritiert mich jedes Mal, wenn ich ausscheren will um zu schauen, ob die Straße frei ist. Ich bin die letzten Tage schon etwas mutiger geworden, aber deswegen noch lange nicht lebensmüde. Im Gegenteil. Ich habe das Gefühl, mein Leben würde gerade erst beginnen. Ich fahre seit Tagen durch ein fremdes Land, ohne auch nur ein einziges Hotel gebucht zu haben, gehe offen auf fremde Menschen zu und unterhalte mich mit ihnen und jetzt fahre ich seit Stunden zu einem Ort, von dem ich nur weiß, dass es dort Hippos geben soll. Ist das nicht geil? Ich werfe meinen ganzen Plan über den Haufen, nur wegen ein paar Hippos und der Chance auf eine weitere Rotwein-Runde am Lagerfeuer. Keine Ahnung, was dieser Tag noch bringt oder was mich morgen erwartet, aber genau das ist es, was mich gerade sehr lebendig macht. Ich war noch nie in meinem Leben so neugierig und voller Vorfreude wie in diesem Moment. Es ist mir sogar egal, ob die anderen auf mich warten oder nicht. Ich bin die letzten Tage gut alleine klargekommen und ich habe jeden Tag Dinge getan, die ich mich zuvor nicht getraut habe.

Ich fühle mich wie auf der Überholspur des Lebens, wenn nur dieser doofe LKW nicht vor mir wäre. So langsam ändert sich die Landschaft. Es wird grüner und man sieht vermehrt Bäume, die man sogar fast schon mutig als Wälder bezeichnen könnte. Mein Kollege, der gebürtig aus dem Pfälzer Wald stammt, würde jetzt wahrscheinlich höhnisch über eine solche Anmerkung lachen, denn ein Wald sieht natürlich anders aus. Nicht nur, dass sich die Landschaft verändert hat, auch der Verkehr wird dichter und man sieht immer mehr vereinzelte Siedlungen. Nach ein paar Tagen in der Einsamkeit der Namib-Wüste, wirkt diese Hektik und Betriebsamkeit fast schon ein wenig beängstigend. So schnell kann sich der Mensch an etwas gewöhnen. Endlich biegt der Sattelschlepper ab und gibt mir die Sicht nach vorne frei. Als ob ich nie gepinkelt hätte, hänge ich direkt wieder an den beiden Autos dran, so als wären wir nie getrennt worden. Wieder einmal waren alle meine Sorgen unnötig. Das sollte mir für die Zukunft mehr Ruhe geben.

Da es offensichtlich nur diese eine Straße gibt, kann man sich natürlich auch schwer verfahren, aber das wusste ich vorher nicht. Die Wegstrecke ist doch deutlich länger als ich dachte, denn ein Schild am Straßenrand zeigt noch eine Entfernung von rund 400 Kilometern bis zum Chobe-Nationalpark. Oh Mann, worauf habe ich mich da nur eingelassen?

15
Gewimmel im Fluss

Nachdem wir uns gestern kurz vor Einbruch der Dunkelheit alle in einem schäbigen Motel am Straßenrand eingebucht hatten, gingen wir noch kurz was Essen und anschließend ist jeder todmüde auf seinem Zimmer verschwunden. Ich fand es ziemlich schade, dass beim abendlichen Imbiss in dem Burger-Schnellrestaurant alle so still waren, aber ich war wohl der Einzige, der einen netten Plausch vermisst hat. Vielleicht liegt es auch nur daran, dass ich alleine im Auto saß, während die anderen sich den ganzen Tag auf engstem Raum mit sich oder dem anderen beschäftigen mussten. So gesehen konnte ich es gut nachvollziehen, dass jeder seine Ruhe suchte und einfach nur ins Bett wollte. Ich weiß noch nicht einmal genau, wie lange die als Viererbande schon zusammen unterwegs sind? Vielleicht ist bereits der Punkt erreicht, an dem man sich nicht mehr viel zu sagen hat? Ich kenne das von anderen Urlaubsreisen.

Da triffst du gleich am ersten Abend ein nettes Pärchen an der Hotelbar, plauderst angeregt die halbe Nacht, lachst viel und verabredest dich für den nächsten Tag am Pool. Jeder bestätigt dem Anderen, wie sympathisch man sich findet und wie toll man sich versteht. Jeder ist glücklich, weil er seine Lebensgeschichte erzählen darf und wenn alles erzählt ist, dann folgen die üblichen Urlaubsgeschichten in chronologischer Reihenfolge.

Jeder wartet nur darauf den anderen zu unterbrechen, weil die eigene Geschichte natürlich viel spannender und viel toller ist und so plätschern die ersten zwei Tage dahin. Spätestens am dritten Tag hockst du dann müde und motivationslos voreinander, weil keiner mehr Lust hat dem anderen zuzuhören oder selbst was nachzuliefern. Die Luft ist raus und man versucht sich unter irgendwelchen Vorwänden aus dem Staub zu machen, nur um beim nächsten Tagesausflug neue „Opfer" einzufangen, denen man wieder die gleichen Geschichten erzählen kann. Das mag so funktionieren und es gibt bestimmt Menschen, denen das sogar gefällt, aber was machst du, wenn du den ganzen Tag zusammen im Auto hockst oder vielleicht schon mehr als zwei Tage mit den gleichen Menschen unterwegs bist? Ich hätte gestern auch gerne noch ein paar Geschichten aus meinem Leben erzählt, aber noch viel neugieriger bin ich auf die Lebensgeschichten von Jule und Isabel. Mein Gefühl sagt mir, dass sich hinter diesen beiden Frauen etwas verbirgt, was auch mein Leben betrifft. Ob mich die Lebensgeschichte von Verena und Max sonderlich interessieren wird, kann ich noch nicht beurteilen, aber ich habe meine Zweifel, ob ich sie wirklich hören will.

So wie es aussieht, sind wir bald da, denn ich sehe überall Hinweisschilder und Werbeplakate mit Hippos, die mit weit aufgerissenem Maul im Wasser plantschen. Isabel steuert ihren kleinen Citroen auf einen Parkplatz vor einem Gebäudekomplex mit vielen Fressbuden, Marktständen und einem Besucherzentrum. Wir sind angekommen.

Da wir heute sehr früh losgefahren sind, könnten wir den Nachmittag sicherlich noch für einen Ausflug oder eine Wanderung nutzen, denn die Sonne geht frühestens in fünf Stunden unter. Wir versammeln uns um den Citroen und besprechen die Lage.

„Unser Opa muss bestimmt erst mal pullern" kichert Jule mir entgegen. Manchmal vermisse ich bei den jungen Leuten den Respekt vor dem Alter. So etwas hätte ich mich in diesem Alter trauen sollen, das wäre nicht gut ausgegangen. Damals hast du dir schneller eine Ohrfeige eingefangen als du dich wegducken konntest. Aber die Zeiten haben sich geändert und ich werde hier jetzt ganz bestimmt keine Watschn austeilen. Außerdem meint Jule es bestimmt nicht böse, das hoffe ich zumindest. Als ich dann als Einziger nicht gleich Richtung Klo verschwunden bin, haben mich alle ehrfürctig angeschaut. Keine Ahnung, was die jetzt denken, aber meine Pinkelpause bleibt mein Geheimnis. Verena und Max haben nach dem gemeinsamen Toilettenbesuch ein paar Bananen eingekauft, ihr beider Lieblingsobst. Warum wundert mich das nicht? Egal! Es folgt eine kurze Lagebesprechung und Isabel schlägt vor, dass wir den Rest des Tages für einen Bootsausflug nutzen. Im Chobe-Nationalparkt gibt es wohl wenige Wanderwege und da die Hippos im Fluss leben, nehmen wir eben ein Boot. Ich war tatsächlich so naiv zu glauben, dass wir uns da jetzt ein Tretboot mieten und gemütlich um die Hippos drumherum fahren können, aber weit gefehlt.

Auf den Plakaten sehen die Hippos irgendwie niedlich aus und auf der Einpack-Folie dieser Happy-Hippo-Schokoriegel sowieso. Doch wenn du so ein Flusspferd erst einmal in Natura siehst, bist du froh, dass du nicht mit einem Tretboot gekommen bist. Meine Fresse, was haben die für eine Fresse. Die könnten so ein Kaliber von Mann wie mich mit einem einzigen Happ verschlucken. Ich bin so froh, dass unser Boot hohe Wände aus Stahl hat. Im Chobe-River wimmelt es nicht nur vor Hippos, sondern auch vor Krokodilen und diese schreckeneinflößende Kombination lässt mich mehr und mehr unruhiger werden. Ich will mir echt nicht vorstellen was passiert, wenn unser Boot jetzt kentert. Jetzt stehen wir im Halbkreis auf dem Bootsdeck und Jule liest uns etwas über den Chobe Nationalpark aus ihrem Reiseführer vor. Sie endet mit ihrer persönlichen Einschätzung, dass wir uns auf jeden Fall mehr vor den Hippos fürchten sollten als vor den Krokodilen. Angeblich soll es hier auch große Wasserschlangen geben, aber im Moment versuche ich meine Fantasie etwas zu zügeln, damit ich nicht noch panischer werde. Unser Boot hat nicht einmal Rettungsringe und das gibt mir zusätzlich zu denken. Wenn wir jetzt kentern, werden sich die hungrigen Mäuler ganz bestimmt den dicksten Happen schnappen und das bin nun mal ich. Diese Viecher scheinen sowieso alle ziemlich hungrig zu sein, denn das laute Stöhnen und Gurgeln der Hippos lässt sich kaum anders deuten. Die ziehen hier echt eine tolle Show ab. Durch das ständige Abtauchen und das hochploppen wie ein Wasserball, den man unter Wasser gedrückt hat, ist der ganze Fluss in Wallung.

Das Boot schaukelt leicht im Wasser und zum Angstgefühl als Nachmittagshäppchen zu enden, kommt noch ein leichtes Gefühl von Seekrankheit dazu. Ich weiß nicht wie es den anderen damit geht, aber mir reicht die Vorstellung so langsam. Schnell noch ein paar Fotos schießen und dann hoffen, dass wir an einem Stück wieder zum Landungssteg kommen. Als ob mich der Kapitän erhört hätte, tuckern wir kurz darauf wieder in ruhigere Gewässer und stehen sicher an Land. Max und Verena haben gerade ganz spontan gemeinsam beschlossen, dass Hippos ab sofort ihre absoluten „Favourites" sind. Okay, irgendwie scheinen die beiden echt zusammen zu passen, auch wenn ich es immer noch komisch finde.

Als wir vorhin den Preis für die Bootstour gesehen haben, dachten wir, dass die Tour bestimmt drei Stunden oder mehr dauern würde, aber es war dann doch schneller vorbei als wir dachten. Ich bin nicht unglücklich darüber. Da es erst in drei Stunden so langsam dunkel wird, beschließen wir noch ein Stück weiterzufahren und wenn es klappt, sogar noch bis zu den Viktoria-Wasserfällen. Ein Blick auf die Karte bestätigt uns, dass es im Bereich des Machbaren liegt, also los geht`s.

16
Livingstone

Diesmal mogele ich mich zwischen die beiden anderen Autos, damit ich nicht verloren gehe. Wie immer fahren Isabel und Jule vorneweg. So „tough" wie die Beiden sind, werden es ihre Lebenspartner mit ihnen nicht gerade leicht haben, sofern sich überhaupt schon welche herangetraut haben. Am Lagerfeuer gestern haben sie zumindest keine Silbe über irgendwelche Kerle verloren. Ich bin zwischenzeitlich total neugierig, welche Geschichte sich hinter Isabel und Jule verbirgt, aber ich will mich auch nicht als neugieriger Opa aufdrängen. Das mit dem „Opa" nehme ich Jule schon irgendwie übel, denn altersmäßig könnte ich durchaus noch als ihr Vater durchgehen. Für junge Frauen bist du offensichtlich schon ab 45 steinalt und so gesehen, will ich die Bemerkungen von Jule nicht weiter kommentieren. Es kann mir doch egal sein, wie so eine Göre über mich denkt, aber leider nagt es immer wieder an mir. Das mit der Eitelkeit hört bei mir wohl niemals auf. Meine beiden Lieblingskollegen, mit denen ich gerne mal in der Mittagspause spazieren gehe, behaupten, dass Männer nicht sonderlich eitel sind, denn das wäre so einen Frauending. Bei Inge und mir war das anders. Inge hat immer den Standpunkt vertreten: „Wenn sich einer an meinem Äußeren stört, dann darf er mir gerne aus den Augen gehen!" Ihre Outfits waren in meinen Augen auch nicht immer besonders hübsch oder wenigstens farblich aufeinander abgestimmt, aber sie stand total drauf, immer etwas „speziell" auszusehen.

„Joachim findet meinen Style ganz toll und der rollt auch nicht mit den Augen, wenn er mich anschaut. Du Modemuffel hast doch keine Ahnung!" hatte sie mir vor wenigen Wochen in den Telefonhörer geblökt. Sollen die Beiden glücklich werden, ich rege mich nicht mehr darüber auf. Jetzt kann ich hier wenigstens in meiner sandbeigen Safari-Weste mit den acht aufgenähten Taschen rumlaufen, ohne ihre Lästereien ertragen zu müssen. Elke hatte sich nicht von meinem Outfit abhalten lassen mit mir zu flirten, aber sie hatte nebenbei so eine Bemerkung fallen lassen, dass ich durchaus auch kräftige Farben tragen könnte, denn das würde bestimmt gut zu meinen grauen Schläfen passen. Elke hat das wirklich nett und taktvoll in Worte gepackt, denn das Grau meiner Schläfen schimmert auch an verdammt vielen anderen Ecken auf meinem Kopf und zwischen den Ecken ist es auch schon ganz schön dünn geworden. Kein Wunder, dass Jule mich immer wieder Opa nennt. Wenn ich heute Nachmittag einen Laden mit Klamotten finde, werde ich Jule bitten mit mir reinzugehen. Vielleicht finden wir zusammen ein dunkelrotes Poloshirt oder eine dunkelgrüne Kappe als Farbtupfer und wenn ich nach Hause komme, werde ich meinen Kleiderschrank ein wenig neu sortieren.

Ich habe keine Ahnung, warum Isabel geradewegs an allen Schildern vorbeisteuert, die uns zu den Wasserfällen führen könnten, aber sie scheint zu wissen was sie tut. Nach wenigen Minuten taucht plötzlich eine Grenzstation auf und ich bin ein wenig unsicher, ob das jetzt nicht zu einem Problem wird.

Ich weiß aus Erzählungen, dass man für einige Länder in Afrika ein spezielles Visum braucht, aber bis gestern wusste ich nicht, dass wir heute nach Sambia einreisen. Was mache ich denn, wenn die anderen sich darauf vorbereitet haben, ihr Visum zeigen und mich einfach zurücklassen? Wenn ich das richtig sehe, scheinen die Grenzkontrollen hier allerdings nicht besonders streng zu sein. Man könnte fast meinen, wir fahren über die Deutsch-Holländische Grenze.

Ausgerechnet jetzt muss ich wieder an Swantje und Luuk denken. Ob die Beiden im Moment noch zusammen im Auto unterwegs sind, oder sitzen sie getrennt im Flieger auf dem Weg zurück nach Amsterdam? Ich kann es mir beim besten Willen nicht vorstellen, dass so zwei grundverschiedene Menschen glücklich zusammenleben können. Quatsch, was denke ich da? Bis gestern konnte ich mir auch nicht vorstellen, dass ich heute mit vier jungen, mir fast noch völlig unbekannten Menschen, zusammen in Sambia herumirren werde. Nur, weil ich mir etwas nicht vorstellen kann, heißt das noch lange nicht, dass es nicht möglich ist. Vielleicht werden Swantje und Luuk zusammen alt, bringen vier tolle Kinder zur Welt und feiern irgendwann überglücklich ihre Silberne Hochzeit. Warum nicht, nur weil sich das so ein Manni nicht vorstellen kann? Ich konnte mir vor wenigen Augenblicken auch nicht vorstellen, dass mich der Grenzbeamte einfach lächelnd durchwinkt. Vielleicht hat er auch nur über mein Safari-Outfit gelächelt und dachte sich, lass den dicken Safari-Opa einfach passieren, der tut keinem was.

Kaum sind wir in der Stadt Livingstone angekommen, werden wir mit hunderten Fotos von den Viktoria Wasserfällen aus allen Perspektiven und Farben regelrecht erschlagen. Nach wenigen Minuten habe ich das Gefühl, ich müsste gar nicht mehr aus dem Auto aussteigen, weil ich schon alles gesehen habe. Im letzten Moment sehe ich Jules Hand, die aus dem Seitenfenster nach rechts winkt. Offenbar ein Zeichen zum Anhalten. Jetzt stehen wir alle um ihren Citroen herum und beratschlagen, was wir in den letzten Stunden vor dem Sonnen-untergang noch machen wollen. Max und Verena würden gerne endlich mal wieder shoppen gehen, weil es hier doch so viele schöne Geschäfte gibt. Natürlich fragen sie mich nicht, ob ich mitkommen will. Sie wollen wohl auch mal alleine sein, also nicht so ganz alleine, aber alleine unter anderen Menschen. Ich kann das gut verstehen, denn nach der Einsamkeit der Namib-Wüste oder den ungewollten Begegnungen mit der beklemmenden, deutschen Nazi-Vergangenheit in Swakopmund, hätte auch ich große Lust mich in das Gewimmel dieser sehr „afrikanisch" anmutenden Stadt in Sambia zu stürzen.

So sehr es mich auch reizt, aber ich bin nicht deswegen mehr als 1.000 Kilometer gefahren, nur um shoppen zu gehen. Ich beschließe mit Jule und Isabel schon heute am frühen Abend zu den Wasserfällen zu gehen, um den Sonnen-untergang zu genießen. Wir checken noch schnell in einem Youth Hostel ein, weil es ziemlich billig ist und wir schon so viel Geld für Benzin ausgegeben haben.

Ich bin sowieso gespannt, was mich diese Reise am Ende kosten wird, denn wenn du individuell und vor allem alleine unterwegs bist, kann das ganz schön ins Geld gehen. Gerade passiert schon wieder etwas, das ich vor einer Woche niemals für möglich gehalten hätte. Es ist mir egal. Mir, Manni dem Sparbrötchen, der fast nur Lebensmittel mit den roten Preisschildern kauft, der sich vorher monatelang um den günstigsten Flug und das preiswerteste Mietwagenangebot gekümmert hat, ist es plötzlich egal, was das hier alles am Ende kostet. Ich staune über mich selbst und das nicht zum ersten Mal auf dieser Reise. Mein Vater hat mir früher beigebracht mein Geld nur für Dinge auszugeben, die einen entsprechenden Gegenwert haben oder die mir einen vernünftigen Nutzen bringen. Offensichtlich habe ich das mein Leben lang falsch interpretiert, also musste ich erst wohl so alt werden und nach Namibia reisen um zu verstehen, was es tatsächlich bedeutet. Ich bin mir allerdings sicher, dass mein Vater diese Reise als komplette Geldverschwendung bezeichnen würde. „Was willst du denn in Afrika, mein Sohn, da gibt es doch nicht mal was Gescheites zu essen!" Wenn der wüsste, wie lecker hier der Rheinische Sauerbraten und der Kartoffelbrei schmeckt, aber das tut jetzt nichts zur Sache.

Mir ist diese Reise, mit all ihren Stolpersteinen, mit den wunderbaren Begegnungen, inspirierenden Landschaften und Eindrücken und vor allem wegen meiner überraschenden Erkenntnisse jeden Cent wert. In diesem Moment überkommt mich wieder diese verdammte Melancholie, denn mir wird bewusst, dass heute schon die Hälfte meiner Zeit in Namibia vorbei ist. Namibia? Quatsch! Ich bin gerade weit weg in Sambia und habe keine Ahnung, wie ich in einer Woche wieder pünktlich am Flugsteig in Windhoek stehen soll? Normalerweise versetzt mich so ein Gedanke in Panik, denn ich bin der „Planer vor dem Herrn". Normalerweise will ich immer genau wissen, was mich erwartet, damit ich ordentlich vorbereitet bin. Mir reicht in der Regel auch kein Plan B, sondern es muss auch noch ein Plan C in der Hosentasche stecken. Dennoch spüre ich keine Panik, im Gegenteil, ich spüre in mir die Gewissheit, dass alles schon irgendwie klappen wird, auch wenn ich noch nicht weiß wie. Ist das nicht toll? Ich kann mich Tag für Tag mehr für mich begeistern! Die Traurigkeit spüre ich nur, weil die Zeit so schnell vergeht und ich nicht will, dass es schon bald wieder vorbei ist. Bei den Pauschalurlauben haben Inge und ich die Halbzeit immer mit einem Glas Sekt gefeiert, weil wir uns schon auf unser viel gemütlicheres Bett und die komfortablere Duschkabine gefreut haben. Vielleicht trinke ich mit den anderen heute Abend auch einen Schluck Sekt, aber nur, weil ich noch eine ganze Woche vor mir habe und ich mich tierisch darauf freue, was noch alles mit mir passieren wird.

Im Moment ziehe ich gerade meinen viel zu großen Rollenkoffer hinter mir her und schüttele den Kopf. Wie konnte ich nur so viel einpacken? Mehr als zwei Drittel von dem ganzen Scheiß brauche ich hier nicht und werde es unbenutzt wieder mit nach Hause bringen.

Ich habe mir vor der Reise sogar ein Moskitonetz im Internet bestellt, nur weil ich irgendwo gelesen hatte, dass in Afrika das Merengue-Fieber ausgebrochen ist. Ich dachte das wird bestimmt von einer gefährlichen Moskitoart übertragen und vorsichtig, wie ich nun mal bin, wollte ich den größtmöglichen Schutz. Erst im Flieger nach Windhoek habe ich dann im Reisemagazin gelesen, dass „Merengue" ein beliebter karibischer Tanz ist, der sich bei den Afrikanern ausbreitet wie eine Seuche. Das war aber nicht der einzige überflüssige Fehlkauf vor Reiseantritt. Für das Geld hätte ich mir eine zusätzliche Woche in Namibia leisten können, aber nein, ich musste den ganzen Mist ja unbedingt haben. Mein ganzes Leben lang wollte ich schon immer Dinge besitzen, weil ich dachte, sie würden mich glücklich machen. Als ich mich damit dann nicht sonderlich glücklich fühlte, wollte ich wenigstens stolz darauf sein

Das war rückblickend nicht der einzige Trugschluss, dem ich in meinem Leben unterlag. Meinen beigen Opa-Sonnenhut habe ich für zwei Euro in irgendeinem Billig-Laden ergattert und auf den bin ich weder stolz, noch macht er mich glücklich. Auch, wenn andere Menschen darüber lästern, aber dieser Hut schützt meinen Kopf vor der brennenden Sonne Afrikas und er ist mir ein wichtiger, treuer Begleiter geworden, auf den ich nicht mehr verzichten will. Er gehört zu mir und wenn ich darin wie ein Opa aussehe, dann sehe ich eben aus wie ein Opa. Immerhin sehe ich aus wie ein glücklicher Opa!

In diesem Moment habe ich beschlossen mir kein dunkelgrünes oder rotes Baseball-Käppchen zu kaufen. Ich habe schon genug unnützes Zeug in meinem Koffer. Die sündhaft teure Jack-Wolfskin-Jacke hätte ich mir ebenfalls sparen können und die Idee, einen sportlichen Sakko für ein abendliches Dinner mit einer netten Urlaubsbekanntschaft einzupacken, war genauso bescheuert.

Jetzt stehe ich hier vor meinem Etagenbett und mir wird plötzlich klar, dass Youth Hostel die englische Bezeichnung für eine Jugendherberge ist. Oh Mann, wäre mir das vorhin bei der Besprechung auf dem Parkplatz eingefallen, hätte ich interveniert, aber jetzt ist es zu spät dafür. Wenn ich das zuhause im Büro erzähle, lachen sich meine Kollegen tot. Der dicke Manni klettert ins Etagenbett. Was für ein lächerliches Bild. Das Gelächter würde sicherlich kein Ende nehmen. Mir ist aber gerade überhaupt nicht nach Lachen zumute, denn es gibt hier nicht einmal eine Leiter, die mir helfen würde nach oben zu kommen. Es gab nur noch sieben freie Betten in diesem Youth Hostel und kein einziges unten. Mangels Alternativen versuche ich diese Tatsache schnellstmöglich zu akzeptieren und mich einfach mal darauf einzulassen. Es ist immer ein erstes Mal und warum sollte diese Nacht in einem Etagenbett nicht viel schöner werden, als mein erster Sex mit Ursula? Ursula. Als ob die Vorstellung, diese Nacht in einem muffigen Gemeinschafts-Schlafsaal in dieser Jugendherberge verbringen zu müssen nicht schon schlimm genug wäre, muss ich ausgerechnet jetzt an dieses Missverständnis denken.

Als es damals mit Ursula zum ersten Mal passierte, war ich schon 25 Jahre alt. Ja, darüber haben schon viele Menschen geschmunzelt, aber ich bin eben ein Spätstarter, ich brauche manchmal etwas länger als andere. Diese Nacht mit Ursula war wirklich ein Missverständnis, denn Uschi, wie ich sie damals neckisch nannte, dachte natürlich, dass ein sechs Jahre älterer Mann ihr alles zu bieten hätte, was sie sich in ihren feuchten Träumen so erhofft hatte. Das sollte sich allerdings schnell als Irrtum herausstellen.

Ich hatte mir damals keine großen Gedanken darüber gemacht, denn ich wusste zu dem Zeitpunkt natürlich nicht, wie es sich anfühlt, wenn du nach dem Sex mit einem vernichtenden Blick deiner Partnerin als Versager abgestraft wirst. Ich war einfach nur überfällig und Uschi war griffbereit. Wir wollten es Beide und es gab die Gelegenheit, also warum nicht? Im Nachhinein kann ich sogar ein wenig darüber schmunzeln, denn das ist echt total bescheuert, wenn zwei liebestolle, hungrige Menschen nebeneinander im Bett liegen und jeder wartet darauf, dass der andere endlich anfängt, egal mit was. Uschi war voller Erwartungen und ich wusste nicht einmal, wo ich anfangen soll. Sie hatte sich damals ein paar Tage später bei mir beschwert, sie hätte von meinen ungelenken Bewegungen sogar blaue Flecke bekommen und ich wäre die größte Niete, mit der sie jemals was hatte. Ich fand das damals gar nicht so schlimm, aber wenn dir der Vergleich fehlt, kannst du dir das durchaus schönreden. Erst ein paar Jahre später habe ich dann mit einer weniger zurückhaltenden Frau erfahren dürfen, was man da so alles machen kann und ich war gar nicht mal so schlecht darin. Falsche Frau oder falscher Zeitpunkt oder vielleicht beides? Egal, Uschi ist Geschichte und ich habe sie schon seit über 20 Jahren aus den Augen verloren, also tut es nicht mehr weh.

Mein Etagenbett sehe ich allerdings immer noch vor Augen und allein der Gedanke, da heute Abend hochklettern zu müssen, bereitet mir körperliche Schmerzen. Das mit dem Rollenkoffer war grundsätzlich eine blöde Idee, aber gerade jetzt wird es zu einem Problem. Diese Jugendherberge ist nicht für solche Rollenkoffer-Opas wie mich gebaut worden, denn es gibt hier kaum Platz, wo ich dieses riesige Teil verstauen könnte. Überall hängen Wander-rucksäcke an Wandhaken und mir dämmert, dass ich bei meiner nächsten Afrika-Reise den Rollenkoffer ganz bestimmt zuhause lassen werde. Während ich unmotiviert nach einem Stuhl Ausschau halte, der mir heute Abend als „Steigbügel" dienen könnte, zieht mich Jule am Arm und meint: „Los komm schon, wir wollen doch noch den Sonnenuntergang sehen, es wird bald dunkel"! Also lasse ich meinen Koffer einfach vor dem Etagenbett stehen und verschwinde. Warum mache ich mir eigentlich keine Sorgen, dass er gestohlen werden könnte? Noch eine neue Erfahrung und es sollte für heute nicht die letzte sein.

18
Im Rausch der Sinne

Da stehen wir nun zu Dritt auf der Aussichtsplattform und uns stockt fast der Atem. Keiner will diesen Moment ehrfürchtiger Stille mit Worten stören. Es gibt Momente im Leben, da braucht keiner was zu sagen, da ist alles klar und jeder weiß, was der andere gerade denkt oder fühlt. Da braucht es kein „Aaaah, wie toll" oder „Ooooh, ist das schön", nein, jeder ist mit sich allein und genießt. Was hat sich der liebe Gott nur dabei gedacht, als er den Zambesi-Fluss hier einfach mal 120 Meter tief über die Klippe stürzen ließ? Da kommst du um die Ecke gelaufen, denkst an nichts Besonderes und dann erschlägt dich dieser Anblick.

In diesem Moment bin ich sehr glücklich darüber, dass ich mich auf diesen ungeplanten Trip eingelassen habe. Okay, die Hippos alleine betrachtet waren schon klasse und so viele Tiere auf einem Haufen wie im Chobe-River gibt es vermutlich nirgends mehr auf diesem Planeten, aber das hier ist nochmal eine Steigerung, die ihresgleichen sucht. Erst diese Farbenpracht und diese beeindruckende Weite und Stille der Namib und jetzt der ohrenbetäubende Lärm dieses donnernden Wasserfalles mit Milliarden kleiner Wassertropfen, die dir waagerecht entgegenfliegen. Der Kontrast könnte nicht größer sein. Als ob das nicht schon beeindruckend und schön genug ist, lässt die immer tiefer sinkende Sonne die Wassertropfen in allen Farben glitzern und urplötzlich biegt sich aus dem Nichts kommend ein wunderschöner, intensiv leuchtender Regenbogen über den Rand des Zambesi, direkt in den Schlund des tosenden Wasserfalles. Mein Gott, was ziehst du hier für eine Show ab! Ein kurzer Blick zur Seite und ich spüre, dass Isabel und Jule sich genauso glückselig fühlen wie ich. Max und Verena mussten ja unbedingt shoppen gehen. Tja, selbst dran schuld. Nachdem der Regenbogen nach wenigen Minuten so schnell wieder geht, wie er gekommen ist, verfärbt sich der Himmel über uns in ein Meer aus Rosa. Im Moment spielen meine Sinne völlig verrückt und ich fühle mich regelrecht überfordert. Meine Augen können dieses Szenario kaum erfassen, meine Nase ist voll von duftenden Blüten, die in dieser feuchten Gegend überall sprießen und ich spüre die Gicht in meinem Gesicht, als ob ich nach Monaten der Dürre zum ersten Mal Duschen darf.

Überhaupt spüre ich gerade etwas, das ich so noch nicht kannte. Die Menschen sprechen oftmals von Heimweh, wenn sie fern der Heimat sind, aber ich spüre immer deutlicher, dass ich an jedem weiteren Tag in meinem Leben an Fernweh leiden werde, ob ich das will oder nicht. Nach dieser Reise kann ich nicht mehr zurück in mein altes Leben. Naja, natürlich werde ich in einer Woche wieder zurück nach Frankfurt fliegen und deswegen nicht gleich meine Wohnung kündigen oder meinen Job aufgeben, nur damit ich den Rest meines Lebens durch die Welt tingeln kann, aber träumen darf man ja. Eins ist dennoch sicher: Nie wieder Pauschalurlaube und an Hotelpools rumlungern, egal wie viele hübsche Hintern in Bikinis ich auch verpassen werde.

Wahrscheinlich werde ich zuhause im Internet schon nach neuen Reisezielen suchen, noch bevor ich meinen Koffer auspacke.

Da unsere Jugendherberge nur knapp 20 Minuten Fußweg entfernt ist und die Wege durch den Park beleuchtet sind, beschließen wir noch ein wenig sitzen zu bleiben, um das Szenario zu genießen. Ich bin mir gerade nicht sicher was schöner ist: Der Wasserfall im Abendrot oder in diesem ganz speziellen Licht des Mondes, das uns noch alle Konturen des Wasserfalles klar und deutlich erkennen lässt. Jetzt oder nie! Ich frage Isabel und Jule einfach mal, warum sie diese Reise gemeinsam machen und was zuhause auf sie wartet? Im Grunde genommen hätte ich es mir denken können, denn wie vermutet sind die beiden beste Freundinnen und kennen sich schon seit ihrer Kindheit. Diese Vertrautheit merkt man ihnen deutlich an. Beide hatten sich die letzten Jahre offensichtlich ein wenig aus den Augen verloren und weniger Kontakt gehabt als in ihrer Teenagerzeit. So ist das eben, wenn sich das Leben junger Frauen auf einmal mehr um den ersten Freund dreht und neue Prioritäten ins Spiel kommen. Als dann später bei Beiden die jeweilige Beziehung zufälligerweise zeitgleich in den Krisenmodus überging, erinnerte man sich wieder an die alte Freundin und traf sich, um sich gegenseitig die Wunden zu lecken, die der jeweilige Partner hinterlassen hatte. Beide brauchten eine Auszeit, also beschloss man gemeinsam zu vereisen.

Natürlich irgendwohin, wo es möglichst wenige Männer gibt und sie zur Ruhe kommen würden. Deswegen Namibia und nun sind sie hier.

Das mit Max und Verena als Reisebegleiter hatte sich eher zufällig ergeben und eigentlich wären sie froh darüber, wenn die Beiden so langsam wieder ihre eigenen Wege gehen würden. Hoffentlich denken sie nicht gerade dasselbe über mich. Nur mit Max und Verena wäre ich sicherlich nicht mitgekommen, aber bei Isabel und Jule ist das anders. Vielleicht ist es die gefühlte Gemengelage aus enttäuschter Beziehung, Orientierung, Aufbruchsstimmung und wieder zu sich kommen, die uns verbindet? Offensichtlich muss man erst ganz weit weggehen, um wieder zu sich zu kommen. Ich glaube nicht, dass einem das Zuhause im Wohnzimmer auch so gut gelingt. Isabel und Jule sehen das ähnlich. Das ist wohl auch der Grund, warum sie sich in meiner Gegenwart wohlfühlen. Jule meint, ich wäre zwar ein Mann, aber ich würde keine Gefahr ausstrahlen und in meiner Nähe hätten sie bestimmt nichts zu befürchten. Natürlich stimmt das, aber so was will kein Mann hören! Ich sehe vielleicht aus wie ein gutmütiger Opa, aber deswegen bin ich noch lange nicht tot. Isabel und Jule sind natürlich weder meine Alters-, noch meine Gewichtsklasse, aber deswegen habe ich trotzdem Augen im Kopf, ein hungriges Herz und vom Eigenleben bestimmter Körperteile will ich erst gar nicht sprechen. Manchmal lassen sich Gefühle nicht völlig unterdrücken, ganz egal, ob das vernünftig ist oder nicht. Klar, brauchen die Beiden keine Angst vor mir zu haben und sie wissen es auch, also brauchen wir es nicht weiter zu thematisieren. Viel mehr interessiert mich, warum ihre Beziehungen gescheitert sind? Jule ist deutlich redseliger als ihre Freundin. Jo, ihr zukünftiger Ex, ist wohl einer dieser Sorte von Nerds, von denen ich hin und wieder was im Internet lese. Jo heißt normalerweise Johannes, aber das war ihm offensichtlich zu uncool. Nach zwei Jahren in der gemeinsamen Wohnung fand er Jule wohl auch uncool und er bandelte mit einer „Tussi" aus der Marketingabteilung seines Start-Ups an. Ich persönlich würde eine Frau niemals „Tussi" nennen, aber Jule bestand auf diese Formulierung. Sie hat auch noch andere Worte benutzt, aber die lasse ich jetzt besser außen vor. Ich denke, sie hat ihre Gründe und ich mag sie auch nicht weiter unterbrechen. Auf jeden Fall hat die Tussi ihrem Jo den Kopf verdreht und weil sie so große Titten hat, konnte er nicht von ihr lassen. Die „Titten-Tussi" hätte ihren Jo in sexuelle Geiselhaft genommen und sie war nicht bereit das Lösegeld zu zahlen.

Wenn man Jule so zuhört, sollte man nicht meinen, dass sie in einer Anwaltskanzlei für Familienrecht arbeitet. „Titten-Tussi"! Wenn du sowas einer Frau in der Öffentlichkeit vor Zeugen sagst, landest du auf der Anklagebank. Jule behauptet, ihr Chef würde auch solche Sprüche raushauen, aber nur wenn seine Mandanten die Tür hinter sich zugemacht hätten. Nach so vielen Jahren mit üblen Familien-tragödien aus dem Kanzleialltag und ihrem aktuellen Erlebnis mit Jo, glaubt sie nicht mehr an die große Liebe und würde am liebsten lesbisch werden. In meinen Augenwinkeln nehme ich deutlich ein nervöses Zucken von Isabel wahr, aber das hat vermutlich nichts zu bedeuten. Jule ist spürbar frustriert und wird wohl noch einige Zeit brauchen, um aus ihrem selbstzerstörerischen Frustrations- und Hassmodus wieder heraus zu kommen. Ich frage sie ganz offen, ob sie denn nicht auch schöne Erlebnisse mit Jungs erlebt hätte und weil sie noch so in Fahrt ist, erzählt sie sofort von Kevin, in den sie schon in der neunten Klasse total verliebt war und mit dem sie ihre Unschuld verlor. Ich bin mir gerade nicht sicher, ob ich das in allen Details hören will. Noch während ich in meiner Fantasie in die verbotene Zone abdrifte, wendet sich das Gespräch in eine völlig andere Richtung und ich bereue meine vorherige Frage zutiefst.

„Kevin? Du hast mit Kevin geschlafen?" Die Frage von Isabel kommt wie eine schallende Ohrfeige daher und instinktiv ducke ich mich weg. Es braucht nicht viel Vorstellungskraft, was Kevin mit den beiden Mädels offensichtlich verbindet. Dieses Rad kann ich jetzt nicht mehr zurückdrehen und der spitze Zacken dieses Zahnrades bohrt sich gerade tief in die Erinnerungen der beiden jungen Frauen. Da hocken die seit Tagen gemeinsam im Auto und erzählen sich ununterbrochen Geschichten, aber die erotische Story mit Kevin stand bisher wohl nicht auf der Liste. Warum ausgerechnet jetzt? Wie gerne würde ich flüchten, aber ich fühle mich jetzt irgendwie verantwortlich. Da war der smarte Kevin offensichtlich in einem Paralleluniversum unterwegs, anders lässt es sich nicht erklären.

Sowohl Jule als auch Isabel durften mit dem schnuckeligen Kevin ähnlich schöne Erfahrungen sammeln, allerdings ohne, dass man sich diese gegenseitig gegönnt hätte. Selbst die besten Freundinnen wollen nicht alles teilen, da gibt es schon Grenzen. Wenigstens sind die Beiden nicht auch noch der Frage nachgegangen, ob sich Kevin zeitgleich für das Glück der Beiden verantwortlich gefühlt hat. Ich kann es mit meiner beruhigenden, väterlichen Art gerade noch verhindern, dass die eine die andere in die Tiefen des tosenden Wasserfalles schubst. Oh Mann, der Abend hat doch so schön angefangen. Nach diesem spontanen Zickenkrieg konnte ich Isabel natürlich nicht mehr nach ihrer eigenen Vita befragen, aber ich vermute, dass ich morgen die Chance bekomme, mit ihr ein paar Schritte alleine zu laufen. Ich will mir gerade nicht vorstellen, wie die Beiden die drei Tage zusammen im Auto von hier nach Windhoek zurückfahren wollen, ohne sich gegenseitig an die Gurgel zu gehen. Das ist echt blöd gelaufen. Beide wollten hier gemeinsam ihren Beziehungsfrust verarbeiten und sich die Wunden lecken, aber jetzt haben sie sich nicht nur neue Wunden zugefügt, sondern wühlen auch noch kämpferisch darin herum. Was habe ich da nur losgetreten? Aber ich bin nicht für ihr Leben verantwortlich, das muss schon jeder für sich selbst klären.

Das Schicksal meint es gut mit uns, denn aufgrund der Bettensituation im Youth Hostel liegen Isabel und Jule heute weit auseinander und können wenigstens in Ruhe über alles nachdenken.

Ich kann nur hoffen, dass sie etwas zur Ruhe und zur Einsicht kommen. Das macht doch keinen Sinn, sich über einen Burschen aufzuregen, der zwischenzeitlich glücklich verheiratet ist und mit seiner Frau und zwei Kindern in Berlin lebt. Wie alt waren die damals? In dem Alter probiert man sich doch aus und warum sollte man dann vor der Freundin der Freundin halt machen? Was rede ich da? Die Frage stellt sich nicht, das macht man einfach nicht. So gesehen sollte sich die ganze Wut doch gegen diesen Kevin richten. Ich werde das morgen im Laufe des Tages mal thematisieren und ich hoffe, die Beiden gehen darauf ein. Nichts eint Menschen mehr als ein gemeinsames Feindbild! Sollten sich Isabel und Jule allerdings wieder vertragen und möglichweise sogar solidarisieren, sollte dieser Kevin schon mal in Deckung gehen. Die Beiden werden dann vermutlich gemeinsam eine Städtetour nach Berlin buchen und so tough, wie die Beiden drauf sind, könnte das für Kevin übel ausgehen.

Doch bis dahin liegt noch viel Arbeit vor mir. Ich weiß nicht, was mir schwerer fallen wird, Isabel und Jule morgen früh wieder zusammenzubringen, oder nachher in mein Etagenbett zu klettern? Vielleicht lande ich heute Nacht auch im Krankenhaus und dann hat sich das Problem mit den Mädels von alleine gelöst. Was mache ich mir nur immer wieder Sorgen?

Es kommt sowieso anders!

19
Nächtliche Beichte

Auf der einen Seite macht es mich stolz, aber auf der anderen Seite bin ich gerade etwas genervt. Keine Ahnung wie spät es ist, aber auf jeden Fall ist es viel zu früh. Viel zu früh zum Aufstehen, aber was willst du machen, wenn eine hilfesuchende Frau mitten in der Nacht an dir rüttelt und dich darum bittet mit dir reden zu dürfen. Schlaftrunken rutsche ich mit dem linken Bein zuerst über die Kante meines Etagen-bettes und wenn mich Isabel beim runterrutschen nicht gestützt hätte, wäre ich wahrscheinlich wie ein dicker Brocken im freien Fall auf den Boden geknallt. Hoffentlich hat diese Szene keiner beobachtet. Ein alter untersetzter Mann wird mitten in der Nacht von einer ausgesprochen attraktiven jungen Frau aus dem Bett gelockt und beide verschwinden auf leisen Sohlen in die Dunkelheit. Isabel hätte mich wenigstens darauf hinweisen können, dass mein viel zu kleines Schlaf-T-Shirt meinen weißen Bauch halb freilegt und ich mit meiner Blümchenunterhose geradezu lächerlich aussehe. Mein Gott, was werden die anderen bloß denken, wenn man uns so zusammen sieht? Doch Isabel zerrt mich regelrecht nach draußen, sodass ich ihr hilflos folge. Jetzt sitzen wir in einer kleinen Grünanlage in der Nähe unseres Youth Hostels auf einer schäbigen Holzbank und Isabel will mir ausgerechnet jetzt und hier ihr Herz ausschütten. Wie gesagt, es macht mich stolz, dass sie mir offensichtlich ihr Vertrauen schenkt, doch das Ganze drum herum empfinde ich gerade als puren Stress.

Es ist das erste Mal, dass ich mit einer so jungen hübschen Frau halbnackt in einer lächerlichen Unterhose in der Öffentlichkeit sitze und trotzdem die Ruhe bewahren soll, wenn auch nur rein äußerlich. Isabel erzählt mir, sie konnte die letzten Stunden kein Auge zu machen, denn der ausufernde Streit mit ihrer besten Freundin hat sie ziemlich aufgewühlt. Meine Aufgabe ist es jetzt, einfach nur still dazusitzen und zuzuhören was Isabel loswerden will und das ist eine ganze Menge.

Offensichtlich gab es schon seit Beginn der Pubertät eine Art Rivalität zwischen den Beiden. Jules Körper wurde viel früher fraulich und sie sah schon mit 13 aus wie eine 16-jährige. Das rief natürlich eine ganze Schar testosterongesteuerter, süßer Jungs auf den Plan. Isabel sei schon immer eifersüchtig gewesen, weil sie neben Jule verblasste und die Jungs sie kaum beachteten. So ging das ein paar Jahre, bis eines Tages Kevin auftauchte, der neue Schüler aus ihrem Englischkurs. Sie hatte vom ersten Tag an nur Augen für ihn und er schien ihre Avancen zu erwidern. Isabel hatte zu diesem Zeitpunkt zwar schon mit ein paar Jungs rumgemacht, aber die durften ihr nur unter den Pulli fassen, mehr nicht. So langsam war sie überfällig und wollte endlich auch mal ran. Gottseidank erspart mir Isabel die Details, aber auf jeden Fall wurden Kevin und sie ein Paar und wollten bis an ihr Lebensende glücklich zusammenleben, ein Haus bauen und ganz viele Kinder in die Welt setzen. Isabel war sehr glücklich und konnte mit der Gewissheit ebenfalls begehrt zu werden neben Jule fortan bestehen.

Es machte ihr nichts mehr aus, all die Jahre neben ihr wie ein Mauerblümchen gewirkt zu haben. Das mit Kevin ging fast vier Jahre lang gut, aber dann wollte er unbedingt in Berlin studieren. Nach ein paar Monaten Fernbeziehung drückte sich immer mehr die Eifersucht zwischen die Beiden und Isabel konnte kaum noch ruhig schlafen. Sie träumte immer wieder von freilaufenden liebestollen Studentinnen, die Kevin mit ihren sehnsuchtsvollen Augen verfolgten und sie war zu weit weg, um die Konkurrentinnen von ihm fernzuhalten. Aus den Augen, aus dem Sinn und irgendwann kam eine SMS von Kevin, dass er jetzt mit Mona zusammen wäre und er sie bittet ihn nicht mehr anzurufen. Das war für Isabel eine schlimme Erfahrung, aber warum sollte ausgerechnet sie von so etwas verschont bleiben? Später hat sie dann Pit an ihrem neuen Arbeitsplatz kennengelernt und sie brauchte eine ganze Weile, um ihre Angst vor einer erneuten Verletzung abzulegen und ihm zu vertrauen. Pit konnte wohl ganz gut mit der Situation umgehen und war emphatisch genug, sie nicht unter Druck zu setzen. Jule hatte zu dieser Zeit immer wieder wechselnde Bekanntschaften und Isabel hörte irgendwann auf die Lover zu zählen. Männer scheinen in diesem Alter nur auf Äußerlichkeiten abzufahren und konnten den Verlockungen ihrer Freundin wohl nicht widerstehen. Isabel konnte in Sachen Attraktivität zwar enorm aufholen und die meisten Männer machten ihr Komplimente, aber Jule hatte schon immer das gewisse Etwas, das Männer total wuschelig macht. Pit war anders, Pit konnte den optischen Verlockungen widerstehen.

Hin und wieder trafen sich Isabel und Pit mit Jule und ihren aktuellen Lovern, deren Namen sie sich nie merken wollte, weil sie ein paar Monate später nicht mehr aktuell waren. Pit war an diesen Abenden manchmal wie aufgekratzt und der anschließende Sex mit ihm war deutlich heftiger als sonst. Isabel hatte den einsamen Verdacht, dass auch ihr Pit dem gewissen Etwas von Jule unterlag und er beim Sex mit ihr vielleicht sogar an Jule dachte.

Als Isabel plötzlich anfängt zu Schluchzen und die ersten Tränen ihre Wange herunterkullern, will ich sie spontan in den Arm nehmen und trösten, aber wenn du mit einer Blümchenunterhose und halb-nacktem Bauch in der Öffentlichkeit auf einer Bank sitzt, dann ist das keine gute Idee. Außerdem spüre ich seit ein paar Minuten eine leichte Erektion, weil Isabel ständig von Sex gesprochen hat. Was denkt sie sich nur dabei? Als ob Männer in meinem Alter bei sowas völlig emotionslos zuhören könnten? Nach dieser bitteren Erkenntnis aus den gemeinsamen Abendessen und dem an-schließenden Gefühlschaos, hat Isabel den Kontakt mit Jule dann mehr und mehr einschlafen lassen. Ihre Eifersucht kam wieder in heftigen Schüben und sie konnte nicht dagegen ankämpfen. Sie wollte Pit auf keinen Fall verlieren und fortan gab es keine gemeinsamen Abende mehr. Ihre Eifersucht war wie eine unsichtbare Wand, die Pit kaum mehr durchbrechen konnte und dann auch irgendwann nicht mehr wollte. Pit gab auf und Isabel war wieder allein mit ihrer krankhaften Eifersucht.

Anfänglich gab sie Jule die Schuld daran, aber sie sprach es nie offen aus, sondern weinte diesen Gedanken immer nur still in ihr Kopfkissen. Isabel tat es mit der Zeit in der Seele weh, denn sie war nach ein paar Monaten davon überzeugt, Jule hätte nichts aktiv dazu beigetragen und es wäre allein das Problem zwischen Pit und ihr. Isabel tat es irgendwann leid, dass ihre tiefe Freundschaft mit Jule darunter leiden sollte. Normalerweise fühlt sie sich in Gegenwart von Jule sehr wohl, wenn da nur nicht ihre Wirkung auf die Männer wäre. Isabel war sich all die Jahre sicher, dass zwischen Pit und Jule nie was heimlich gelaufen ist, auch wenn ihre Eifersucht sie damit immer wieder quälen wollte. Sie war sich völlig sicher, bis gestern Abend. Bei Kevin dachte sie auch, sie wäre die Nummer Eins gewesen und seit ein paar Stunden weiß sie, dass Kevin auch mit Jule geschlafen hat und das möglicherweise zur gleichen Zeit. Vielleicht war es bei Pit doch genauso? Dieser Gedanke riss bei ihr wieder alle Wunden auf. Das könnte sie nicht ertragen und sie weiß nicht, wie sie dann mit Jule umgehen soll. Es ist auch so schon schwer genug, aber wenn ihr Verdacht bezüglich Pit zur Gewissheit wird, dann würde sie vollends ausrasten. Jetzt hat sie panische Angst vor der möglichen Wahrheit. Wenn sich ihr Verdacht bewahrheiten sollte, kann sie unmöglich mit Jule die restliche Zeit dieser Reise gemeinsam verbringen, das wird sie nicht ertragen. Wie wird Jule reagieren, wenn Isabel sie mit dieser Frage, die eher wie ein Vorwurf daherkommt, konfrontiert und sich herausstellt, dass ihr Verdacht völlig unbegründet ist?

Dieses Misstrauen wird einen tiefen Riss in ihrer Freundschaft hinterlassen und auch dann werden die nächsten Tage unerträglich. Gerade als ich ihr einen gutgemeinten Vorschlag unterbreiten will, wie die Beiden in so einer verzwickten Situation miteinander umgehen könnten, schaut sie mich hilfesuchend an und spricht die Worte, die mich völlig aus der Fassung bringen: „Manni, kann ich nicht mit dir zusammen zurück nach Windhoek fahren?" Von einer Sekunde auf die andere schwindet meine halbgare Erektion und es machen sich heftige Magenkrämpfe breit. Darauf war ich nicht vorbereitet. Okay, eine amouröse Beichte oder ein paar anvertraute Geheimnisse einer jungen Frau im Mondlicht können ganz unterhaltsam sein, aber dieser Wunsch von Isabel ist ein ganz anderes Kaliber und auf diese Art von Unterhaltung kann ich gerade verzichten. Es ist ja nicht so, dass ich ihre Gegenwart nicht genießen würde, aber das wird nicht gutgehen, nicht wenn zwei so verletzte Menschen versuchen sich gegenseitig vor dem Ertrinken zu retten, um dann vermutlich gemeinsam unterzugehen. Das wird mir definitiv zu eng, ich will das nicht. Wenn ich jetzt zusage, dann ist es vorbei mit meiner Selbstfindung, dann fühle ich mich nur noch für Isabel verantwortlich und alle meine Gedanken gehören ihr. Deswegen bin ich nicht nach Namibia geflogen. Ich versuche es daher höflich auszudrücken und sage ihr, dass ich das für keine gute Idee halte und es doch viel besser wäre, wenn sich Jule und sie endlich einmal richtig aussprechen würden. Vermutlich wird sich alles als Missverständnis herausstellen und das Thema muss jetzt unbedingt final geklärt werden.

Im Stillen bete ich inbrünstig, dass Jule mit Kevin erst nach der Beziehung mit Isabel gepennt hat und dass zwischen Pit und ihr niemals was gelaufen ist. In Sambia sind über 90% der Menschen Christen, also sollte Gott hier auch für mich ein offenes Ohr haben, hoffentlich.

20
Am Abgrund

Isabel will noch einen Moment alleine darüber nachdenken und macht sich auf den Weg zu einem kleinen Spaziergang. Danke lieber Gott, der Weg ist bereitet. Ich nutze die Gelegenheit und schleiche mich in der Morgendämmerung zurück zum Schlafsaal. Wenn mich jetzt einer alleine sieht, kann ich mich immer noch als Schlafwandler outen und keiner würde großartig nachfragen, was ich in meinem lächerlichen Outfit hier draußen zu suchen hätte. Was mache ich jetzt? An Schlaf ist nach diesem aufwühlenden Gespräch nicht zu denken. Wenn ich schon um diese Uhrzeit auf den Beinen bin, kann ich mir auch kurz was überziehen und nochmal zum Wasserfall laufen. Ich werde heute definitiv Richtung Namibia zurückfahren müssen, ansonsten werde ich mein restliches Reiseprogramm nicht mehr schaffen. Vermutlich werde ich sowieso das eine oder andere von meiner Liste streichen müssen.

Glücklicherweise schließt ein Bediensteter des Nationalparks gerade das Tor auf, das den Eingang zum Park über Nacht verschlossen hält. Ich nicke ihm freundlich zu und er winkt mich einfach durch. Wenn ich sein gebrochenes Englisch richtig verstanden habe, sind die beiden Frauen, die hier normalerweise die Tickets verkaufen, noch beim Kaffeetrinken und ich bräuchte nicht auf sie zu warten. Sehr nett! Ich genieße die Stille, denn zu dieser Zeit habe ich den Viktoria Wasserfall für mich ganz alleine.

Ist das nicht ungerecht? In Namibia muss diese Welwitschia jeden noch so kleinen Tropfen Feuchtigkeit aus dem morgendlichen Nebel saugen und hier ersaufen die saftig grünen Pflanzen in Milliarden Litern Wasser. Im Leben ist nicht immer alles gerecht verteilt. Manchmal komme ich mir auch vor wie eine Welwitschia, aber wenn es das Leben nicht immer so gut mit dir meint, dann musst du eben deine eigenen Strategien entwickeln um durchzukommen.

Hier gibt es alles im Überfluss und ein paar hundert Kilometer weiter westlich verdursten die Tiere in der Kalahari-Wüste. Ob die Tiere in der Wüste wissen, dass sie hier an diesem Ort viel weniger leiden müssten? Hat ihnen das denn keiner gesagt oder haben sie sich bisher einfach nur noch nicht getraut, mal ein paar Schritte weiter zu laufen als sonst? Wahrscheinlich trauen sich die Tiere nicht von ihren kleinen Wasserlöchern weg, weil sie Angst davor haben zu verdursten, wenn sie sich zu weit davon entfernen. Die Angst hält sie dort gefangen, wo sie sind, weil es woanders ja auch noch viel schlimmer sein könnte. Wenn die wüssten. Naja, ich muss ganz still sein, denn mir erging es die letzten Jahre auch nicht viel anders. Ich fühle mich einem traurig dahintrottenden Böckchen in der Kalahari näher verbunden als diesen übermütigen Pavianen, die hier durch den immergrünen Park rasen und nicht wissen, wohin mit ihrer Energie. Vor lauter Affen-Gekreische höre ich zuerst nicht die Rufe, die vom anderen Ufer eines kleinen Zambesi-Nebenflusses kommen.

Erst als ich meinen Kopf zur Seite drehe bemerke ich diesen schwarzen Jungen, der mir heftig winkt und immer wieder „Mister, Mister" schreit. Da ich zu dieser Zeit der einzige Mensch hier auf dieser Aussichtsplattform bin, kann er wohl nur mich meinen und ich winke freundlich zurück. Als er mit seinem Winken nicht nachlässt, komme ich ihm neugierig entgegen und stehe nun am Ufer dieses gemächlich dahinfließenden Nebenflusses. Mein Englisch ist gerade gut genug um zu verstehen, dass er will, dass ich zu ihm rüberkomme, er will mir etwas zeigen. „Mister, please, come to me, big show, not danger".

Das mit „not danger" sollte sich später übrigens als klare Fehleinschätzung der Jugend herausstellen, aber in diesem Moment wusste ich noch nicht, dass mir jetzt eines meiner verrücktesten Abenteuer meines Lebens bevorsteht. Der Junge heißt übrigens Joe oder so ähnlich, auf jeden Fall ein kurzer Name und er reagiert drauf. Joe motiviert mich durch den Fluss zu waten und zu ihm ans andere Ufer zu kommen. Da im Moment keine Regenzeit ist, scheint das Wasser in diesem Nebenfluss nicht sehr tief zu sein, zumindest ragen ein paar Steine aus dem Wasser. Joe zeigt mir mit allem was ihm körperlich zur Verfügung steht, dass ich meine Schuhe ausziehen soll. Ich weiß nicht, warum ich das tue, aber irgendwie habe ich Vertrauen zu dem Burschen. Also raus aus den Schuhen und meinen Socken und im vorsichtigen Watschelgang barfuß die paar Meter ans andere Ufer, wo mich Joe sofort an die Hand nimmt und mich eindeutig Richtung Wasserfall zerrt.

Vielleicht kennt er ja einen besonders schönen Aussichtspunkt und er will sich so ein paar Dollar hinzuverdienen? Natürlich habe ich wie immer mein ganzes Geld bei mir und in diesem Moment wird mir klar, dass ich hier vollkommen schutzlos bin. Was, wenn der Junge mich einfach nur hinter den nächsten Busch lockt und dort warten dann seine drei großen Brüder mit gezückten Messern auf mich, um mir meine Brieftasche abzunehmen? Am Ende werfen sie mich als Leiche den Wasserfall runter.

Ich muss mich jetzt entscheiden, dem Burschen vertrauen oder weglaufen? Eine Stimme in mir sagt, ich könnte ruhig mit ihm gehen, es würde sich lohnen. Also gehe ich weiter mit ihm Richtung Wasserfall und das Rauschen wird mit jedem Schritt immer lauter. Voller Spannung warte ich auf den besonderen Ausblick, aber Joe hat mit mir was ganz anderes vor. Er fängt an zu gestikulieren, ich solle meine Schuhe und Strümpfe wieder ausziehen, was ich bereitwillig tue. Rein, raus, egal, so langsam habe ich Übung darin und ich denke mir nichts dabei. Doch jetzt fängt er auch noch an auf meine Hose zu deuten und so langsam werde ich doch misstrauisch. Er wird doch wohl nicht? Während mir allerlei dummes Zeug durch den Kopf geht, zieht er mich am Arm ein paar Meter weiter um die Ecke und deutet in eine Richtung, die mir den Atem verschlägt. Wir stehen direkt am Rand des Wasserfalles und die nächsten 100 Meter vor uns fließt das „cappuccino-braune" Wasser des Zambesi gemächlich über eine felsige Kante und stürzt in die Tiefe.

Er wird doch wohl nicht? Urplötzlich habe ich aber definitiv andere Bilder im Kopf. „Mister, come, please, big show, not danger!" ruft mir Joe immer wieder entgegen und so langsam dämmert mir, dass er tatsächlich vorhat, mit mir zusammen an dieser Kante des Wasserfalles entlangzulaufen. Ich bin doch nicht lebensmüde! Mein Leben fängt hier gerade erst so richtig an, da werde ich jetzt nicht so einen Blödsinn machen. Obwohl, wenn nicht jetzt, wann dann? Mein Ex-Schwager Edgar behauptet immer, für Blödsinn gäbe es nie den falschen Zeitpunkt. Naja, aber gerade, weil ich hier in Afrika ein ganz neues Lebensgefühl in mir spüre, ist es vielleicht an der Zeit, auch mal Blödsinn zu machen. Warum nicht? Wenn ich hier herunterstürze, dann kann ich beim Fallen wenigstens behaupten, ich wäre der erste Deutsche, der freiwillig den Viktoria-Wasserfall heruntergesprungen ist. „Manni der Action-Hero", das wäre mal eine ganz andere Geschichte, die man sich über mich erzählen würde. Da aber keiner weiß, dass ich hier bin, wird es auch keiner erfahren, wenn es tatsächlich passieren sollte. Also doch kein Action-Hero, sondern ich wäre dann einfach nur verschwunden. Joe wird sich verpissen, noch bevor ich unten aufschlage. Der hängt das bestimmt nicht an die große Glocke. Ach egal, ich mach das jetzt. So wie es aussieht, scheint der Wasserstand im Zambesi-Fluß sehr niedrig zu sein. Außerdem ist Joe offensichtlich gewillt, das mit mir zusammen zu machen. Warum sollte so ein junger lebenshungriger Mensch sein Leben für einen kurzen Adrenalin-Kick eines deutschen Touristen opfern?

Da fällt mir ein, dass Joe und ich noch überhaupt nicht über Geld gesprochen haben. Er macht das sicherlich nicht umsonst. Irgendwie finde ich das ziemlich lustig, dass dieses Reiben des Zeigefingers mit dem Daumen auf der ganzen Welt sofort verstanden wird. Joes strahlendweiße Zähne blitzen auf und sein „Twenty Dollar, Mister" kommt wie aus der Pistole geschossen. Joe scheint ein Profi zu sein und ich habe das Gefühl, ich sollte jetzt nicht anfangen zu verhandeln, denn das könnte sich später möglichweise rächen. Nachdem ich ihm zu verstehen gebe, dass er die zwanzig Dollar bekommt, aber erst wenn wir mit der Aktion fertig sind, haben wir einen Deal. Wenn ich überlebe, bekommt er sein Geld und wenn nicht, habe ich wenigstens zwanzig Dollar gespart. Guter Deal! Also ziehe ich meine Hose aus und stehe heute schon zum zweiten Mal in meiner Blümchen-Unterhose im öffentlichen Raum.

Plötzlich schießt mir ein unangenehmer Gedanke durch den Kopf. Ich stelle mir vor, wie dutzende japanische Touristen mit armlangen Tele-Objektiven oben auf der Aussichtsplattform stehen und sie Großaufnahmen von mir machen, wie ich mit Blümchen-Unterhose und den vielen Haaren auf meinem schneeweißen Bauch durch den Fluss wate. In diesem Moment muss ich heute zum zweiten Mal meine Scham überwinden und da es mir tatsächlich leichtfällt, habe ich ganz offensichtlich meinen bisherigen Grenzbereich deutlich ausgeweitet. Action-Heros kennen keine Scham und der alte Manni ist in Deutschland geblieben, jawoll! Los geht`s!

Ein wenig mulmig ist mir schon. Ach Quatsch, mein Herz rast wie blöde und ich habe im Moment mehr Angst davor einen Herzinfarkt zu erleiden, als über die Kante gespült zu werden. Gottseidank ist das Wasser so niedrig wie ich dachte und es umspült mich lediglich im Bereich meiner Oberschenkel und manchmal bis zur Hüfte. Gerade so, dass mein Bauch über der Wasserlinie bleibt und das ist gut so. Wenn der Zambesi erst einmal meinen Bauch erfasst, dann hat er eine viel größere Angriffsfläche und ob ich mich dann noch auf meinen dünnen Beinen halten kann, will ich im Moment überhaupt nicht wissen. Jetzt bloß nicht panisch werden. Joe stampft zielstrebig und selbstbewusst durch`s Wasser als ob er das jeden Tag macht. Vermutlich macht er das auch. Ich rechne kurz hoch: 20 Dollar x 2 Touren am Tag x 30 Tage = 1.200 Dollar im Monat und somit verdient er vermutlich deutlich mehr als sein Vater in der Fabrik oder wo immer der auch arbeitet. Das hier ist was anderes als Zeitungen auszutragen. Ob seine Eltern wissen, was er hier tut? Leider ist mein Englisch miserabel und außerdem ist es gerade viel zu laut, um mit ihm darüber zu sprechen. Auch, wenn das Wasser sanft über die Kante spült, so ist der Krach des herabstürzenden Wassers ohrenbetäubend laut. Das gibt mir einen Eindruck, was auf der anderen Seite der Kante so abgeht.

Während wir so Hand in Hand durch den Fluss waten, kommen mir gerade wieder die Bilder vom Chobe-Fluss in den Kopf.

Ob es hier möglicherweise auch Flusspferde und Krokodile gibt? Wir sind ja nicht sehr weit weg vom Chobe-Nationalpark. Was, wenn die Strömung jetzt plötzlich ein Krokodil auf uns zutreibt und es voller Panik versucht sich an mir festzubeißen, um nicht über die Kante zu gehen? Diese Vorstellung wühlt mich in diesem Moment noch mehr auf und ich sehe mich schon im Dreierpack, zusammen mit zwei dicken Hippos den Wasserfall runterstürzen. Da hätten die Japaner was zu fotografieren. Dieses Bild wäre der Knaller im Internet und ich hätte mindestens 100.000 Likes. 100.000 Likes? Ich wünschte, es gäbe wenigstens ein Dutzend Menschen die mich wirklich mögen und es dürfen gerne auch ein paar nette Frauen darunter sein. Ach verdammt, ich stehe hier auf wackeligen Beinen, vollgepumpt mit Adrenalin am Rand eines der höchsten Wasserfälle der Welt und blicke ängstlich in den Abgrund, also warum muss ich ausgerechnet jetzt an Frauen denken?

Wenn mich Joe nicht so fest an der Hand halten würde, könnte ich vor Panik keinen Meter weitergehen. Wenn er mich jetzt loslässt, bin ich verloren. Für ihn wäre das jetzt ein guter Moment seine Bezahlung neu zu verhandeln, aber er ist noch sehr jung und muss noch einiges dazulernen. Ich bin sehr froh darüber, dass Joe so fürsorglich mit mir umgeht und Rücksicht auf meine Ängste nimmt. Das haben in meinem Leben nicht so viele Menschen getan. „Sei doch nicht immer so ein Schisser", waren noch die höflichsten Bemerkungen. Was soll ich denn machen, wenn mir das eine oder andere in meinem Leben eben Angst macht?

Was für den Einen total locker von der Hand geht, ist für einen anderen eine herausfordernde Mutprobe. Wir Menschen sind nicht alle gleich, also lasst mich bitte in Ruhe. Wenn ich das hier allerdings überlebe, werde ich zukünftig mutiger sein und mich mehr trauen. Das ist zwar eine schöne Vorstellung, aber zuerst muss ich das hier überleben und wir sind noch nicht einmal auf dem Rückweg.

Plötzlich bleibt Joe stehen und zeigt freudestrahlend nach unten. Er wird doch wohl nicht? Kaum hat er meine Hand losgelassen, springt er kopfüber nach unten und landet in einem natürlichen Felsen-Pool, den der Zambesi in Millionen Jahren mit seiner Kraft des Wassers in die Kante des Viktoria-Falles geformt hat. Ich, der sich nicht einmal traut vom Ein-Meter-Brett im Schwimmbad zu springen, stehe staunend am Abgrund und wünsche mir in diesem Moment nichts mehr als dass Joe so schnell wie möglich wieder meine Hand hält. Ich brauche Halt in meinem Leben und immer ganz besonders dann, wenn ich mir Sorgen mache. Meine größte Sorge ist, dass Joe nicht mehr nach oben kommt und ich hier starr vor Angst noch reglos in die Tiefe starre, bis der nächste Morgen anbricht. Wenn er jetzt nicht zurückkommt, dann kann er das mit den zwanzig Dollar aber vergessen. Natürlich kommt er zurück und ich frage mich, ob es da unten vielleicht sogar eine Leiter gibt? Es sind zwar nur zehn Meter Fallhöhe, aber wie sonst soll er über die Felsen nach oben geklettert sein, wo doch ständig Wasser von oben kommt?

Es gibt Dinge im Leben, die werde ich wohl nie verstehen, aber im Moment ist es mir auch vollkommen egal, wie er das gemacht hat, Hauptsache ich spüre wieder den festen Druck seiner Hand. Joe gestikuliert mit seinen Händen und will mir offensichtlich erklären, dass es hier nicht mehr weitergeht. „Danger, Mister, no way, go back" höre ich ihn mehrmals rufen und ich denke mir, wenn er das vor uns liegende als zu gefährlich einstuft, sollte ich ihm besser vertrauen. Wir haben auch so die Mitte des Wasserfalles erreicht und ich versuche etwas zu entspannen, was mir allerdings echt schwerfällt. Diesen Blick werde ich niemals mehr in meinem Leben vergessen. Ich lasse meine Augen nochmals in alle Richtungen wandern und hoffe, dass mir dabei nicht schwindelig wird. Es ist höchste Zeit umzukehren.

Während wir mit kleinen Schritten vorsichtig den Rückweg antreten, spüre ich einen brennenden Schmerz an meinen Füßen. Es kommt wohl von dem dornigen Grünzeug auf dem Boden des Flusses. Hoffentlich nur davon! Durch die ganze Aufregung und das Adrenalin habe ich den Schmerz bisher nicht wirklich gespürt oder bin ich vielleicht doch von etwas gebissen worden? Es kann doch sein, dass es hier nur so von giftigen Wasserschlangen wimmelt und Joe hat mit ihnen einen Deal gemacht, ihnen zweimal am Tag eine leckere Mahlzeit zu verschaffen, wenn sie ihn seine Arbeit machen lassen? Mit jedem Schritt zum rettenden Ufer wird mir klarer, dass es tatsächlich nur meine aufgeschundenen Fußsohlen sind.

Joe macht sowas jeden Tag und hat vermutlich Fußsohlen wie aus dickem Leder, aber ich habe zarte Stadtfüßchen und die stecken ihr Leben lang in Socken und kennen sowas nicht. Während ich noch wie ein begossener, aber glücklicher Pudel in meiner Blümchenunterhose am Ufer des Zamebsi stehe und versuche das zu begreifen, was ich gerade erlebt habe, steht Joe unruhig neben mir und hält die Hand auf. Okay, er hat sich das Geld redlich verdient und ich lege noch einen Schein extra oben drauf, was ihn zu einem noch breiteren Lächeln veranlasst.

Zuerst dachte ich, er würde direkt wieder nach einem neuen Kunden Ausschau halten, aber er macht sich regelrecht aus dem Staub. Vermutlich hat er für heute genug verdient und geht jetzt nach Hause, um seinem Vater eine lange Nase zu machen. Naja, es sei ihm gegönnt, wobei ich allerdings gerade ein schlechtes Gewissen verspüre, weil ich hier vermutlich Kinderarbeit unterstützt habe. Normalerweise sollte der Bursche um diese Zeit in der Schule sein, oder? Ein Blick auf meine Uhr zeigt mir, dass es noch sehr früh am Tag ist und vielleicht ist das der Grund, warum Joe so schnell losgerannt ist. Dann will ich hoffen, dass er in der Schule was Ordentliches lernt und sich nicht sein ganzes Leben lang hier zum Affen machen muss.

21
Abschied und Aufbruch

Apropos Affen, die hier lebenden Paviane scheinen ziemliche Morgenmuffel zu sein, denn vorhin war es deutlich stiller, aber jetzt hört man von allen Seiten ihr hektisches Geschrei. Immer wieder blitzen ihre roten Ärsche zwischen den grünen Sträuchern auf. Ich kenne bisher nur die putzigen Affen aus dem Affenhaus im Frankfurter Zoo und deswegen bleibe ich unbekümmert stehen und schaue dem Treiben neugierig zu. Irgendwie bekommt der Begriff Affenbande hier eine ganz andere Bedeutung.

Ein Filmregisseur aus Hollywood könnte die nächste Szene nicht besser arrangieren. Eine Affenmutter mit ihrem Baby auf dem Rücken klettert vor den Augen eines neugierigen Touristen gemächlich auf einen Baum. Der zieht sofort seinen Fotoapparat aus seinem Rucksack und während er ihn ahnungslos neben sich stellt um seine Fotos zu schießen, kommen zwei andere Paviane wie der Blitz um die Ecke geschossen, greifen sich den Rucksack und sind schneller wieder aus dem Blickfeld als sie gekommen sind. Wie auf Kommando springt die Pavianmutter mit ihrem Nachwuchs vom Baum und ist ebenfalls spurlos verschwunden. Wow, war das abgezockt. Davon könnte sich so manch eine „Nepper-Schlepper-Bauernfänger-Bande" was abgucken. Ein paar Meter weiter höre ich Gelächter von einer kleineren Aussichtsplattform, auf der es sich eine Familie mit ihrem Frühstücks-Picknick gemütlich gemacht hat.

Sie amüsieren sich augenscheinlich über die gleiche Mutter-Baby-Konstellation wie eben schon der ahnungslose Tourist und ich ahne bereits, was gleich passieren wird. Ich sollte mich nicht täuschen. So einen unverfrorenen Überfall habe ich noch nie erlebt, denn wie aus dem Nichts stürmen mit lautem Geschrei mindestens ein Dutzend wilder Paviane schnurstracks auf die Picknickkörbe zu und greifen sich in Sekundenschnelle alles, was nach Essen riecht und nicht niet- und nagelfest ist. Auch hier das gleiche Szenario. Bevor die Menschen überhaupt begreifen was geschieht, sind die Paviane schon wieder weg.

So langsam wird mir das hier zu laut, denn neben dem Affengeschrei, schreit jetzt die Frau ihren Mann an, warum er nicht besser aufpassen konnte. Die Kinder schreien, weil sich die süßen Äffchen nicht streicheln lassen wollten und der Mann schreit nach dem Aufsichtspersonal, weil er offensichtlich keine Lust hat für das ganze Chaos hier alleine die Verantwortung tragen zu sollen. Auf dem Weg zum Parkausgang sehe und höre ich fast an jeder Ecke aufgebrachte Menschen und es macht den Eindruck, dass die Affenbande hier wie ein Tornado durchgefegt ist. Es ist höchste Zeit diesen Ort der Verwüstung zu verlassen.
Ich komme gerade noch rechtzeitig zurück zum Parkplatz. Offensichtlich haben sich Isabel und Jule wieder halbwegs vertragen, denn sie stehen ziemlich entspannt nebeneinander vor den Autos und scheinen Max und Verena verabschieden zu wollen. „Da bist du ja endlich!" ruft mir Isabel entgegen, stürzt sich auf mich und es folgt eine lange, ziemlich intensive

Umarmung, so wie ich sie mir im Normalfall von Elke gewünscht hätte. Schade! Nachdem ich voller Begeisterung im Schnelldurchlauf mein morgendliches Abenteuer erzählt habe, schauen mich die anderen an, als ob der Lügenbaron von Münchhausen leibhaftig vor ihnen steht. Ich gebe zu, dass auch ich etwas skeptisch wäre, wenn mir ein anderer so eine Geschichte erzählen würde. Sollen die doch denken, was sie wollen!

Max und Verena haben beschlossen noch ein paar Tage hier in Livingstone zu bleiben, weil sie beide der Meinung sind, hier gäbe es die coolste Shoppingmall ever und Isabel und Verena wollen sich auf den Weg Richtung Okovango-Delta machen, um noch ein paar Tage in der Wildnis zu verbringen. „Okovango-Delta" klingt für mich nach einer neuen Virusvariante, aber Isabel erklärt mir begeistert, dass es ein riesiges Feuchtgebiet ist und man dort mit einem ausgehöhlten Baumstamm für ein paar Tage von Insel zu Insel fährt und man die ganze Zeit mitten unter den wilden Tieren zelten darf. So ganz kann ich ihre Begeisterung nicht teilen. Allein der Gedanke daran lässt mich erschaudern. Der dicke Manni sitzt in einem viel zu engen ausgehöhlten Baumstamm und bringt durch seine Schwerkraft das „Boot" zum Kentern. Dutzende hungrige Krokodile kommen aus allen Ecken herangekrochen, freuen sich auf ihre Snacks und alles endet in einem fürchterlichen Blutbad. Ende der Geschichte, kurz und tragisch. Das ist nichts für mich! Sollen sich Isabel und Jule dort gerne austoben, aber ich werde mich dann wieder auf den Rückweg nach Namibia machen. Die gemeinsame Zeit scheint vorbei und ich werde wieder alleine sein. Komischerweise mache ich mir keine Sorgen darüber, dass ich jetzt wieder mit mir alleine bin. So langsam fange ich an mich zu mögen! Manni als Reisebegleiter ist cooler als ich dachte. Es ist gut so, dass Isabel und Jule jetzt ein paar Tage intensive Zeit miteinander haben werden, um sich auszusprechen und ich hoffe sehr, dass sie sich nicht dummerweise gleichzeitig in einen Mann verlieben, der zufällig mit im Boot sitzt. Selbst wenn es so wäre, ist das dann nicht mehr mein Problem. Ich muss nicht immer alles zu meinem Problem machen, das habe ich früher viel zu oft gemacht. Isabel und Jule wollen zum Abschied noch einen Spaziergang zum Wasserfall machen und erst dann aufbrechen. Meine Warnungen zum Thema Affenbande lächeln sie milde zur Seite. Ich denke mir nur, wie sehr sich die Affenbande doch über ihren frisch gepackten Picknickkorb freuen wird. Man soll die Weisheit eines Weißhaarigen nicht unterschätzen, aber das müssen die jungen Dinger eben noch lernen. Erst Kevin, dann Pit und jetzt wartet die Affenbande. Naja, alle guten Dinge sind drei und das gemeinsame Leid wird die beiden noch mehr zusammenschweißen. Ich umarme sie alle der Reihe nach und wünsche ihnen alles Gute. Wir tauschen noch schnell unsere Kontaktdaten aus und dann ist es auch schon vorbei.

Jetzt stehe ich wie ein versehentlich zurückgelassenes Kind auf dem Parkplatz und hadere mit mir, ob ich mich gerade darüber freuen soll, dass meine Aufpasser weg sind, oder ob ich traurig sein soll, weil mir diese

Menschen jetzt fehlen werden. Langsam schweifen meine Gedanken zu dem langen Rückweg durch die Wüste, doch zuerst muss ich noch meine Sachen aus dem Youth-Hostel holen. Während ich meinen schweren Rollenkoffer über den Schotter ziehe wird mir klar, dass ich auf all den gewohnten Luxus meiner vergangenen Urlaube liebend gerne verzichte, wenn ich nur einen Tag wie heute dafür erleben darf und dieser Tag fängt gerade erst an. Ich nehme jetzt nicht nur Abschied von Isabel, Jule, Verena und Max, sondern auch von der hektischen Atmosphäre von Livingstone.

Ich habe mich gerade erst an den Motorenlärm auf den Straßen und die vielen Stimmen aus aller Welt gewöhnt und jetzt geht`s schon wieder zurück in die endlose Weite und Stille Namibias. Das nenne ich ein echtes Kontrastprogramm. Ich habe ehrlich gesagt keine Ahnung, wie lange ich von hier bis zum Fish-River-Canyon unterwegs sein werde, aber dieser Canyon stand auf meiner „Must-to-have-Liste" für Namibia ziemlich weit oben. Mir bleiben von nun an noch vier volle Tage und der Rest von heute. Mal sehen, wie weit ich komme. Ich habe in einem Reisekatalog einen Spruch gelesen, dass es einem wahren Reisenden nicht wichtig ist, wo er ankommt, sondern was er unterwegs erlebt. Naja, dieser „wahre Reisende" hatte ganz bestimmt kein Flugticket ohne Storno-Option und einen Arbeitgeber im Nacken sitzen, der ihn am nächsten Montag Punkt Acht Uhr an seinem Schreibtisch erwartet. Natürlich ist es mir wichtig, was ich unterwegs sehe und erlebe, aber wenn ich meinen

Flieger in Windhoek verpassen sollte, wird es ungemütlich. Ich bleibe optimistisch! Auf jeden Fall werde ich heute den ganzen Tag im Auto sitzen und ohne Pause durchfahren, denn ansonsten schaffe ich das nicht. Das klingt nach Langeweile, im Vergleich zu den letzten Tagen. So kann ich wenigstens die vielen Eindrücke, ganz besonders die von heute Morgen, nochmal vor meinen Augen vorbeiziehen lassen.

Nachdem ich seit ungefähr zwei Stunden wieder nur trockene Wüste um mich herum sehe, ich aber immer noch das Rauschen vom Wasserfall im Ohr habe, muss ich mich langsam entscheiden, ob ich weiter in der Vergangenheit oder im Hier und jetzt leben will. Ich neige schon sehr dazu mit meinen Gedanken in der Vergangenheit festzuhängen. Wenn ich so an den Anfang meiner Reise zurückdenke, da hatte ich die ersten Tage fast nur Inge im Kopf. Selbst auf dem Pritschenwagen in der Etosha-Pfanne habe ich sie gedanklich zwischen den Japanern sitzen gesehen, natürlich nicht in echt, aber es kam mir so vor. Bei jedem noch so kleinen unangenehmen Gedanken kam sie mir in den Sinn. Das war die letzten Tage anders. Vielleicht kann ich auch nur deswegen leichter vergessen oder verdrängen, weil ich abgelenkt bin? Seit der legendären Rotweinrunde am Lagerfeuer mit Marianne habe ich kaum noch an Inge gedacht und das fühlt sich richtig gut an. Ich sollte die Vergangenheit besser ruhen lassen und mich auf die Gegenwart und meine Zukunft fokussieren. Allerdings gibt die Gegenwart gerade ein trauriges Bild ab.

Soweit das Auge reicht, begleiten mich wieder die Weidezäune, aber ich sehe immer noch keine glücklichen Kühe, schlachtreife Rinder, Schafe oder freilaufende Hühner. Wenn ich in dieser Ödnis irgendwo einen Farmer treffe, dann halte ich an und frage ihn, warum er die Zäune aufgestellt hat? Das muss doch einen Grund haben? Nach meiner Überzeugung muss immer alles einen guten Grund haben, ansonsten würde es doch keiner machen, oder täusche ich mich da? Vielleicht gibt es überhaupt keinen wichtigen Grund, warum hier überall die Zäune stehen und es ist nur eine Art Straßenmarkierung, so wie bei uns zuhause diese schwarz-weißen Begrenzungspfosten mit den Reflektoren? Vielleicht sollen diese Zäune auch nur die wilden Tiere schützen, damit sie nicht in die Autos laufen und schwer verletzt werden?

In Deutschland bauen sie ja auch solche Schutzzäune oder Korridore für bedrohte Krötenarten. Wer weiß, vielleicht würden mir ohne diese Zäune alle paar Minuten ein Löwe, ein Gepard oder eine von diesen unzähligen Gazellen vor meinen Kühler rennen und ich wäre den ganzen Tag damit beschäftigt, die blutigen Knochenreste vom Asphalt zu kratzen? Eine schlimme Vorstellung! Insgeheim bin ich sehr froh darüber, dass die Zäune hier stehen und es wird schon seine Gründe haben. In Deutschland stehen an vielen Autobahnen auch solche Zäune und da würde ich nie auf die Idee kommen, nach Hühnern oder Milchkühen Ausschau zu halten. Überall bauen sie Zäune, nur da, wo man sie wirklich braucht, werden sie meistens vergessen.

Letztes Jahr bin ich volles Rohr in diese Wildschweinrotte hineingeknallt, die mitten aus dem Wald auf die Landstraße geschossen kam. Der alte Eber vorneweg und hintendran die Mutti und die Kids. Gottseidank habe ich nur den Alten abgeräumt, ansonsten hätte ich mir echt Vorwürfe gemacht. Wäre mir das damals mit einem Fiat 500 passiert, würde ich heute vermutlich nicht durch Namibia fahren können. So ein fetter Eber sitzt dir nach dem Aufprall fast auf dem Schoß und ich hatte damals glücklicherweise einen höhergelegten SUV. Alle schimpfen immer über SUV-Fahrer und lästern über die Muttis, die damit ihre Kinder zur Kita fahren, aber wer erst einmal einen fetten Eber im Kühlergrill hängen hat, denkt da bestimmt anders drüber.

Bei diesen Gedanken fahre ich automatisch etwas langsamer, nicht dass mir sowas jetzt auch passiert. Meine kleine weiße Knutschkugel würde vermutlich nicht mal den Aufprall mit einer Riesentrappe überstehen und dieser Vogel ist lediglich vergleichbar mit einer weniger gutgenährten Pute auf langen Stelzen. Hier in Namibia sind die allerwenigsten Tiere gut genährt. Ganz augenscheinlich gibt`s hier kaum was zu Futtern. Ich frage mich schon die ganze Zeit, wovon sich all die großen Tiere hier ernähren? Klar, die Fleischfresser und die Wildkatzen holen sich am Wasserloch was sie kriegen können und die vielen kreisenden Geier am Himmel über mir lassen vermuten, dass auch heute irgendwo in der Nähe ein Schlachtfest stattfindet. Aber was fressen denn die ganzen Vegetarier?

Bei uns zuhause im Supermarktregal gibt`s zwischenzeitlich mehr Fleischersatz aus grünen Erbsen, Kichererbsen und Tofu als Rinder-Steaks. Hier scheint die Auswahl für Vegetarier deutlich geringer auszufallen. Soweit ich weiß, fressen doch gerade die bekannten Wüstenelefanten in Namibia Grünzeug, aber wo wächst das? So einen Elefanten kriegst du doch nicht mit ein paar Grasbüscheln satt. Selbst wenn es hier irgendwelches Grünzeug gäbe, dann sieht man es vor lauter Staubbelag nicht. Ich stelle mir gerade vor, ich wäre Vegetarier und müsste hier die staubigen Blätter von kargen Bäumen ablutschen. Naja, ich habe letztens mal eine vegetarische Frikadelle aus Soja probiert, die dürfte ähnlich schmecken.

Das ist heute ein echtes Kontrastprogramm. Erst das viele Wasser und alles saftig grün und jetzt wieder alles braun in braun. Auch die Nestbauten der Webervögel und die Termitenhügel begleiten mich wieder. Nur gut, dass ich mir in Livingstone genügend Wasserflaschen gekauft habe. Ich habe die letzten Stunden mindestens vier große Flaschen weggepumpt und musste noch nicht ein einziges Mal anhalten, um auf Skorpione zu pissen. Mein Respekt vor den Tieren in diesem Land wächst mit jeder körperlichen Erfahrung, die ich mit der Hitze und der Kargheit dieser Landschaften mache. Diese Tiere werden hier geboren und haben keine Ahnung, wie es woanders ist. Sie haben keine Vergleichsmöglichkeiten und sie werden wohl auch nie im Fernsehen von der Pflanzenvielfalt und dem Wasserreichtum anderer Länder in Afrika erfahren.

Sie denken vermutlich, es wäre überall so wie bei ihnen zuhause, also könnten sie dann auch gleich da bleiben wo sie sind. Wenn du aber erst einmal erfahren hast, dass es woanders schöner sein kann als zuhause, dann hörst du nie wieder auf danach zu suchen. Du wirst dann regelrecht süchtig auf der Suche nach „mehr" und dabei wirst du niemals satt. Selbst, wenn du dich irgendwo sauwohl fühlst, stellst du dir im Stillen immer noch die Frage, ob es woanders nicht noch toller ist? Das ist doch ein total bescheuerter Teufelskreis, der sich niemals aufhört zu drehen. Wie willst du bei so einer Erwartungshaltung jemals ankommen und dich heimisch und glücklich fühlen?

Mir geht es jetzt ähnlich, denn seitdem ich weiß, dass es mehr gibt als Vier-Sterne-Hotels mit Poolanlage, Animation und überzuckerten Cocktails „for free", werde ich wohl den Rest meines Lebens auf der Suche sein nach, ja nach was eigentlich? Warum muss ich mir ausgerechnet jetzt diese Frage stellen? Ausgerechnet jetzt, wo mir keiner außer ich selbst eine Antwort geben kann. Vielleicht hätten mir Isabel, Jule oder sogar Elke ein paar gute Vorschläge machen können, wonach man suchen sollte oder was sie glauben unbedingt finden zu müssen? Im Grunde genommen ist es nicht das Land oder ein besonders schöner Fleck. Es sind weder die Pflanzen, die Tiere oder die Gebäude, nein, es sind noch nicht einmal die Menschen, denn von denen gibt es im Rhein-Main-Gebiet mehr als genug. Mein Kollege war bestimmt schon ein Dutzendmal in Südafrika und Namibia und er hat noch lange nicht genug davon, obwohl er vermutlich schon überall dort war, wo es was zu sehen gibt. Also was ist es? Vielleicht sucht jeder Mensch etwas anderes? Kann doch sein, oder? Der eine sucht die Freiheit, ein anderer das Abenteuer und ein dritter ist einfach nur neugierig darauf, was es hinter seinem Horizont noch alles zu entdecken gibt. Es soll auch Menschen geben, die wollen deswegen in ferne Länder reisen, nur um zu flüchten, um möglichst weit weg von dem Ort zu sein, der sie ihr ganzes Leben lang geplagt hat. Doch was willst du machen, wenn du selbst dieser „Ort" bist, der dich all die Jahre so geplagt hat? Da fliegst du kreuz und quer um die ganze Welt und egal wo du hinkommst, fühlt es sich genauso Scheiße an wie zuhause. Egal wo du auch hinfliegst, du hast dich immer selbst im Schlepptau und wenn du dich nicht sonderlich magst, ist es nirgends auf der Welt schön. Wer sollte das besser wissen als ich?

So langsam sollte ich mir eine Unterkunft suchen, denn so viel Auswahl werde ich bis zum Einbruch der Dunkelheit sicherlich nicht mehr bekommen. Ich komme mir fast vor wie auf dem Mond und da gibt es auch nicht sonderlich viele Übernachtungsmöglichkeiten. Ein Blick auf meine Karte zeigt mir, dass ich demnächst an einer kleinen Stadt vorbeikomme, also werde ich schon was Passendes finden. Oh Mann, jetzt bin ich laut meiner Karte schon an der zweiten „Kleinstadt" vorbeigefahren und genau genommen war es jedes Mal nur eine heruntergekommene Tankstelle, eine Handvoll Wohnhäuser mit Schuppen und das war`s.

So langsam kommen mir Zweifel, ob ich bis zum Sonnenuntergang noch etwas zum Übernachten finde. Ich hätte besser nicht vom Highway abbiegen sollen. Warum musste ich auch unbedingt auf diese Nebenstrecke abbiegen, nur um ein paar Stunden Zeit zu sparen? Manchmal braucht es im Leben eben seine Zeit. Ach verdammt, ich habe heute Morgen Joe und die Affenbande überlebt, da werde ich doch jetzt nicht verzweifeln wollen.

22
Eine ganz besondere Nacht

Ich fahre jetzt schon seit über eine Stunde durch die rabenschwarze Nacht und rechne jeden Augenblick damit, dass irgendein Tier fauchend in meinem Scheinwerferlicht auftaucht, Ja, ich weiß, ich sollte das nicht tun, weil es zu gefährlich ist, aber ich tue das hier nicht aus Spaß oder Übermut, sondern weil ich immer noch auf der Suche nach irgendeinem Haus bin, in dem ich übernachten kann. So langsam beschleicht mich ein mulmiges Gefühl, dass ich vermutlich überhaupt keine Häuser mehr antreffen werde, bis ich wieder auf dem regulären Highway bin. Bei Highway denkt man normalerweise an diese teils achtspurigen Autobahnen in Los Angeles, aber ein Highway in Namibia ist eher mit der legendären Route 66 in den USA vergleichbar. Diese Nebenstrecke hier ähnelt allerdings mehr einer abgelegenen Landstraße in den neuen Bundes-ländern vor dem Mauerfall.

Wenigstens leuchten mir die Sterne am Himmel die Straße etwas aus. Das funzelige Licht meiner Knutschkugel reicht gerade mal zwanzig Meter und deswegen fahre ich auch deutlich langsamer als sonst. Dieses hochkonzentrierte Starren in meinen eigenen Lichtkegel lässt meine Augen immer müder werden und so langsam falle ich in diesen berüchtigten Sekundenschlaf. So geht das nicht weiter. Ich kann es mir einfach nicht leisten von der Straße abzukommen und im Straßengraben zu landen.

Bis mich auf dieser Nebenstrecke einer findet, bin ich wahrscheinlich längst verdurstet, verhungert oder mein Körper wurde von giftigen Ameisen bis auf die Knochen runtergefressen. Sind Giftschlangen und Skorpione nicht auch nachtaktiv? Mehr und mehr kommen mir schlimme Bilder in den Kopf, wie das hier enden könnte, wenn ich tatsächlich einen Unfall baue und bewusstlos hinter meinem Steuer hänge. Auch wenn ich heute Morgen noch als Action-Hero aktiv war, werde ich jetzt nicht leichtsinnig werden und mein Leben aufs Spiel setzen.

Gerade hier, wo ich erstmals anfange mein Leben intensiv zu spüren, wäre es besonders blöd unfreiwillig einen Schlusspunkt zu setzen. Mein Leben fängt jetzt erst richtig an, also tue ich genau das, was der vernünftige Manni aus Frankfurt schon immer getan hat, wenn es brenzlig wird: Ich warte an der Seitenlinie. Besser gesagt, ich steuere meinen Fiat auf eine kleine geschotterte Fläche am Straßenrand, die gerade mal so breit ist, dass meine Knutschkugel draufpasst, ohne dass ein Teil des Autos auf die Straße ragt. Mir bleibt nichts anderes übrig, also werde ich diese Nacht wohl im Auto verbringen. Ich habe als junger Kerl schon mal eine Nacht in einem Auto verbracht, aber das war der alte Audi 100 meines Vaters und der hatte Liegesitze. Zuerst muss der Rollenkoffer von der Rückbank, denn ansonsten kann ich das vergessen. Wie erwartet, kann ich die Sitzlehne nicht ganz nach unten kurbeln. Ich ärgere mich jetzt schon zum zweiten Mal, dass ich diesem Typen bei der Autovermietung gegenüber so trotzig reagiert habe und auf dieses Sonderangebot bestand. Der wollte mich nicht übers Ohr hauen und eine fette Provision verdienen, sondern er wollte mir was Gutes tun. Wahrscheinlich dachte der sowieso, dass der dicke Deutsche nicht in so ein kleines Auto passt, aber ich wirke nur ein wenig korpulent, bin aber auf keinen Fall zu dick. Zumindest hat mir das Elke nach dem zweiten Glas Wein im Hotel in Sossusvlei versichert.

Elke wusste genau, wie man einen Mann glücklich macht. Ich hatte zuvor niemals eine Frau getroffen, die beide Seiten einer Frau so perfekt vereint, also die Seiten, die mir persönlich ganz besonders wichtig sind. Nach all den Jahren mit Inge, ihrem überbordenden Aktionismus, ihrer nervigen Spontanität, ihrer oberlehrerhaften Rechthaberei und ihren unsäglichen „Mecker-Tiraden", habe ich ein anderes Frauenbild vor Augen, wenn es um meine zukünftige Traumpartnerin geht. Vermutlich ist es völlig normal und legitim, dass man sich nach einer gescheiterten Beziehung einen neuen Partner sucht, der genau die entgegengesetzten Charakterzüge oder Verhaltensweisen in sich trägt. Elke war an diesem Abend so angenehm ruhig, so fürsorglich, so zurückhaltend, sie gab mir Raum der zu sein, der ich bin, ohne mich für etwas schämen zu müssen. Sie gab mir Raum etwas zu erzählen, ohne dass ich zu sehr auf meine Wortwahl achten musste und sie lachte genau an den richtigen Stellen und dieses Lachen war zum niederknien. Inge hat selten gelacht, dafür rollte sie oft mit den Augen, was mich immer zur Weißglut gebracht hat.

Mensch Manni, jetzt nimm deine Ex doch endlich mal aus dem Spiel. Solange du sie freiwillig ständig nachtreten lässt, wirst du nie zur Ruhe kommen. Du lässt sie doch selbst immer wieder aufs Spielfeld laufen und Tore gegen dich schießen, also reiß dich zusammen und fokussiere dich auf Elke oder wen auch immer. Während ich mich auf Elke fokussiere, lege ich mein Augenmerk ganz besonders auf die zweite Seite einer Frau, die mir auch an Elke so gut gefallen hat. Ja, ich gebe zu, es ist typisch Mann, aber ich stehe dazu. Ich mag Frauen die aussehen wie Frauen, also Frauen, wie ich es gerne hätte, dass sie so aussehen, also so fraulich, wie eben manche Frauen aussehen, die ich sofort als Frau erkenne. Immer wenn es um die Attraktivität von Frauen geht, werde ich nervös und kann mich dann nicht mehr so gut artikulieren. Manchmal fange ich sogar an zu Stottern. Bei Elke war das anders, da war ich die Ruhe selbst. Ich mag das sehr, wenn mich eine Frau zwar erregt, aber dafür nicht aufregt.

Apropos aufregen. Hätte mich einer vor ein paar Tagen gefragt, ob es mich aufregen würde, wenn ich eine Nacht im Auto verbringen müsste, dann hätte ich ihn vermutlich nur verständnislos angeschaut und gedacht: „Natürlich würde mich das aufregen, du Spinner". Aber in diesem Moment fühlt es sich anders an. Jetzt liege ich hier mehr oder weniger horizontal auf meinem Fahrersitz, zugedeckt mit meiner total verdreckten und müffelnden Safari-Weste und starre glückselig aus dem Seitenfenster in den Sternenhimmel über Namibia.

Dieses Land ist bekanntlich ein paar tausend Kilometer vom Äquator entfernt, aber mir scheint, die Sterne könnten nicht näher sein als genau an diesem Ort. Dieser Anblick entschädigt mich für jeden stechenden Schmerz in meinen Lendenwirbeln, den ich morgen früh nach dieser Nacht sicherlich spüren werde. Ich bin zwar kein Astrologe, aber das da oben müsste die Milchstraße sein. Ich habe den Eindruck, die Milchstraße hat mehr als nur zwei Fahrspuren. Es müssen Millionen von Sternen sein, ach, was sage ich, es sind unendlich viele Lichtpunkte am Himmel und ich habe das Gefühl, ich könnte jeden einzelnen von ihnen mit Händen greifen. Wenn ich mich konzentriere, kann ich sogar Satelliten auf ihrer Umlaufbahn kreisen sehen und das mit bloßem Auge. Mein Gott, wie viel Elektro-Schrott mag da oben sein, der für die Ewigkeit um die Erde kreist? So etwas kannst du nur sehen, wenn es um dich herum keinerlei Lichtquellen gibt und dieser sternenklare Himmel ist der beste Beweis dafür, dass hier im Umkreis von 100 Kilometer keine einzige Lampe leuchtet. Ich habe mich hier in Namibia schon häufiger einsam gefühlt, aber so dermaßen allein war ich noch nie. Dennoch fühle ich mich nicht so einsam wie sonst, denn in Gedanken sind alle Menschen bei mir, die ich mir in diesem Moment herbeisehne und ich zeige ihnen den schönsten Sternenhimmel den ich jemals gesehen habe. Geteiltes Glück ist doppeltes Glück.

Sagt man eigentlich Astrologe oder Astronom? Ich verwechsle das jedes Mal. Die einen kennen sich gut mit dem Weltall aus und die anderen sind davon überzeugt, dass sie jeden Menschen nach seinem

Sternzeichen beurteilen können. So ein Quatsch! Ich zum Beispiel bin Fisch und als Fisch könnte ich in dieser Wüste sicherlich nicht überleben. Außerdem hätte mir Elke dann bestimmt nicht gesagt, dass ich gut riechen würde. Mein Ex-Schwager Edgar hat mir wärmstens empfohlen, dass ich mich unbedingt mit Sternzeichen beschäftigen müsste, denn die meisten Frauen würden da total drauf abfahren. Wenn sie sich mit einem Mann über Sternzeichen austauschen können, wären sie meistens total wuschelig. Ich habe daraufhin was über das Sternzeichen Fische gelesen und es hat mir nicht gefallen. Damit war das Thema für mich beendet. Edgar hat gut reden, der ist Stier und was über Stiere in den Büchern steht, lässt jede Frau neugierig und vor allem wuschelig werden. Edgar weiß genau, wie er die Frauen rumkriegt. Ich kenne noch nicht einmal meinen Aszendenten und der soll laut Edgar noch viel wichtiger sein als das Sternzeichen selbst. Das soll einer mal verstehen. Wenn der Aszendent wichtiger ist als das Sternzeichen selbst, warum macht man dann so viel Geschiss um das Sternzeichen? In jedem Horoskop guckst du neugierig nach deinem Sternzeichen und bist total happy oder willst dich von der nächsten Brücke runterstürzen, je nachdem was da jemand über deine Zukunft geschrieben hat. Am Ende war es dann aber gar nicht für dich gedacht, weil du ja einen ganz anderen Aszendenten hast. Das verstehe ich nicht, das ist doch genauso „gaga" wie unser Steuerrecht. Nachdem ich dann ein paar Minuten gedanklich im Steuerrecht verharre, fallen mir langsam die Augen zu und die Müdigkeit fordert ihren Tribut.

23
Nicht schon wieder

Schöne Grüße von L4 und L5, das sind meine schmerzempfindlichsten Lendenwirbel und die nehmen mir mein unbequemes Nachtlager gerade sehr, sehr übel. Egal, es war besser so, dass ich angehalten habe. Wer weiß, was sonst hätte alles passieren können? Ich schäle mich aus meinem Sitz und versuche neben meinem Auto ein paar Dehnübungen zu machen. Am Horizont geht langsam die Morgensonne auf und ich genieße beim Ziehen und Strecken die zartrosa Lichteffekte in weiter Ferne. Wieder kein Wölkchen am Himmel. Ob es hier jemals regnet? Vielleicht ist das der Grund, warum hier kein Mensch wohnen will? Ich kann es den Menschen nicht verübeln.

Ein Blick auf meinen Rollenkoffer lässt mich erschaudern. Wie kommt da dieser braune Haufen drauf? Nach einer kurzen Schnüffelprobe ist das Urteil eindeutig: Das sind eindeutig Exkremente von irgendeinem Tier. Ich hatte den Rollenkoffer gestern Abend neben mein Auto gelegt, weil es für uns beide zusammen einfach zu eng war. Offensichtlich hat irgendein wildes Tier meinen Koffer spontan als Schlafgelegenheit genutzt und zum Abschied seine Morgentoilette hinterlassen. Nach der Größe des Haufens zu urteilen, kann ich froh sein, dass es nicht gleich mein ganzes Auto zugeschissen hat. Wo kam dieses verfluchte Tier nur her, es kann doch unmöglich über den Zaun gesprungen sein?

Da denkst du, hier gibt es keine Tiere und dann scheißen sie dir einfach auf den Koffer, nur um dich zu ärgern, weil du jetzt den restlichen Tag darüber nachgrübeln wirst. Nachdem ich schon mal beim Thema war, habe ich dann ebenfalls meine Morgentoilette der Wüste übergeben. Sollen sich doch jetzt ein paar Tiere darüber den Kopf zerbrechen, wo das herkommt, ist mir doch egal. Ich stelle mir gerade vor, wie eine Bande Wüstenmäuse drumherum steht und heftig darüber diskutiert, wer das war? Oh Mann, bin ich vielleicht albern, aber ich mag es albern zu sein. Das Leben bietet so viele Möglichkeiten albern sein zu dürfen, aber ich habe mich all die Jahre so gut wie nie getraut.

Jetzt sitze ich mit einem fetten Grinsen im Gesicht hinter meinem Steuer und lenke meine Knutschkugel voller Elan Richtung Fish River Canyon. Wenn es einigermaßen störungsfrei läuft, sollte ich am frühen Nachmittag ankommen. Nach ein paar ereignislosen Stunden auf der fast durchgängig schnurgeraden Straße, höre ich ein lautes Knurren. Das kommt eindeutig aus dem Inneren des Autos. Ich werde doch wohl nicht schon seit Stunden ein wildes Tier im Fußraum hinter mir sitzen haben? Womöglich noch der freche „Kacker" von vorhin? Nach dem zweiten Knurren bin ich beruhigt, denn das wilde Tier sitzt offensichtlich in meinem Bauch. Mein leerer Bauch schreit einfach nur nach einem Frühstück. Nachdem gestern das Abendessen ausgefallen ist und ich außer einer halbvollen Keksrolle nichts mehr zu Essen fand, muss ich meinem Körper jetzt unbedingt ein paar

Kohlenhydrate zuführen. Auf dieser Nebenstrecke gibt es wenigstens alle 200 bis 300 Kilometer eine Tankstelle mit einem kleinen Shop. Diesmal habe ich Glück, denn die nächste Tankstelle hat sogar einen kleinen Imbissstand zu bieten und so wie es aussieht, bin ich nicht der Einzige der nach einem Frühstück Ausschau hält. Also Blinker setzen, rechts ran und auf einen heißen Kaffee und ein paar belegte Käse-Brötchen freuen. Ich frage mich gerade ernsthaft, wo die anderen Menschen herkommen, deren Autos auf diesem Parkplatz stehen? Es scheinen in dieser einsamen Gegend wohl doch auch andere Reisende unterwegs zu sein. Und was für welche!

Nicht schon wieder! Da sitzen doch tatsächlich zwei Frauen am Tisch, die genau diesem Ideal-Bild entsprechen, von dem ich die ganze Nacht geträumt habe. Ich hätte gestern Abend nicht so viel an Elke denken sollen, denn meine Nacht wurde dadurch noch härter als sie ohnehin schon war. Und jetzt das. Meine Morgenlatte ist gerade erst halbwegs abgeschwollen und geht jetzt schon wieder in Angriffsposition. Das Alleinsein scheint mir mein bester Freund zwischenzeitlich übel zu nehmen, aber der soll sich jetzt bitte mal schön zurückhalten. Wenn mein kleiner Freund mit den Frauen auch sonst klarkommen müsste, würde er sicherlich anders drauf sein, also nicht nur körperlich reagieren. Ich kann jetzt unmöglich mit meiner ausgebeulten Hose aussteigen, wie sieht das denn aus? Zwischenzeitlich schauen die beiden Frauen schon zu mir rüber und offensichtlich reden sie über mich.

Was gebe ich nur für ein lächerliches Bild ab. Ich sitze mitten in der Wüste in einem kleinen verdreckten italienischen Kleinwagen, halte mir ein Mobiltelefon ans Ohr und tu so als ob ich beschäftigt wäre, obwohl es hier in dieser Gegend definitiv kein Funknetz gibt. Warum steige ich nicht einfach aus? Wenn die beiden Frauen meine ausgebeulte Hose sehen, dann hätten sie wenigstens was, worüber sie reden könnten. So langsam werde ich mir selbst peinlich und das fühlt sich nicht besonders gut an. Ich wende meinen üblichen Trick an und denke kurz an Inge, das hilft in der Regel. So, jetzt kann es endlich losgehen.

Ich schlendere möglichst lässig zum Tresen und bestelle mir in meinem mäßigen Schulenglisch einen Kaffee mit Milch und zwei belegte Käse-Brötchen. „Darf es sonst noch was sein?" fragt mich der junge Typ hinter dem Tresen. Ich vergaß, ich bin wieder in Namibia. Jetzt stehe ich mit meinem Tablett am Tresen und schaue mich um, ob es denn noch einen freien Platz für mich gibt. Da es nur diesen einen großen Holztisch für Gäste gibt, habe ich wenigstens einen guten Grund mich diesen beiden Frauen zu nähern, ohne gleich aufdringlich zu wirken. Beim Laufen werde ich fast ohnmächtig, denn ich kriege kaum Luft. Warum muss ich auch immer meinen Bauch so einziehen, wenn ich Frauen begegne? Die haben mich doch schon beim Aussteigen gecheckt und wissen ganz genau, dass ich mindestens 20 Kilo Kampfgewicht zu viel in meiner Körpermitte mit mir herumtrage. Erst die vorgetäuschte Aktion mit dem Handy und jetzt dieses peinliche Stolzieren mit eingezogenem Bauch, kein

Wunder, dass die Beiden anfangen zu kichern. Wenigstens rollt keine von Beiden mit den Augen, das ist ein gutes Zeichen. Ich mag dieses Lachen, denn es erinnert mich sehr an Elke. Dummerweise erinnern mich beide Frauen rein optisch gerade sehr an Elke und ich denke mir: Bitte, nicht schon wieder!

Vielleicht habe ich Glück und die beiden Frauen kommen aus Frankreich. Franzosen sprechen in der Regel kein Deutsch und wenn du denen mit Englisch kommst, verweigern sie dir meistens jegliche Kommunikation. Die sind dermaßen stolz auf ihre Nation und ihre Sprache, dass es manchmal schon etwas nervt. Das wäre für mich aber okay, denn dann kann ich hier wenigstens in Ruhe meine Stullen futtern und in einer Viertelstunde weiterfahren, ohne dass ich wieder tagelang an irgendwelche gutgebauten Frauen denken muss. So langsam wird das mit meinem ausgetrockneten Sexualleben zur Belastung, aber ich will mich unbedingt weiterhin unter Kontrolle halten.

„Hallo, ich bin Ingeborg", strahlt mich die Brünette an. „Meine Freundin heißt Konstanze!" Jetzt wird es kompliziert. Nachdem ich dem Typ am Frühstückstresen noch ein paar freundliche Bemerkungen auf Deutsch mitgegeben habe, kann ich mich hier jetzt sprachlich nicht mehr herauswinden. Vielleicht sind die Beiden ja Lehrerinnen oder Anwältinnen und törnen mich total ab, weil sie total rechthaberisch sind und immer alles besser wissen wollen? Da fühle ich mich dann ganz schnell wieder wie der der kleine doofe Manni aus der Zeit mit Inge.

Aber mit dieser Hoffnung liege ich weit daneben. Ingeborg und Konstanze sind gute Kolleginnen und arbeiten als Krankenschwestern in Wiesbaden in einer Kurklinik für Adipöse. Na, dann dürften sie mit mir ja keine Probleme haben. Völlig befreit atme ich aus und mein Bauch sackt gefühlte zehn Zentimeter tiefer Richtung Boden.

Warum müssen die Beiden ausgerechnet so nah an Frankfurt leben? Wenn ich jetzt nicht aufpasse, dann stehen die in ein paar Tagen vielleicht vor meiner Wohnungstür und rücken mir auf die Pelle. Oh Mann, nur weil Elke vor ein paar Tagen nicht gleich vor mir weggelaufen ist, glaube ich jetzt tatsächlich, dass ich der Womanizer vor dem Herrn bin. Warum sollten die Beiden auch ausgerechnet auf mich gewartet haben? Mangels Alternativen sind sie einfach am Tisch sitzengeblieben und jetzt hocke ich eben mit ihnen zusammen und wir unterhalten uns. Mehr nicht! Ich wünschte, es wäre so unverfänglich geblieben, aber Ingeborg geht in die Offensive, wie ich es noch nie zuvor bei einer Frau erlebt habe. Es kann ja durchaus sein, dass es in meinem Leben schon die eine oder andere Frau in dieser Intensität mit mir versucht hat, aber dann ist es mir nie aufgefallen, geschweige denn bewusst geworden. Ich habe nicht unbedingt Antennen für sowas. In meiner Selbstwahrnehmung bin ich das nicht wert, also warum sollte dann eine Frau unbedingt mich haben wollen? Ingeborg will eindeutig und das schmeichelt mir, nein, es entfacht in mir das Feuer der Begeisterung, denn es fühlt sich verdammt gut an.

Und dann ist sie auch noch Krankenschwester mit Schwerpunkt Adipositas. Wenn das mal kein glücklicher Zufall ist? Schwerpunkt Adipositas? Klingt irgendwie doppel gemoppelt. Manchmal treibt die deutsche Sprache merkwürdige Stilblüten.

Ingeborg beginnt sofort lebhaft und ungeniert nachzufragen, woher ich komme, was ich tue, ob ich verheiratet bin, was ich auf dieser Reise schon alles gesehen habe und warum ich um Gottes willen so einen riesigen Rollenkoffer dabei habe? Währenddessen beobachtet mich Konstanze deutlich distanzierter, fast schon ein wenig feindselig. Vermutlich ist es bei den beiden Frauen ähnlich, wie bei Isabel und Jule. Konstanze spielt einfach immer nur die zweite Geige, wenn sie mit ihrer Freundin unterwegs ist. Immer nur im Schatten eines anderen zu laufen macht keinen Spaß. Irgendwann willst du auch mal in der prallen Sonne stehen oder auf die Bühne gebeten werden. Ich habe den unmissverständlichen Eindruck, dass Konstanze regelrecht danach lechzt, also versuche ich sie in unser lebhaftes Gespräch mit einzubinden. Das wiederum ruft bei Ingeborg ansatzlos Reaktionen hervor, die ich hätte ahnen können. Allerdings hatte ich in meinen Leben schon oft Ahnungen, die sich nicht bewahrheitet haben, doch diesmal sollte ich Recht behalten.

Bitte nicht schon wieder Zickenkrieg! Bleib einfach locker und sei nett und zuvorkommend zu beiden Frauen, dann werden die Spannungen auch wieder verfliegen.

Das Dumme bei neuen Bekanntschaften ist, dass du deren Vorgeschichte nicht kennst. Vielleicht haben sich die Beiden, wie auch schon Isabel und Jule, in ihrer Vergangenheit einmal um den gleichen Mann gestritten. Natürlich nicht um so einen blutjungen „Kevin-Schnuckel", aber vielleicht um einen graumelierten Oberarzt in ihrer Klinik? Ingeborg und Konstanze dürften Mitte oder Ende Fünfzig sein, vielleicht sogar schon junggebliebene Sechzig, wer weiß das schon? Eins habe ich in meinem Leben gelernt: Frage nie, absolut niemals eine Frau beim ersten Date nach ihrem Alter! Edgar behauptet sogar, dass du das erst tun solltest, nachdem du die Frau im Bett hattest, denn es gäbe keinen größeren Lustkiller und er will es sich nicht schon vorher versauen. Edgar hat deutlich mehr Erfahrung mit Frauen als ich und in diesem Moment wünschte ich, er könnte mir ins Ohr flüstern, was ich tun soll. Je mehr ich versuche Konstanze wenigstens ein bisschen Raum und Aufmerksamkeit zu geben, desto lauter und offensiver wird Ingeborg. Selbst der Typ vom Tresen schaut schon nervös zu uns rüber, denn diese Hektik scheint er nicht gewohnt zu sein.

In diesem Moment beschließe ich etwas zu tun, was ich zuvor noch nie in meinem Leben getan habe. Ich stehe auf, sage den Beiden „Tschüss, ich gehe jetzt" und laufe, ohne mich auch nur ein einziges Mal umzudrehen, zurück zu meinem Auto, steige ein und fahre einfach weg. Einfach so, ohne Schamgefühl und ohne Schuldgefühl.

Einfach deswegen, weil ich kein Spielball in diesem sich anbahnenden Zickenkrieg sein will. Ich will das nicht mehr. Ich hätte bei Inge auch viel früher aufstehen und weggehen sollen. Ingeborg? Da steckt Inge doch schon zur Hälfte drin. Hätte ich mir ja denken können.

24
Fish River Canyon

Ich habe nur noch drei Tage vor mir und die will ich in Ruhe genießen. Zuhause werde ich noch genügend Gelegenheiten haben mich den Frauen zu widmen. Jetzt, als der „neue" Manni, der „Action-Hero-Manni", der „Frauenversteher-Manni", der „Ich-mach-diesen-Scheiß-nicht-mehr-mit-Manni", werde ich rund um Frankfurt genügend Frauen finden, die meine neue Coolness zu schätzen wissen. Oh Mann, jetzt werde bloß nicht überheblich. Jetzt freue ich mich erst einmal auf den Fish River Canyon. Mein Kollege hat mir erzählt, das wäre der zweitgrößte Canyon der Welt, gleich nach dem Grand Canyon in den USA. Wenn du dort auf dem Boden des Canyons stehst, betrittst du Erde, die nirgends älter ist als in diesem Canyon in Namibia. Da würde ich richtig ehrfürchtig werden, hat er mir prophezeit. Na dann. Wenn ich das richtig im Blick habe, müsste ich in weniger als zwei Stunden dort sein. So langsam bekomme ich Übung im Vergessen. Ich kann mich nicht einmal mehr an die Vornamen der beiden Frauen erinnern, nur die Adipositas ist bei mir hängen geblieben und das sprichwörtlich. Ich hoffe sehr, dass die beiden Frauen sich wegen mir nicht noch weiter gestritten haben, aber mein Gefühl sagt mir, die Beiden hätten das auch ohne mich getan.

Endlich, der Eingang zum Ai-Ais Nationalpark! Den Fish River Canyon haben die hier einfach mit eingemeindet, was wohl schon mehrere Touristen verunsichert hat, die beim Anblick des Namens-schildes „Ai-Ais" spontan umdrehen wollten. Bei dem Namen fällt mir ein, dass ich bisher noch kein einziges Mal Eis gegessen habe seit ich hier in Namibia bin. Ehrlich gesagt ist mir noch nicht einmal irgendeine Eisdiele aufgefallen. Vermutlich gab es in Windhoek oder in Livingstone welche, aber sicher bin ich mir nicht. Wie kann man diesem Nationalpark nur einen Namen geben, der die Besucher eher an Eisberge erinnert? Ist mir aber auch egal, denn ich bin wegen dem Canyon hier. So langsam ist es höchste Zeit sich eine Bleibe für die Nacht zu suchen. Noch eine Nacht in meiner Knutschkugel werden mir meine Lendenwirbel nicht verzeihen.

Endlich mal wieder eine anständige Auswahl an Lodges. Lodges sind jedoch keine gewöhnlichen Hotels, das habe ich bereits in der Etosha-Pfanne erfahren dürfen. Beim ersten Nachfragen dachte ich, ich hätte mich verhört, aber der Preis klang beim zweiten Mal auch nicht geringer. Ich will hier doch nur eine einzige Nacht schlafen und nicht den ganzen Laden kaufen. Spätestens jetzt weiß ich, dass 5 Sterne in Namibia anders bepreist werden als 5 Sterne in Ägypten oder in der Türkei. Bei dem Zimmerpreis sollte aber auch eine namibische Bauchtanzgruppe am Whirlpool inklusive sein. Was rege ich mich unnötig auf, denn wenn ich die gesparten Übernachtungskosten der letzten Nacht mit verrechne, dann komme ich im Durchschnitt wieder auf Normalniveau. Ich bin trotzdem auf die Speisekarte gespannt, denn wenn die ein ähnliches Preisniveau hat, wird mir der Appetit hoffentlich nicht vergehen.

Okay, wenn ich die günstigen Anschaffungskosten für die halbe Keksrolle von gestern Abend berücksichtige und die gesparten Ausgaben für einen Chiropraktiker subtrahiere, weil ich heute ein weiches Bett haben werde, dann die Quersumme bilde, die Wurzel aus den Gesamtkosten ziehe, alles anschließend durch zwei dividiere und den Rest in die Tonne trete, dann sollte das insgesamt wieder in mein Budget passen. Mathe fand ich schon immer Scheiße und außerdem will ich mir jetzt keine Gedanken mehr über Geld machen. Da sich der Sonnenuntergang spätestens in einer halben Stunde ankündigen wird und ich daher gezwungen bin Prioritäten zu setzen, bitte ich einen nett lächelnden Farbigen in einer peinlichen Kolonialuniform meinen Koffer auf mein Zimmer zu bringen. Dafür habe ich jetzt keine Zeit, denn der Fußweg zum Canyon ist deutlich länger als ein Katzensprung. Also schnell noch den Fotoapparat um den Hals hängen und los geht`s im leichten Trab Richtung Canyon.

Ich habe mal eine Reportage im Fernsehen gesehen, in der die größten Kürbisse der Welt verglichen wurden. Da musstest du schon genau hinschauen und mit dem Maßband nachmessen, um den größten Kürbis zu küren, weil der Zweitplatzierte fast genauso groß wirkte. Wenn ich jetzt so in den Fish River Canyon hineinschaue, frage ich mich, ob das wirklich der zweitgrößte Canyon der Welt ist? Inge wollte vor ein paar Jahren unbedingt mit mir in die USA fliegen und natürlich stand Las Vegas auf ihrer Liste ganz oben. Ich konnte damals wenigstens noch einen Tagesausflug zum Grand Canyon heraushandeln, ansonsten wären wir die Woche nur durch dieses Disney World für Spielsüchtige getingelt. Auf jeden Fall stand ich schon mal am Rand des Grand Canyon und das fühlte sich damals deutlich anders an als jetzt in diesem Moment. Wenn der strahlende Sieger im Kürbiswettbewerb sein Riesenteil auf einer Schubkarre vor die laufende Kamera fährt, dann erwartet der Zuschauer nicht unbedingt, dass der Zweitplatzierte seinen Kürbis strahlend in einer Hand balanciert. Naja, ich übertreibe schon ein wenig, aber dass der Unterschied zwischen dem ersten und zweiten Platz so immens groß ist, hätte ich nicht gedacht. In diesem Moment schäme ich mich ein wenig über diesen Vergleich, denn er ist total ungerecht.

Ohne dieses Erlebnis in den USA würde ich hier jetzt vermutlich mit offenem Mund stehen und über diesen großen und wunderschönen Canyon staunen. Warum müssen wir Menschen auch immer alles vergleichen? Mit dem Vergleich fängt das Unglück doch erst so richtig an. Inge hat sich auch erst unglücklich gefühlt, nachdem sie angefangen hat mich mit Joachim zu vergleichen. Warum konnte sie ihre Augen und ihre Aufmerksamkeit nicht bei mir lassen und sich jeden Tag einreden, ja, der Manni ist ein toller Typ? „Vielleicht, weil du kein toller Typ bist", meldet sich eine innere Stimme in mir und diese Stimme ist eindeutig männlich, klingt aber definitiv nicht nach Joachim. Da war er wieder, der „alte" Manni. Warum muss es denn immer einen Ersten, Zweiten und Dritten geben? Immer, wenn ich die Olympischen Spiele im TV sehe, sprechen die Kommentatoren oft über die verpasste

Medaille des Viertplatzierten und wie traurig der jetzt ist. Ich freue mich dann jedes Mal, wenn die Sportler, die keine Medaille errungen haben, vor die Kamera treten und freudestrahlend erklären, dass sie total stolz wären, weil sie heute ihre persönliche Bestleistung abrufen konnten und es wäre für sie ein persönlicher Rekord. Das ist doch toll, wenn ein Mensch sein Bestes gibt und wenn es einem anderen nicht reicht, dann soll er sich halt verpissen. Ist doch wahr!

Mir reicht der Fish River Canyon vollends, ich mag ihn, genauso wie er ist. Fish River, du bist ein toller Typ! Es kann eben nicht jeder oben auf dem Siegertreppchen stehen und du hast wirklich alles gegeben und dafür hast du meinen vollen Respekt. Als ob er es gehört hätte, fängt der Canyon an zu erröten. Natürlich liegt das nicht an mir, aber die Vorstellung lässt mich ein wenig grinsen. Es ist immer wieder überwältigend, wenn diese natur-gegebenen Rot- und Brauntöne in der Abendsonne nochmals intensiver leuchten. Gut, dass ich nicht mehr wie früher Dia-Filme benutzen muss, denn ich hätte die letzten zehn Minuten bestimmt fünf Filmrollen verschossen. Ich bin mir gerade nicht sicher, ob mich die Digital-Fotografie wirklich glücklicher macht, obwohl sie im Vergleich zu damals natürlich unendlich viele Vorteile bietet. Früher hast du dich in verschiedene Positionen gebracht und Blickwinkel ausgetestet, hast deinen Blick aufmerksam schweifen lassen um das bestmögliche Motiv zu finden, hast dir intensiv Gedanken über die richtige Belichtung oder den idealen Bildausschnitt gemacht.

Kurzum, du warst viel mehr bei der Sache als heutzutage. Seit Tagen halte ich bei jedem schönen Blick die Kamera drauf, drücke ein Dutzend Mal auf den Auslöser und den Rest macht das Automatikprogramm. Wenn mir der Bildausschnitt oder die Farben später nicht gefallen, kann ich das alles nachbearbeiten. Ich kann mir die Realität im Nachgang schöner machen als sie tatsächlich war. Warum gelingt mir das nicht mit meiner Beziehung mit Inge? Immer wieder denke ich nur an ihre Fehler oder die schlimmen gemeinsamen Erlebnisse, hole jede ihrer Macken aus der Mottenkiste und rege mich drüber auf. Es war doch nicht alles schlimm, oder? Mein Gott, ich habe diese Frau irgendwann einmal geliebt oder wenigstens so sehr gemocht, dass ich mit ihr zusammen in eine gemeinsame Wohnung ziehen wollte. Warum machen mich Sonnenuntergänge nur immer so melancholisch? Geht die Sonne unter, denke ich oft an gescheiterte Beziehungen, aber ich denke niemals an eine zukünftige, vielleicht sehr glückliche Beziehung, wenn morgens die Sonne aufgeht. Das muss sich ändern.

Im Gegensatz zu den Erinnerungen an meine Verflossenen, ist dieser Sonnenuntergang hier absolut phänomenal. Ich genieße gerade den letzten reflektierenden Farbflecken und will mich schon langsam wieder auf den Rückweg machen, da kommt das völlig Unerwartete. Gerade noch war alles in das typisch fahle Licht kurz vor der einbrechenden Nacht getaucht, da fängt urplötzlich alles wieder an zu leuchten, dass es mir den Atem raubt. Ein leuchtender rosafarbener Nebel legt sich strahlend über den

Canyon und ich habe das Gefühl, dass es jetzt erst so richtig losgeht. Wo kommt denn nur dieses Licht plötzlich her, die Sonne ist doch schon längst hinter dem Horizont verschwunden? Das muss eine Art Lichtreflektion sein, vielleicht spiegelt sich irgendetwas in der Atmosphäre, denn Wolken sind nirgends am Himmel zu sehen. Vielleicht hat mein Kumpel Fish River auch nur noch mal aus Dankbarkeit gestrahlt, weil ich ihn so liebhabe, wie er ist. Ein schöner Gedanke!

25
Am Abgrund

Nachdem ich gestern Abend aus monetären Gründen dann doch nur ein Sandwich mit Eiern und ein paar Salatblättern gegessen habe, bin ich in einen tiefen und sehr erholsamen Schlaf gefallen. Das Bett ist ein Traum und das nicht nur im Vergleich zum Fahrersitz meiner Knutschkugel. Nach dem ausgiebigen „inklusive" Frühstücksbuffet fühle ich mich wie neugeboren und diese Power werde ich heute auch brauchen. Ich will in den Canyon hinabsteigen, um auf dem ehrwürdigen Boden zu wandeln, auf dem Steine liegen, die ein paar Millionen Jahre alt sind. Für dieses staubige Abenteuer brauche ich mich nicht umzuziehen, also wieder rein in meinen muffigen Safari-Look, den ich schon so viele Tage trage, dass er vor Dreck ganz steif ist. Interessanterweise stinken meine Klamotten so gut wie gar nicht. Das muss wohl an der extrem trockenen Wüstenluft liegen und ich finde, das ist ein ausgesprochen praktisches Phänomen.

Außer drei Flaschen stilles Wasser, ein belegtes Brötchen und meiner Kamera, habe ich sonst nichts in meinen kleinen Rucksack verstaut. Ich habe irgendwo gelesen, dass der Weg nach unten sehr anstrengend ist und man unbedingt bis zur Mittagshitze wieder aus dem Canyon raus sein soll. Leider habe ich heute Morgen ein wenig Zeit verbummelt, denn ich wollte unbedingt noch eine Stunde länger mit den weichen Daunenkissen in meinem King-Size-Bett verbringen.

Jetzt muss ich mich sputen. Als Jugendlicher bin ich mit meinen Eltern öfters in den Dolomiten gewandert und dort waren die Wanderwege gut beschildert und an steilen Hängen weitestgehend trittsicher präpariert. Namibia ist aber kein Südtirol und mit diesem Vergleich beginnt mein Unglück. Ich habe allein zwanzig Minuten nach der Stelle gesucht, an der man möglicherweise den Abstieg wagen kann. Nachdem ich jetzt die ersten zehn Höhenmeter rückwärts auf allen Vieren herunter gekrabbelt bin, zweifle ich sehr stark, den richtigen Einstieg gefunden zu haben. Wenn ich aber schon mal bis hierhergekommen bin, dann gehe ich auch weiter.

Als mir damals, nachdem ich gerade mal ein paar Tage mit Inge in der gemeinsamen Wohnung gelebt habe, die ersten Zweifel kamen, habe ich diese ignoriert und einfach weitergemacht. In der Nach-betrachtung war das keine gute Idee und auch heute werde ich wieder für meine Ignoranz bestraft. Verdammt nochmal, warum gibt es hier nicht wenigstens ein paar größere Steine oder Felsen, auf denen man einigermaßen festen Stand bekommt? Ich rutsche mehr oder weniger unkontrolliert den Abhang herunter und kann mich gerade mal mit den Händen an vertrockneten Sträuchern festkrallen. Wenn ich jetzt abrutsche, werde ich mit einem schmerzhaften Schlag der Erkenntnis auf dem Boden der Tatsachen landen. Kein Wunder, dass dieser Boden so alt wurde, denn er wurde vermutlich noch nie betreten, zumindest nicht von Touristen. So wie es aussieht, bin ich der einzige Trottel hier, der versucht diesen Trip zu machen.

Weit und breit keine Menschen, höchstens welche oben am Rand des Canyons, aber die sehe ich von hier aus nicht. Ich höre auch nichts, außer meinen eigenen Atem. Naja, es ist kein normales Atmen, sondern eher ein Schnaufen, ach was soll`s, es ist ein Röcheln, wie ein Mensch röchelt, bevor er den letzten Atemzug macht. Was habe ich mir nur dabei gedacht hier alleine runterzusteigen? Wenn ich wenigstens im Hotel jemanden darüber informiert hätte, dann würde vor Einbruch der Dunkelheit einer nach mir schauen, ob ich immer noch verzweifelt an einem Dornenstrauch hänge. Aber nein, Manni der alte Eigenbrötler muss es unbedingt alleine machen und jetzt kann ich nur hoffen, dass ich mich bei diesem Abstieg nicht ernstlich verletze.

Keine Ahnung, wie ich das letztendlich geschafft habe, aber jetzt stehe ich mit meinen Beinen fest auf dem „heiligen" Boden und bin stolz wie Bolle. Erst der Viktoria-Wasserfall, jetzt das hier und den Elefanten in der Etosha-Pfanne darf man auch nicht vergessen. Wobei Swantje und Ingeborg auch ihren Platz in meiner Action-Hero-Galerie finden werden. Wenn ich den steilen Hang jetzt so nach oben schaue, wünsche ich mir, ich könnte wie andere Superhelden fliegen können. Scheiße, das wird noch ein ganz harter Weg nach oben. Wenn ich mich so umsehe, dann frage ich mich, warum ich überhaupt hier nach unten geklettert bin? Das sind doch die ganzen Strapazen nicht wert, oder? Nur, dass ich zuhause rumerzählen kann, ich habe auf dem ältesten Stück Erde gestanden, auf dem man rumlatschen kann?

Es ist nicht das erste Mal, dass ich mir im Nachhinein den Kopf zerbreche, warum ich etwas getan habe? Ich hatte das hier die ganze Zeit auf meinem Zettel und wollte unbedingt hier stehen. Aber warum, nur, weil mir ein anderer vorgeschwärmt hat, dass ich das unbedingt machen soll? Vielleicht war das für meinen Kollegen das Tollste überhaupt, aber muss es mich deswegen gleichermaßen begeistern?

Inge findet Joachim toll und ich finde Elke toll. Jule findet Kevin toll und Isabel findet Kevin toll. Okay, das war jetzt ein blödes Beispiel, aber nur, weil einer etwas besonders erfüllend, anziehend oder spannend empfindet, muss ein anderer das doch nicht genauso toll finden? Wenn dieser Ort hier unten viele Menschen begeistern würde, dann wäre hier doch bestimmt auch mehr los oder haben sich die anderen einfach nur nicht getraut? Vielleicht gucken die lieber mit einem Eis in der Hand oben vom Rand in die Schlucht und fragen sich gerade, was das für ein Trottel ist, der um diese Zeit im Canyon rumläuft, wo der Blick von oben doch so viel schöner ist. So langsam dämmert es mir, dass ich gerade etwas tue, was ich im Grunde genommen nicht wirklich will. Ich habe mir vorher echt nicht die Frage gestellt, warum ich das hier tun will und was mich daran glücklich machen soll? Ich muss zukünftig unbedingt mehr herausfinden, was ich wirklich will? Wenn ich mir dann nicht innerhalb kürzester Zeit ein paar gute Antworten gebe, sollte ich es besser bleiben lassen.

Jetzt stehe ich hier mit meiner späten Erkenntnis und schwitze wie ein Schwein, weil es in diesem Vorhof zur Hölle Minute um Minute heißer wird. Meine Augen suchen aufmerksam den gesamten Abhang ab, immer in der Hoffnung, dass ich vielleicht einen halbwegs vernünftigen Weg nach oben finde. Offensichtlich gab es hier früher mal einen gut ausgebauten Pfad, denn ich sehe etwas weiter weg ein paar provisorische Serpentinen in den Felsen gehauen. Entweder die haben schon vor Jahren aufgehört diesen Pfad zu pflegen, oder die Natur holt sich ihr Refugium schneller zurück als man sich das normalerweise vorstellen kann. So, wie das gerade von unten aussieht, ist beides zusammen denkbar. So langsam muss ich mich entscheiden, welchen Weg ich gehe. Diesen neuen Weg hier oder den, den ich heruntergekommen bin?

Der Mensch ist ein Gewohnheitstier und wie von Geisterhand gesteuert gehe ich zu der Stelle zurück, an der ich heruntergerutscht bin. Mein Gott, das schaffe ich nie und nimmer, runter ja, aber nicht wieder hoch. Also besser doch den anderen Weg nehmen? Ich tue mir echt schwer neue Wege zu gehen, obwohl sie vermutlich viel leichter für mich zu gehen wären. Da bin ich manchmal wie ein trotziges Kind und beharre auf meinen Gewohnheiten, auch wenn ich mir damit mein Leben unnötig schwer mache. Wenn ich jetzt aber trotzig bleibe, werde ich auf diesem Steilstück vermutlich abstürzen und hier unten auf dem Grund des Canyons elendig verrecken. Das wäre kein schöner Abschluss meiner Namibia-Reise.

Wenn ich meinen Kollegen im Büro nicht die vielen „Action-Hero-Geschichten" erzählen kann, war das hier doch alles umsonst, oder? Moment mal, was soll das? Eigentlich sollten meine Sinne jetzt zu 100% auf meinen möglichst baldigen und sicheren Rückweg ausgerichtet sein, aber nein, ich zettele eine bescheuerte Diskussion mit mir selbst an, ob mir die Reise auch gefallen würde, wenn ich später zuhause keinem was davon erzählen könnte? Klar, will ich unbedingt von meinen Abenteuern erzählen, ganz besonders deswegen, weil ich bisher noch nie was wirklich Spannendes in meiner Vergangenheit erlebt habe. Immerhin geht es um mein neues Image und da kommt der „alte Manni" nicht so gut bei weg. Tue ich das hier etwa nur, um auf andere Menschen interessant zu wirken, oder tue ich das, weil ich mir selbst beweisen will, dass ich es kann? Gute Frage. Wahrscheinlich ist es die Kombination aus beidem, aber das sollte ich nicht jetzt, sondern später klären. Jetzt gilt es erst einmal mir zu beweisen, dass ich diesen Hang wieder nach oben komme, denn nur dann werde ich überleben und zukünftig noch was erzählen können, also eins nach dem anderen.

Mühsam krabbele ich auf allen Vieren die ersten Meter nach oben und meine Füße suchen ständig nach etwas, das nicht gleich wieder wegrutscht, aber egal wo ich auch hintrete, es ist alles voller Sand. Nachdem ich die ersten Felsen mit der Hand greifen kann, wird es etwas leichter voranzukommen und so schaffe ich es bis kurz unter den Rand des Canyons.

Verdammt, warum musste ausgerechnet auf dem letzten Stück der Hang wegbrechen? So wie es aussieht, scheint irgendwann ein Regenschauer oder etwas in dieser Art den halben Hang weggespült zu haben. Offensichtlich muss es hier in den letzten Jahren mal heftig geregnet haben, auch wenn es für mich gerade kaum vorstellbar ist. Während ich regungslos auf einem kleinen Felsvorsprung stehe und überlege, was ich jetzt tun soll, höre ich von oben eine Frauenstimme.

„Kinder, kommt mal her und schaut euch diesen Trottel an. Wehe wenn ihr das nachmacht!" Kurz darauf strecken zwei kleine Jungs ihre verschwitzten Köpfe über den Rand und grinsen zu mir runter. „Trottel, Trottel, Trottel" rufen sie mir zu und schon werden sie wieder vom Rand zurückgezogen. Es folgt Stille. Die werden doch wohl nicht einfach wieder weggegangen sein? Die müssen doch gesehen haben, dass ich in einer Notsituation bin? Ich schreie so laut ich kann nach Hilfe, aber es kommen keinerlei Reaktionen. Wie bescheuert ist das denn? Da ist ein Mensch ganz offensichtlich in großer Not, er ruft um Hilfe und die haben nichts Besseres zu tun als sich zu verpissen und so zu tun als ob es sie nicht anginge? Selbst Inge wäre nicht so herzlos und die hätte wenigstens persönliche Gründe mich hier vertrocknen zu lassen. Während ich kurz vor einer Panikattacke stehe, streckt ein Mann seinen Kopf über den Rand und schaut mich mitfühlend an. „Sorry, aber ich musste erst meine Rasselbande zurückbringen, denn ansonsten wären meine Jungs auch noch den Hang runtergeklettert".

Mein Lebensretter stellt sich kurz darauf als Martin vor. Er war vor seiner Ehe häufiger alleine in Namibia und Südafrika unterwegs und wollte seiner Familie jetzt einmal zeigen, wie schön es hier ist. Er erzählt mir, dass dieser Serpentinenweg seit ein paar Jahren gesperrt ist, weil offensichtlich viele Touristen beim Abstieg verunglückt sind. Deswegen hätten sie hier vor dem alten Einstieg auch eine kleine Mauer davorgesetzt. Ja, ich habe verstanden, die kleinen Jungs haben Recht, ich bin ein Trottel. Hier oben an der Mauer sehe ich in diesem Moment auch die ganzen Warnschilder, aber manchmal sieht man den Wald vor lauter Bäumen nicht. Ich war so sehr auf meinen Plan fixiert, dass ich offensichtlich mit Scheuklappen unterwegs war. Naja, so habe ich wenigstens noch eine Geschichte mehr zu erzählen.

26
Die Rasselbande

Martin ist nett, seine Frau auch und ich habe ihr und den Kindern das mit dem „Trottel" längst verziehen. Im Grunde genommen haben sie es nur auf den Punkt gebracht und manchmal muss man in seinem Leben die Realität auch kritiklos annehmen. Früher hätte ich mich in einer solchen Situation versucht herauszuwinden, nein, ich bin kein Trottel, weil blablabla, denn um Ausreden war ich nie verlegen. Früher wäre ich allerdings auch niemals in so einen Canyon hinabgestiegen und früher wäre ich auch nicht alleine durch Namibia gereist. Früher ist Geschichte und der neue Manni macht nun Sachen, die er früher nicht gemacht hat. Ich muss nur aufpassen, dass der neue Manni all diese Sachen auch schadlos übersteht.

Ich zeige mich dankbar und lade die ganze Rasselbande zum Eisbecher auf der Veranda des Hotels ein. Davon mal abgesehen, dass diese fünf Eisbecher teurer sind als mein Zimmer für die Nacht, ist es auch für mich das erste Eis in Namibia und ich finde, wir alle haben uns das heute verdient. Die beiden kleinen Jungs werden mich jetzt vermutlich bei jeder Gelegenheit „Trottel" rufen, immer in der Hoffnung auf eine süße Belohnung, aber ich will und werde mich hier nicht in Erziehungsfragen einmischen. Noch nicht! Martin und Susanne kommen übrigens aus Köln und haben sich in einer Werbeagentur kennengelernt. Sie bezeichnen sich gerne als Kreative.

Das klingt für mich nach wenig Arbeit, aber vielleicht bin ich auch nur neidisch auf die Beiden, weil ich in Sachen Kreativität selbst vollkommen unspektakulär unterwegs bin. In der Schule habe ich zwar gerne Bilder gemalt, aber wenn sogar die eigene Mutter dafür keine lobenden Worte findet, dann weißt du, wo du stehst. Mein Kunstlehrer war in Bezug auf meine kreativen Fähigkeiten übrigens noch deutlicher, aber das ist alles Vergangenheit und ich will mich damit nicht länger aufhalten.

Während wir die letzten Löffelchen Erdbeereis genüsslich ablecken, fragt mich Martin nach meinem nächsten Etappenziel auf meiner Namibia-Reise. So genau weiß ich das gerade nicht, denn normalerweise wollte ich noch bis nach Kapstadt in Südafrika fahren, aber wegen des ungeplanten Trips zum Viktoria-Wasserfall fehlt mir jetzt die Zeit dafür. „Keine Ahnung, ich habe noch zwei volle und einen halben Tag Zeit. Was würdest du mir denn empfehlen?" Hätte ich ihn bloß nicht gefragt, denn es folgt eine Aufzählung von mindestens einem Dutzend super schöner Orte, die dermaßen spektakulär sind, dass ich sie unbedingt gesehen haben muss, bevor ich wieder zurückfliege. Ich hätte für diese Reise besser gleich drei Wochen einplanen sollen, aber danach ist man immer schlauer. Jetzt sitze ich hier wie ein begossener Pudel und bin traurig darüber, dass ich den Großteil dieser Liste niemals für mich abhaken kann. Er hätte mir ja auch nur maximal zwei Orte nennen können, die im Bereich des Möglichen liegen. Trottel!

Nachdem Martin meinen traurigen Blick bemerkt, ist er empathisch genug die Situation zu bereinigen. „Okay, dann komm doch einfach einen Tag mit uns, denn wir fahren heute noch weiter zu den Augrabies-Falls. Du kannst morgen umkehren und wenn du magst, noch in Kolmanskop vorbeischauen. Dann schaffst du es locker in einem Tag nach Windhoek zurückzufahren."

Das klingt nach einem guten Plan, zumal sich Martin in Namibia hervorragend auskennt und ich denke, ich kann seinen Einschätzungen Glauben schenken. Mit Susanne und ihm werde ich 24 Stunden sicherlich gut klarkommen, aber bei den Kids bin ich mir nicht ganz so sicher. Ich selbst habe keine Kinder und als Kinderloser hast du in der Regel auch einen Freundeskreis, in dem Kinder nicht unbedingt so präsent sind. Vielleicht ist das jetzt eine gute Gelegenheit ein wenig reinzuschnuppern, wie sich Familienleben so anfühlt. Während wir noch auf der Terrasse sitzen, sehe ich, wie die Jungs mit ihren Fingern „Trottel" in den Staub auf meiner Windschutzscheibe schreiben. Naja, das fängt ja schon mal gut an. Ob wir tatsächlich gute Freunde werden, bleibt abzuwarten. Ich darf allerdings nicht vergessen, dass ich auch mal ein kleiner Junge war. Wahrscheinlich habe ich ebenfalls rund um die Uhr Sachen gemacht, die den Erwachsenen wenig gefallen haben, also was soll`s? Susanne und Martin lassen mir eine Stunde Zeit zum Duschen und Auschecken, aber dann müssten wir uns langsam auf den Weg machen.

Martin hat schon vorhin auf der Terrasse von dem beeindruckenden Farbenmeer der Felsen rund um die Augrabies-Falls beim Sonnenuntergang geschwärmt. Er meint, das wäre dort noch schöner als hier am Fish River Canyon, was ich mir nach dem beeindruckenden gestrigen Abend aber kaum vorstellen kann. Auf jeden Fall steige ich hochmotiviert unter die Dusche und wasche mir schnell den restlichen Angstschweiß meines Kletterabenteuers von der Haut. Zur Feier des Tages bleibt mein völlig verdrecktes Safari-Outfit im Wäschesack.

Jetzt stehe ich frisch geduscht und wohlduftend in neuen bunten Klamotten auf der Veranda vor dem Hotel und stelle mir vor, wie Jule mir begeistert zu ruft: „Mensch Manni, du siehst klasse aus! Warum nicht gleich so?". Naja, Jule hatte schon Recht, dass mir etwas mehr Farbe gut zu Gesicht steht. Was die Beiden jetzt wohl im Okovango-Delta machen? Wenn ich eine Woche mehr Urlaub eingeplant hätte, wäre ich jetzt vielleicht doch mit den Beiden im ausgehöhlten Baumstumpf unterwegs und wir würden gemeinsam am Lagerfeuer Rotwein trinken. Naja, dafür fahre ich jetzt mit dieser Rasselbande an einen Ort, der ebenfalls nicht auf meiner Liste steht und wieder einmal lasse ich mich vom Leben überraschen. An dieses Gefühl der spannungs-geladenen Vorfreude könnte ich mich glatt gewöhnen. Mir graut es gerade davor, wenn ich nächsten Montag wieder an meinem Schreibtisch sitzen soll und mein Abteilungsleiter mir den üblichen Stapel Post auf den Tisch knallt.

Ich werde die nächsten Stunden in der Gewissheit genießen, dass ich wohl noch sehr lange davon zehren muss. Nachdem wir alle unser Gepäck verstaut haben, geht`s endlich los. Die Rasselbande sitzt in einem riesigen Geländewagen von Toyota und die Jungs sitzen so hoch, dass sie von oben auf mich und meine Knutschkugel herabsehen können, was sie auch sichtlich genießen. Wenn ich die Beiden so vor sich hin grinsen sehe, klingt mir ihr „Trottel, Trottel, Trottel" unentwegt in meinen Ohren. Martin meinte vorhin, es wäre nicht so weit und wir sollten am frühen Nachmittag da sein. Da ich keine Ahnung habe welchen Weg wir fahren, hänge ich mich einfach hinter den Toyota und bleibe treu und brav an der Stoßstange kleben.

Manchmal frage ich mich, wie mein Leben verlaufen wäre, wenn ich in jüngeren Jahren eine kinderliebe Frau kennengelernt hätte? Wäre ich ein guter Familienvater geworden? Wäre ich mit einer Familie glücklicher gewesen als ich es all die Jahre war? Es gab ja auch schon vor Inge die eine oder andere Frau, mit der ich zumindest angebandelt habe. Ich war sogar schon mal so weit zu heiraten, aber meine Partnerin hat damals immer wieder unbeabsichtigt durchblicken lassen, dass sie wohl doch gerne Kinder hätte. Natürlich hat sie das mir gegenüber nie offen ausgesprochen, aber bei jeder Geburtstagsfeier mit gemeinsamen Freunden hatte sie unentwegt kleine Kinder auf dem Schoß, ganz egal von wem sie waren und ob sie diese vorher schon kannte.

Sie war dabei total glücklich und es war offensichtlich, dass sie unbedingt Mutter werden wollte, auch wenn sie es mir nie direkt sagte. Mit dieser Gewissheit habe ich dann einen Rückzieher gemacht und in diesem Moment frage ich mich ernsthaft, ob das damals die richtige Entscheidung war? Susanne und Martin haben zwei kleine Kinder und sie scheinen glücklich zu sein. Mehr noch, denn sie lassen sich ihr Leben wegen der Kinder auch nicht einschränken, ansonsten wäre sie hier nicht zusammen als Familie unterwegs. Was soll ich mir jetzt noch groß meinen Kopf darüber zerbrechen? Vorbei ist vorbei und ich bin jetzt in einem Alter, in dem ich normalerweise Enkelkinder auf dem Schoß hätte, aber nicht mehr die eigenen. Die Kids von Susanne und Martin sind ziemlich lebhaft und ich glaube, dass ich diese Hektik mit kleinen Kindern vermutlich auch gar nicht mehr ertragen würde. In meinem Alter ist man nicht mehr so belastbar, da sitzt man lieber zuhause auf der Couch und freut sich auf den Ruhestand. Meine wilden Jahre sind vorbei. Mein Gott, wie kommt bloß dieser Müll in meinen Kopf? Meine wilden Jahre sind vorbei? Quatsch, die fangen jetzt erst an! Ruhestand? Wenn ich aufhöre mich zu bewegen, bin ich tot, so einfach ist das. Und dann immer diese unsäglich traurigen Ausreden, von wegen man wäre zu alt für dies oder das, ich mag das nicht mehr hören, ganz besonders nicht von mir selbst. Klar, wenn ich jetzt mit schmerzenden Gelenken, kaputter Hüfte oder nach zwei Schlaganfällen zu Hause sitzen würde und meine einzigen Wege, die ich gehe, führen immer nur zur örtlichen Apotheke, wäre das eine andere Situation.

Im Moment fühle ich mich aber noch halbwegs agil und belastbar, auch wenn mich zugegebenermaßen seit längerer Zeit das eine oder andere Wehwehchen plagt. Schluss mit Ausreden, ich habe auch vorhin nicht gekniffen, obwohl ich ernsthafte Bedenken habe, ob ich diese 24 Stunden mit den Kids zusammen friedlich durchhalte, ohne dass ich möglicherweise irgendetwas Dummes tue, was ich später bereuen könnte. Ich bin ein durch und durch friedliebender Mensch und deswegen werde ich mich auch von diesen frechen Jungs nicht provozieren lassen. Ich werde mich im Griff haben, so wie auch bei Swantje und meinen japanischen Freunden. Die habe ich auch nicht verprügelt, obwohl sie es womöglich verdient hätten.

Martin hatte einen guten Riecher, denn wir sind nach nicht einmal vier Stunden angekommen. Es bleiben uns noch mindestens zwei Stunden bis zur Abenddämmerung und deswegen checken wir schnell in unserem kleinen Hotel ein, das wir glücklicherweise nicht weit entfernt am Straßenrand gefunden haben. Als ich in kurzer Hose und Sandalen vor dem Hotel auf die Rasselbande warte, kommt mir Martin kopfschüttelnd entgegen. „Manni, so geht das nicht, du musst unbedingt geschlossene Schuhe tragen, möglichst mit hohem Schaft!" In dem Moment, in dem ich ihn nach dem Grund fragen will, kommen Susanne und die Jungs um die Ecke und Martin hält nur seinen Zeigefinger vor die Lippen. Okay, das habe ich verstanden, also laufe ich kurz zu meinem Auto und ziehe mir, ohne weitere Fragen zu stellen, wieder meine verdreckten Wanderschuhe an.

Der Weg zum Aussichtspunkt erweist sich als strapaziöser als ich dachte. Es geht regelrecht über Stock und Stein und so langsam verstehe ich, was Martin mir sagen wollte. Aber das hätte er doch ganz offen vor seiner Familie erklären können, was ist schon dabei? Ich will der Sache jetzt auf den Grund gehen und versuche einen kurzen Augenblick mit Martin alleine zu sein. Er flüstert mir zu, dass er das nicht vor Susanne sagen wollte, denn ansonsten hätte sie diesem Ausflug mit den Kindern zusammen nicht zugestimmt. Es stellt sich heraus, dass es hier nur so vor Skorpionen wimmelt und die kommen wohl meistens nach Sonnenuntergang unter den Steinen hervorgekrochen, wenn die Sonne nicht mehr so heiß ist. Trotz Bedenken bleibe ich locker, weil Martin als guter Familienvater die Gefahr für seine Familie nicht so dermaßen hoch einschätzt, als dass er sie im Hotel zurückgelassen hätte. Aber alleine die Vorstellung von tausenden Skorpionen, die mir nachher auf dem Rückweg im Halbdunkel über die Schuhe krabbeln könnten, macht mich ausgesprochen nervös. Erst jetzt bemerke ich, dass die Jungs hier mit Gummistiefeln rumrennen. Das kann ja heiter werden.

Wie soll ich mich nur auf die Schönheit dieser Landschaft konzentrieren, wenn ich unentwegt ängstlich vor meine Füße starre? Hätte ich Martin doch nur nicht gefragt. Manchmal lebt es sich leichter, wenn man nicht alles weiß. Edgar meint, zu viel Wissen schadet nur. Tja, die beachtliche Erfolgsquote meines Ex-Schwagers bei den Frauen ist Beweis genug, dass er wenig Ahnung hat.

Inge hat immer behauptet: „Was ich nicht weiß, macht mich nicht heiß!" Das galt natürlich nur so lange, bis sie wusste, wie heiß Joachim so im Bett ist. Komisch, immer wenn giftiges Viehzeug ins Spiel kommt, schweifen meine Gedanken zu Inge. Vielleicht suche ich mir in Frankfurt mal einen Psychologen, mit dem ich das final klären kann.

27
Orange River

Wenn ich mich hier so umschaue, wird mir klar, warum die diesen Fluss hier Orange River genannt haben. In der Abendsonne schimmern hier alle Felsen in einem leuchtenden Orange, das meine Augen nur mit einer Sonnenbrille ertragen können. Ich komme mir vor, wie in einem Fußballstadion in Amsterdam, wenn die holländische Nationalmannschaft spielt und alle Fans in „Oranje" gekleidet sind. Swantje und Luuk würde das hier sicherlich auch gefallen, aber vermutlich haben die gerade keinen Grund zu Feiern. Luuk tut mir irgendwie leid, aber er hat sich seine Swantje ja selbst ausgesucht. Vielleicht sitzt er gerade alleine in einer Kneipe in Swakopmund oder sonst wo und ertränkt seinen Frust, während Swantje um die Häuser zieht und sich das nächste Opfer sucht, das sie vollsabbeln kann.

Der Orange River hat seinen Namen echt verdient, aber warum heißt der Fish River Fish River? Ich habe da unten auf seinem staubigen Boden keinen einzigen Fisch gesehen, noch nicht einmal als Fossil in einem Felsen eingeschlossen. Es muss ja nicht immer alles einen Sinn machen, manchmal sind auch sinnlose Dinge schön oder sollte ich besser sagen, gerade wenn Dinge nicht sinnvoll sind, können sie ganz besonders schön sein? Es macht zugegeben auch keinen tieferen Sinn, dass ich hier rumstehe und mir die Gegend anschaue, aber es ist unendlich schön hier! Dieser beeindruckende Blick in diese riesige Schlucht des Orange River und die vielen kleinen Wasserfälle der

Augrabies Falls, die sich von allen Seiten hinabstürzen, lassen mich erahnen, wie es hier aussehen könnte, wenn es mal regnet. Ich habe vorhin im Hotel ein Foto gesehen und zu diesem Zeitpunkt hat es ganz sicher vorher geregnet. Da haben sich die Wassermassen von allen Seiten in die Schlucht ergossen und auf dem Foto sah es fast schon so aus wie bei den Victoria Falls. Im Moment geht es hier jedoch deutlich gemächlicher zu und ich sehe nur vereinzelt kleinere Wasserfälle, aber das macht nichts.

Mit jeder Minute wird es schöner, denn die Sonne steht jetzt knapp über dem Horizont, sodass jeder noch so kleine Strauch oder Felsen einen ewig langen Schatten wirft und das lässt alles so unwirklich erscheinen. Selbst die beiden Knirpse werfen einen mindestens zehn Meter langen Schatten und sie haben gerade ihren Spaß dabei, mit ihren Händen und Füßen Schattenspiele zu veranstalten. „Guck mal Trottel, was bin ich?" ruft mir der eine zu, während er krampfhaft versucht irgendein Tier nachzuahmen und ich soll es am Schatten erraten. Wenn mich der Kleine noch einmal Trottel nennt, werfe ich ihn unbemerkt in die Schlucht. Naja, da hätte seine Mutter allerdings eine erhebliche Mitschuld. Warum musste sie mich auch heute Morgen am Fish River Canyon als Trottel bezeichnen? Kinder merken sich sowas und nachdem weder Susanne noch Martin ihre Jungs ermahnt haben es bleiben zu lassen, machen die eben weiter wie sie lustig sind und im Moment sind sie sehr lustig drauf.

Wie gerne würde ich diesen Sonnenuntergang jetzt alleine, ganz ruhig und gemütlich auf einem Felsen sitzend genießen und mit einem Glas Rotwein in der Hand die Sonne nach diesem aufregenden Tag verabschieden. So muss ich die lärmenden Schreie der Kinder ertragen, die schon seit einer gefühlten Stunde um mich herumtoben. Warum kleben die überhaupt so an mir und wo sind ihre Eltern?

So langsam dämmert es mir, dass mich Martin und Susanne nur als Babysitter mitgenommen haben. Wahrscheinlich hat sich Martin mit seiner Frau hinter einen großen Felsen verdrückt und die Beiden schieben jetzt eine Nummer in der Abendsonne. Schön für die Beiden, aber jetzt habe ich diese nervigen Knilche am Hals und soll auf sie aufpassen. Offensichtlich kennen sich die Jungs mit solchen Situationen aus, denn sie gehen weder auf die Suche nach ihren Eltern, noch weichen sie mir von der Seite. Für mich ist das zwischenzeitlich eindeutig, dass ihre Eltern ihnen das vorher eingetrichtert haben und ich fühle mich ziemlich ausgenutzt. Das verursacht mir jetzt Gewissensbisse, denn ohne diese Rasselbande wäre ich in diesem Moment ganz sicher nicht hier, sondern würde vermutlich immer noch am Rand des Fish River Canyons an irgendeinem Strauch hängen und um Hilfe rufen. Also wollen wir mal nicht so sein. Jetzt fangen die Jungs auch noch an Steine in die Schlucht zu werfen. Okay, das habe ich als Kind auch gerne gemacht, aber im Taunus oder im Odenwald leben keine Skorpione unter den Steinen.

Verdammt nochmal, die sollen das bleiben lassen, das ist doch viel zu gefährlich. Ausgerechnet jetzt sind ihre Eltern nirgends zu sehen. Ich traue mich nicht nach ihnen zu rufen, denn ich weiß aus eigener Erfahrung, wie angefressen Menschen reagieren können, wenn man sie kurz vor dem Orgasmus aus dem Spiel nimmt. Ich kann den beiden Jungs allerdings nicht länger einfach zuschauen, ich muss wohl selbst ran.

„Hey, hört auf damit, das ist zu gefährlich!" rufe ich ihnen zu. Natürlich ohne jegliche Reaktion. Nachdem ich sie jetzt schon zum dritten Mal ohne Wirkung ermahnt habe, dreht sich der ältere von Beiden um, schaut mir direkt in die Augen und sagt: „Wieso, hängt da etwa wieder so ein Trottel in der Schlucht?" Es gibt Momente im Leben, da ist es dir egal, ob du für eine verbotene Tat ins Gefängnis wanderst und dieser Moment ist so einer. Der Knirps muss es wohl in meinem Gesichtsausdruck gesehen haben, was mir gerade durch den Kopf geht, denn er dreht sich panisch um und spurtet um sein Leben. „Mamaaaaaa, Hilfe" schallt es laut durch das Amsterdamer Fußballstadion und es dauert keine fünf Sekunden, da springt die aufgebrachte Schiedsrichterin energisch auf den Platz und zeigt mir entschlossen die Rote Karte. Eigentlich müsste ich total wütend sein, aber in diesem Moment stehe ich nur da und lache wie ein kleines albernes Kind. Während der Knirps bei seinem panischen Fluchtversuch kopfüber auf sein freches Maul gefallen ist und jetzt mit blutender Lippe in die Arme seiner Mutter rennt, steht sie mit verwuschelten Haaren und offener Bluse schwer atmend vor mir.

Während sie lautstark mit mir schimpft, wuppt ihre rechte Brust aus dem geöffneten BH und lugt mir frech entgegen. Als ob das nicht schon lustig genug wäre, stolpert Martin hinter dem Felsen hervor und wie er uns so mit rotem Kopf entgegenstolpert, rutscht ihm seine kurze Hose in die Kniekehlen und er erleidet das gleiche Schicksal wie sein Sohn. Okay, ich schäme mich etwas dafür, aber wer sagt denn, dass man nicht auch aus Schadenfreude herzhaft lachen darf? Nach dieser Aktion ist es wohl besser, wenn ich mich aus dem Staub mache und etwas früher als geplant den Heimweg antrete. Doch bevor ich auch nur den ersten Schritt gehen kann, schnappen sich Susanne und Martin wutschnaubend ihre Kinder und ziehen fluchend von Dannen. Schon nach wenigen Augenblicken kehrt selige Ruhe ein und das einzige Wort das mir der Wind noch leise an mein Ohr herüberträgt, ist „Trottel"! Ich glaube sogar es noch mehrfach vernommen zu haben, aber es kann auch ein Echo aus dem Canyon gewesen sein. Egal, endlich Ruhe und die genieße ich jetzt in vollen Zügen. In diesem Moment bin ich froh keine Kinder zu haben.

Während ich diesen hollywoodreifen Slapstick von eben nochmals grinsend vor meinen Augen ablaufen lasse, wünsche ich mir insgeheim, dass mir die Rasselbande morgen beim Frühstück möglichst nicht über den Weg läuft. Zwischenzeitlich hat sich die Dunkelheit breit gemacht und außer dem Mondlicht und den funkelnden Sternen leuchtet mir keiner den Weg.

Ich versuche mich am Licht des Hotels zu orientieren, das ich in weiter Ferne als Fixpunkt ausmache. So kann ich mich wenigstens nicht verlaufen. Plötzlich knackt es unter meinem Schuh und meine erste Assoziation ist Indiana Jones, wie er über ein Meer von Schaben, Skorpionen und dicken schwarzen Käfern läuft, um anschließend schreiend in einer Grube mit Giftschlangen zu landen. Trotz der Hitze spüre ich, wie mich eine Gänsehaut überkommt und wie mir mit jedem Schritt die Knie weicher werden. Keine schöne Vorstellung, aber das kommt eben davon, wenn man lieber krachende Action-Blockbuster, als sanftmütige Rosamunde Pilcher Filme guckt. Ich habe nicht einmal eine Taschenlampe dabei um nachzuschauen, auf was ich da getreten bin. Meine Schritte werden automatisch immer schneller, aber das Knacken bleibt, es kommt nur in kürzeren Zeitabständen. So kann ich nicht weiterlaufen, denn sonst bekomme ich vor lauter Schnappatmung und Wahnvorstellungen noch einen Herzinfarkt.

Vorsichtig bleibe ich stehen, hole mein Smartphone aus dem kleinen Tages-Rucksack und schalte die Taschenlampenfunktion ein. Ich erwarte natürlich dutzende halb zermatschte Skorpione, die sich vor Schmerzen winden, weil ich mit den dicken Sohlen meiner österreichischen Wanderstiefel ihre Rückenpanzer geknackt habe. Wenn ich in diesem Moment etwas erwartet habe, dann ganz bestimmt nicht das. Popcorn. Überall liegt Popcorn auf dem Wanderweg. Wo kommt denn nur dieses verdammte Popcorn her, das lag doch vorhin noch nicht auf dem Weg?

Offensichtlich haben die Jungs von ihrer Mutter eine Tüte Popcorn bekommen, damit sie endlich mal die Schnauze halten und aufhören zu jammern. Vielleicht wollten sie die Knirpse auch nur ablenken, damit sie aufhören dämlichen Fragen zu stellen, was Mama und Papa denn hinter dem Felsen gemacht haben? Es kann mir aber auch egal sein, denn mit dieser Erkenntnis kann ich wenigstens halbwegs entspannt den Rückweg zum Hotel antreten. Ich schleiche mich durch den Hintereingang direkt in mein Zimmer und bin froh, dass ich noch mein angebissenes Brötchen von heute Morgen im Rucksack finde. Immer noch besser als die geifernde Rasselbande, die möglicherweise im Speisesaal nur darauf wartet mich in der Luft zu zerreißen. Ich werde heute sehr früh schlafen gehen, damit ich morgen noch vor Sonnenaufgang den Abflug machen kann. Von dieser Rasselbande habe ich wirklich genug, auch wenn es nicht einmal 24 Stunden waren.

28
Das Ende naht

Was tut man nicht alles, um unangenehmen Situationen aus dem Weg zu gehen. Obwohl ich das Frühstück gestern mitbezahlt habe, schleiche ich mich noch vor der Morgendämmerung feige aus dem Hotel, steige leise in meine Knutschkugel und gebe Vollgas. Ich dachte, ich wäre schon so weit, aber ich habe mich wohl getäuscht. Auch wenn ich ansonsten echt mutig geworden bin und in bestimmten Gefahrensituationen über mich hinauswachse, aber so einer Konfrontation mit einer aufgebrachten wütenden Mutter, bin ich offensichtlich immer noch nicht gewachsen. Manni, der alte Schisser, braucht wohl noch ein wenig Zeit.

Mal sehen, was mache ich heute mit meinem vorletzten Tag? Morgen Nachmittag muss ich meine Knutschkugel bei der Mietstation abgeben und um 20.00 Uhr geht mein Flieger zurück nach Frankfurt. Für einen Abstecher zum Gemsbok Nationalpark in der Kalahari ist die Zeit sicherlich zu knapp bemessen. Außerdem will ich nicht wieder in irgendeinem Sandloch stecken bleiben, so wie in Sossusvlei. Obwohl, wenn es auch nur eine sehr theoretische Chance gäbe, dass mir dort wieder Elke über den Weg läuft, wäre mir kein Weg zu weit. Oh Manni, bleib vernünftig und werde auf deine alten Tage nicht noch romantisch. Ich darf auf keinen Fall meinen Flieger verpassen. Ein zweiter Abstecher zur Atlantikküste nach Lüderitz dürfte meinen Zeitrahmen ebenfalls sprengen.

Außerdem treffe ich dort vermutlich wieder nur solche „Alt-Nazis", wie diese Oma in Swakopmund. Allerdings liegt in der Nähe dieses Kolmanskop, von der Martin mir vorgeschwärmt hat. Das ist so eine verlassene Goldgräberstadt, die sich der Wüstensand über Jahrzehnte zurückgeholt hat. Mal schauen, was es sonst noch so gibt? Mein Reiseführer zeigt mir ein paar beeindruckende Bilder von einem riesigen roten Felsbogen in der Nähe der Spitzkoppe, einem der größten Berge in Namibia. Naja, von den roten Felsen habe ich bereits mehr als genug gesehen, aber so ein riesiger Felsbogen wäre schon noch was ganz Besonderes. Oh Mann, ich sehe jetzt erst, dass die Spitzkoppe nördlich von Windhoek liegt und damit fällt sie definitiv raus. Die Spitzkoppe ist viel zu weit weg, um sie in der verbleibenden Zeit zu besuchen. Die Knirpse haben Recht, ich bin ein Trottel. Wieso bin ich auf dem Weg von Swakopmund zur Etosha-Pfanne nicht gleich an der Spitzkoppe vorbei-gefahren, das wäre doch nur ein kleiner Abstecher gewesen? In diesem Moment wird mir nicht zum ersten Mal bewusst, dass ich in Sachen Reiseplanung noch ganz schön Nachholbedarf habe. Wieso hat mich mein Kollege denn nicht darauf hingewiesen, dass zwei Wochen definitiv zu wenig sind, um Namibia zu bereisen? Selbst mit drei Wochen Reisezeit wird es ganz schön knapp. Wenn ich nicht fast an jedem Ort meiner Reise die Flucht hätte ergreifen müssen, wäre ich sicherlich in der Etosha-Pfanne, an den Victoria-Falls und vor allem an den Augrabies Falls gerne ein paar Tage länger geblieben. In diesem Moment beschließe ich, nochmals hierher zurückzukommen.

Es ist noch sehr früh am Tag und ich habe keine Lust einfach nur auf direktem Weg zurück nach Windhoek zu fahren, nur um mir dort so ein paar alte Häuser und Denkmäler anzuschauen oder sinnlose Andenken zu kaufen. Ich fahre einfach weiter Richtung Norden und wenn ich vor 10 Uhr die Kreuzung Richtung Lüderitz erreiche, dann schaue ich mir wenigstens noch die Geisterstadt Kolmanskop an. Los Manni, gib Gas! Nachdem ich an der Tanke meine Knutschkugel mit Benzin und mich mit Wasserflaschen, ein paar belegten Brötchen und einer Flasche Rotwein versorgt habe, fahre ich jetzt Richtung Lüderitz. Mein Zeitplan scheint aufzugehen und wenn alles klappt, dürfte ich spätestens um die Mittagszeit in Kolmanskop ankommen. „High noon" in der verlassenen Geisterstadt. Das klingt nach einem hollywoodreifen Abenteuer. Hoffentlich kommt es nicht zum Showdown mit Martin, der mir auf der Mainstreet mit der Hand am Revolver entgegentritt, während ihn der Rest seiner Rasselbande aus sicherer Entfernung mit „Los, zeig`s dem Trottel" anfeuert. Ach Quatsch, ich habe bestimmt mehr als drei Stunden Vorsprung und außerdem wollte Martin doch sowieso nach Kapstadt weiterfahren, also mach dich locker Manni.

Wie aus dem Nichts taucht plötzlich das Schild Kolmanskop am Straßenrand auf und ansonsten sieht es hier auch genauso aus: Nach Nichts! Ich dachte erst, das mit der Geisterstadt wäre so ein Marketing-Gag des namibischen Fremdenverkehrsamtes.

Vorne ein wenig Geisterstadtkulisse für die japanischen Selfie-Freaks und hintendran ein McDonalds Schnellrestaurant, ein bisschen Rummel mit Kinderanimation und ein großer Platz mit Marktständen, in denen handgeschnitzte Tierköpfe oder Plastik-Löwen aus China verkauft werden. Doch weit gefehlt, denn wenn es hier jemals einen McDonalds gegeben hat, liegt er heute sicherlich unter einer dieser Sanddünen begraben, so wie fast alles hier. Das war offensichtlich keine gute Idee, ausgerechnet hier eine Stadt bauen zu wollen. In Deutschland hätte man den Städteplaner und den Baudezernenten zu dieser Zeit am nächsten Baum aufgehängt. Was das hier alles gekostet haben muss und da habe ich die öffentliche Wasserversorgung noch gar nicht mit eingerechnet? Mein Reiseführer schreibt was von einer Epoche der Diamantenschürfer und wie reich diese Stadt damals gewesen sein muss. Wenn man genau hinschaut, kann man die schönen und wertvollen Verzierungen an den Hausfassaden von damals noch erkennen. Einen großen Vorteil hat das trockene Klima hier, das Holz schimmelt nicht. Allerdings scheinen sich hier ab und an Termiten eine Zwischenmahlzeit einzuverleiben, also doch so eine Art frühzeitlicher Schnellimbiss. Die haben hier 1908 beim Bau der Eisenbahnstrecke zufällig Diamanten ausgebuddelt und hätte dieser trottelige Arbeiter seinem Aufseher der Eisenbahngesellschaft nicht unüberlegt den Klunker gezeigt, wäre hier auch niemals eine Stadt gebaut worden. Ab dann kannten die Deutschen kein Pardon und haben hier erst einmal eine ganze Stadt aus dem Sandboden gestampft.

Aus der ganzen Welt wurden die wertvollsten Baumaterialien in den Hafen von Lüderitz geschifft und Schwupps entstanden hier Opernhäuser und Spielcasinos mitten in der Wüste. Klingt ziemlich dekadent und erinnert mich irgendwie an Dubai. Ich kenne in Frankfurt ein paar hässliche Ecken, die sollte man auch besser mit Sand zuschütten. Irgendwie habe ich mir das hier etwas spektakulärer vorgestellt, aber immer noch besser als in Windhoek im Hotel rumzuhängen. Die altvertraute Langeweile wird mich noch früh genug ereilen.

Nachdem ich einen vorsichtigen Blick Richtung Parkplatz werfe, dort aber keinen großen Toyota parken sehe, mache ich mich auf den Weg nach Lüderitz. Wenn ich schon mal hier in Kolmanskop bin, fahre ich auch noch die paar Kilometer bis nach Lüderitz. Martin hatte allerdings nichts über Lüderitz erwähnt und ich werde bald erfahren, warum nicht. Oh Mann, wäre ich doch besser gleich nach Windhoek weitergefahren. Würden in Lüderitz nicht mehr als 10.000 Menschen leben, könnte man das hier auch als Geisterstadt bezeichnen. Man lebt hier zwar nicht am Arsch der Welt, aber man kann ihn von hier gut sehen. Hier sieht es aus, wie in einem heruntergekommenen Kaff an der Nordsee. Ein paar Fachwerkhäuser mit Klinker, eine Kirche mit einem spitzen Turm, eine Schule, eine Art Edeka und das war`s schon. In einer Straße haben sie ein paar Holzhäusern einen bunten Anstrich verpasst, damit sie wenigstens etwas im Reiseführer zeigen können.

Das dürfen dann die Touristen fotografieren, wenn sie sich zufällig hierher verirren. Eigentlich wollte ich hier zwei Stunden rumlaufen und mir alles anschauen, aber nachdem ich die Handvoll Straßen rauf und runter gefahren bin, habe ich jegliche Motivation verloren. Also mache ich kurzen Prozess und fahre noch kurz am Alten Hafen vorbei, um mir die zwei Fischkutter anzuschauen, die sie vermutlich nur als Fotokulisse am Kai festgebunden haben. Anschließend fahre ich direkt wieder zurück auf die Landstraße Richtung Windhoek. Vielleicht finde ich unterwegs noch was Nettes zum Anschauen. Bis nach Windhoek schaffe ich das bis zum Einbruch der Dunkelheit bestimmt nicht mehr und ich habe definitiv keine Lust auf eine zweite Nacht im Auto. Mein Rollenkoffer stinkt übrigens immer noch nach diesen undefinierbaren Fäkalien.

Endlich finde ich eine halbwegs ordentlich aussehende Unterkunft am Ortsausgang einer kleinen Siedlung, deren Name wie ein Dorf auf der Schwäbischen Alb klingt. In Namibia durften sich offensichtlich ganz viele Deutsche und Holländer mit ihren Namensgebungen austoben. Ich bin mir ziemlich sicher, dass die Einheimischen nicht gefragt wurden. Wenn ich an die unrühmliche Geschichte der deutschen und niederländischen Kolonial-mächte im südlichen Afrika denke, frage ich mich, warum die Einheimischen mir gegenüber alle so freundlich sind? Mein Opa war als junger Mann in Russland in Kriegsgefangenschaft geraten und der tickte noch dreißig Jahre später total aus, wenn sich ihm einer mit einem russisch klingenden Namen vorstellte.

Mein Opa hat die Gräueltaten nie vergessen. Selbst mein Vater lässt bis heute kein gutes Haar an den Amerikanern, nur weil sie damals nach dem zweiten Weltkrieg in Frankfurt als eine der Siegermächte einmarschiert sind und das, obwohl sie ihm persönlich nichts getan haben. Auf jeden Fall haben sich diese Feinbilder über Jahrzehnte in deren Köpfe reingefressen und diese Feindbilder wurden immer schön gepflegt. In meiner Familie will keiner dem anderen verzeihen oder endlich mal die Friedenspfeife rauchen. Wenn ich gerade so darüber nachdenke, scheine ich diese Tradition offensichtlich fortzuführen, wenn auch nur in Bezug auf meine Ex.

Historisch betrachtet hätten die Menschen in Namibia auch heute noch einige Gründe so richtig sauer auf uns Deutsche zu sein, aber sie sind es nicht, zumindest kommt es mir nicht so vor. Wahrscheinlich hat das viel mit der Mentalität dieser Menschen zu tun und jetzt, nach fast zwei Wochen Namibia-Reise wird mir bewusst, dass ich so gut wie keine Kontakte zu echten Namibianern hatte. Die meisten Menschen, die ich getroffen habe, sprachen Deutsch oder hatten zumindest ein wenig deutsches Blut im rechten Arm. Die wenigen Schwarzen, die ich traf, haben unterwürfig ihren Job gemacht und waren durchweg eher zurückhaltend. Ich möchte gerne mehr über diese Menschen hier erfahren, aber wie willst du das in zwei Wochen machen? In der kurzen Zeit hast du kaum Chancen diese Menschen besser kennenzulernen, dafür müsstest du ihnen mehr Aufmerksamkeit schenken und nicht so wie ich 14 Tage durch die Wüste hetzen, nur um auch alles zu sehen, was auf der Liste stand. Ich habe hier in Namibia deutlich mehr gesehen als ich zu hoffen gewagt hatte und ich will keinen dieser Tage missen. Ich werde noch lange Zeit an die Herero-Frauen in Windhoek in ihren bunten Kleidern denken, an die verkappte Nazi-Oma in Swakopmund oder an Swantje und Luuk, mit denen ich auf Safari ging. Selbst die nervigen Japaner werden einen Platz in meinem Herzen finden, denn wäre ich nicht vor ihnen aus der Etosha-Pfanne geflüchtet, hätte ich vermutlich Isabel, Jule Verena und Max niemals kennengelernt. Ohne die Vier hätte ich die Hippos verpasst und wäre wohl auch nie mit meinem kleinen Freund Joe am Rand des Viktoria Wasserfalles rumgeturnt. Die beiden Adipositas-Schwestern aus Wiesbaden, deren Namen ich versuche zu verdrängen, sind gerade noch ein wenig präsent, aber die werde ich hoffentlich bald vergessen haben. Da wären noch die Affenbande und die Rasselbande, die mir mehr als eine gute Geschichte geliefert haben und über die noch viele andere Menschen lachen werden. Und dann gibt es noch Elke.

Über Elke werde ich zuhause allerdings keine Geschichten erzählen, sondern ich werde alles daransetzen, dass Elke und ich gemeinsam eine neue Geschichte schreiben werden, aber die bleibt unser Geheimnis...

Epilog

Den Rückflug habe ich übrigens deutlich bequemer empfunden und das lag wohl auch an mir. Ich glaube ich habe in diesen 14 Tagen einiges abgenommen und das waren nicht nur ein paar Kilos Fettgewebe an den Rippen und an der Hüfte, sondern ich habe mich auch von so einigen Zukunftssorgen entledigt. Seit ich wieder zuhause bin, fühle ich mich deutlich leichter. Meine Action-Hero-Geschichten haben meine Kollegen regelrecht aufgesaugt, aber am meisten gelacht haben sie über Susanne und ihre freche Brust, die unbedingt gucken wollte, wer ihr Frauchen so anschreit.

Natürlich hat mir zuerst keiner die Story mit Joe und den Viktoria-Wasserfällen abgenommen. Die haben so lange über mich getuschelt und hinter meinem Rücken gelächelt, bis ich ihnen die zwei Selfie-Fotos gezeigt habe, auf denen ich Arm in Arm am Rand des Wasserfalles stehe und wir Beide um die Wette grinsen. Ich muss meinen Zahnarzt bei nächster Gelegenheit unbedingt fragen, ob der meine Zähne auch so weiß hinkriegt. Das Gruppenfoto mit Jule und Isabel, auf dem Parkplatz wollten meine jüngeren Kollegen unbedingt genauer anschauen. Offensichtlich haben meine Geschichten über die beiden Powerfrauen Eindruck hinterlassen und der Hinweis auf den offenen Beziehungsstatus der Beiden hat das Interesse nochmal geboostert. Isabel hat mich ein paar Wochen später nochmal angerufen und mir ganz begeistert vom Okovango-Delta erzählt.

Ich bin mir allerdings nicht sicher, ob ihre Begeisterung der Landschaft oder mehr den beiden Naturburschen galt, die sie auf irgendeiner dieser unzähligen kleinen Inseln im Delta zufällig getroffen haben. Glücklicherweise hatten die beiden Männer nicht den gleichen Geschmack und wenn ich das richtig verstanden habe, scheint sich der Beziehungsstatus von Isabel und Jule zwischenzeitlich verändert zu haben. Schade für meine Kollegen, aber für die Mädels freut es mich.

Apropos Beziehungsstatus. Entgegen meiner anfänglichen Bedenken, hat sich Elke total über meinen Anruf gefreut. Ich muss wirklich aufhören mir so viele Sorgen über die Zukunft zu machen, das versaut mir noch mein ganzes Leben. Sämtliche Sorgen, dass ich nach der Trennung von Inge zuhause als Einsiedler vor mich hinvegetieren würde oder sich Elke nach dem Treffen in Namibia nicht mehr an mich erinnern will, haben sich wieder einmal als vollkommen unbegründet erwiesen. Im Gegenteil. Elke und ich haben uns zwischenzeitlich so oft getroffen, dass wir sogar darüber nachdenken zusammen zu ziehen und was soll ich sagen:

Ich habe dabei ein sehr gutes Gefühl!

Wenn Ihnen dieses Buch gefallen hat, dann gibt es noch mehr guten Lesestoff von Markus Zang. Neben den beiden nachfolgenden sehr unterhaltsamen Kurzgeschichten-Büchern, wurden noch zwei weitere veröffentlicht. Sie finden im Anschluss ein paar Leseproben. Viel Spaß!

Freuen Sie sich außerdem schon jetzt auf neue LiLa-Reiseabenteuer. Das nächste Buch nimmt Sie mit auf eine turbulente Gruppen-Reise zu den schönsten Plätzen Ägyptens. Der Endzwanziger Sebastian will sich seinen Kindheitstraum erfüllen und unbedingt die Pyramiden sehen. Aus Bequemlichkeit bucht er eine Gruppenreise, obwohl ihn seine Eltern davor gewarnt haben. Sebastian muss schnell erkennen, dass ihm die sehr „speziellen" Mitreisenden alles abverlangen werden und was er da erlebt, lässt die Leser aus dem Lachen nicht mehr herauskommen!

... und jetzt viel Spaß bei den ausgewählten Leseproben seiner „Wuscheltier-Kurzgeschichten"!

Die erste Kurzgeschichte „Ein bisschen Frieden" stammt aus dem Buch: „Wuscheltiere – Der Soundtrack meines Lebens, über die u. a. der bekannte Comedian Henni Nachtsheim von Badesalz sagt: „Saulustig"!

Los geht`s...

Ein bisschen Frieden

*„Es kann der Frömmste nicht in Frieden leben,
wenn es dem bösen Nachbar nicht gefällt"*

Nicht, dass ich besonders fromm wäre, aber ich habe tatsächlich so einen Nachbarn. Dem gefällt überhaupt nichts, weder meine Gartenhecke, mein Rasen, mein Apfelbaum, meine Grillgewohnheiten und über meine Frau hat er auch schon abfällige Bemerkungen fallen lassen. Über seine eigene Frau übrigens auch, aber er ist halt so. Mein Nachbar Karlheinz ist ein „Nörgler vor dem Herrn". Es vergeht keine Woche in der wir nicht aneinandergeraten. Es ist nie etwas Weltbewegendes, sondern es sind immer nur Kleinigkeiten, aber was will man von so einem Kleingeist auch anderes erwarten? Es gibt Menschen, die fühlen sich offensichtlich nur dann wohl, wenn sie über andere meckern können und sich aufregen dürfen. Manchmal glaube ich die machen das nur, um von sich selbst und ihren eigenen Problemen abzulenken. Ich erwähnte ja schon seine Frau, aber da gibt es sicherlich noch viel mehr.

Karlheinz ist während seiner Wachphasen in einem „Dauererregungszustand" und schimpft fast ohne Unterbrechung gegen seine liebgewonnenen Feindbilder. Dazu gehören diverse Politiker, Wirtschaftsbosse, Gewerkschaften, die Kirche im Allgemeinen, der Papst im Besonderen, natürlich die Fußballmillionäre, das Finanzamt und neuerdings auch unser Bundesgesundheitsministerium.

Wenn man sein Kommunikationsverhalten als „Dauererregungszustand" beschreibt, dann würde ich sein Verhältnis zu seinem Nachbarn auf der anderen Seite, der „Nord-West-Front", wie Karlheinz die Grundstücksgrenze gerne nennt, als „Dauererektion" beschreiben. Was die Beiden sich in den letzten Jahren schon gefetzt haben, ist unbeschreiblich. Vor ein paar Wochen hat sein Nachbar allerdings kapituliert, nachdem er Karlheinz schon zwei Herz-OP`s zu verdanken hatte.

Daraufhin hat die Frau seines Nachbarn die „psychologische Kriegsführung" übernommen und auf eine sehr spezielle Art zurückgeschossen. Man muss sich das mal vorstellen, da hat diese Frau doch tatsächlich an jedem warmen Sommertag in ihrem Garten die Stereoanlage aufgebaut und Karlheinz mit *„Ein bisschen Frieden"* von Nicole beschallt. Natürlich nicht in Zimmerlautstärke, sondern „volle Pulle", sodass selbst ich das noch durch die Wände gehört habe. Am Anfang habe ich mich darüber noch amüsiert und fand das ziemlich originell, aber musste diese Frau ausgerechnet Nicole „ins Kanonenrohr laden"? Da sitzt du im Sommer bei 30 Grad im Schatten auf deiner Terrasse und Nicole singt:

„Wie eine Blume am Winterbeginn
und so wie ein Feuer im eisigen Wind
wie eine Puppe, die keiner mehr mag
fühl ich mich an manchem Tag
Dann seh' ich die Wolken, die über uns sind
und höre die Schreie der Vögel im Wind
Ich singe aus Angst vor dem Dunkeln ein Lied
und hoffe, dass nichts geschieht

Ein bisschen Frieden, ein bisschen Träumen
und dass die Menschen nicht so oft weinen
Ein bisschen Frieden, ein bisschen Liebe
dass ich die Hoffnung nie mehr verlier"

… und als ob das nicht schon „gaga" genug wäre, hat Karlheinz jedes Mal am Gartenzaun gestanden und alle Flüche dieser Welt nach drüben gebrüllt. Fühlt sich so etwa „ein bisschen Frieden" an? Aber Karlheinz wusste sich zu wehren und hat fortan mit AC/DC zurückgeschossen. Da tönte dann abwechselnd *„Highway to hell", „Hells bells"* und *„TNT"* über die Grundstücksgrenze und das wiederum löste etwas aus, mit dem ich niemals gerechnet hätte. Meine Frau und ich wohnen nun schon seit über 30 Jahren hier und wir haben es trotz aller Bemühungen nie geschafft ein Straßenfest zu organisieren.

Plötzlich schossen uns die Müllers, drei Häuser weiter die Straße runter, mit *„Imagine"* von John Lennon ihre „Friedensbotschaften" über den Zaun und John`s Worte waren ganz sicher an Karlheinz gerichtet:

„Stell dir vor, es gäbe keinen Besitz mehr
Ich frage mich, ob du das kannst
Keinen Grund für Gier oder Hunger
Eine Menschheit in Brüderlichkeit
Stell dir vor, alle Menschen teilen sich die Welt
Du wirst vielleicht sagen, ich sei ein Träumer,
aber ich bin nicht der Einzige
Ich hoffe, eines Tages wirst auch du einer von uns sein
und die ganze Welt wird wie eins sein"

Nett gemeint, aber Karlheinz fühlte sich dadurch nur noch mehr provoziert und er lief stundenlang mit seiner „Dauererektion" wie ein angeschossenes wildes Tier zwischen seiner Stereoanlage und seinem CD-Regal hin und her, immer auf der Suche nach neuer Munition. Als die Nachbarn an seiner „Süd-Ost-Front" wegen Ruhestörung mit der Polizei drohten, lies Karl-Heinz von Bob Marley seine eigenen „Drohbomben" abwerfen und die Botschaft war eindeutig: *„I shot the sheriff".* Daraufhin habe ich mich genötigt gefühlt auch etwas zu unserem spontanen Straßenfest beizutragen. Also habe ich meinen angestaubten Ghettoblaster aus dem Keller geholt und von einer alten, selbst aufgenommenen Musikkassette *„Stop the cavalry"* von Jona Lewie ins Rennen geschickt. Immerhin war das ein friedliches Weihnachtslied und es sollte mein aktiver Beitrag zur Deeskalation sein. Es dauerte nicht lange, da mischten sich dann auch die Kramers ein. Die wohnen zwar nicht in unserer Straße, konnten aber trotz rund 200 Meter Luftlinie Entfernung über eine Blumenwiese alles ganz deutlich hören. Die Kramers gehören übrigens zur Kategorie „Altrocker" und daher war ich sehr gespannt was sie zu bieten hatten. Ist das nicht total spannend, wenn man auf diese Art zum ersten Mal erfährt, welchen Musikgeschmack die Nachbarn haben? Wow, ich hätte nicht gedacht, dass sich die Kramers so klar positionieren, aber schon wogten die Gitarren von Guns `n Roses über die Blumenwiese zu uns rüber und Axel Rose schrie Karlheinz an, er sollte doch gefälligst an der Himmelstür anklopfen. Ich muss schon sagen, „Knockin`on heavens door" war eine mutige Wahl, aber sie passte wie die Faust auf`s Auge.

Ich hätte gerne mehr davon gehört, aber so langsam wurde es auf unserem ungeplanten Straßenfest etwas chaotisch. Es versammelten sich immer mehr Menschen in ihren Gärten oder auf der Straße und jeder fühlte sich aufgefordert etwas dazu beizutragen. Plötzlich vermischten sich Fragmente der Wildecker Herzbuben mit denen der Sex Pistols oder Grandmaster Flash, die dann wieder von Nicole oder AC/DC übertönt wurden. Die kleinen Lautsprecher meines Ghettoblasters kamen da schon lange nicht mehr mit. Dann kam mein ältester Sohn plötzlich auf die Idee seine neuen Aktivboxen auf unserer Terrasse aufzubauen und die hatten echt „Wumms". Meine Fresse, was für ein bombastischer Sound, da werden die Nachbarn jetzt aber staunen. Dann überraschte mich mein Sohn allerdings vollends, denn was er an „Munition" zu bieten hatte, würde alle anderen verstummen lassen. Also alle Knöpfe auf zehn und los geht`s mit:

„Was kommt denn da für`n wüster Krach
aus Darmstadt, Frankfurt, Offenbach?"

und was soll ich sagen, ich hatte recht! Die Rodgau Monotones als „Friedensstifter" – unglaublich! Spätestens beim Refrain sang das ganze Wohnviertel gemeinsam „Erbarme, zu spät, die Hesse komme" und überall sah man tanzende Menschen in ihren Gärten. Als ob alle nur darauf warteten, wurden schon mal die Schnäpse aus den Barschränken geholt und als die Stelle kam „Was hatt`n da de Papa da, der hat e Flasch Grappa da de Papa" wurde kräftig eingeschenkt und die Gläser wanderten über die Gartenzäune.

Mein Gott, was haben wir gesoffen. Mit zunehmendem Alkoholkonsum verlor Karlheinz seine „Dauererektion" und er wurde nach und nach richtig locker. Zum ersten Mal in der Geschichte unserer Nachbarschaft haben wir zusammen gefeiert und dabei fielen sogar die „Stellungslinien" an seiner „Nord-Ost" und an der „Süd-West-Front". Selbst die Kramers kamen über die Wiese gelaufen, mit Picknickkörben und Bierkästen bewaffnet und wir versammelten uns alle bei Karlheinz im Garten.

Am Ende lagen dutzende Menschen, mehr oder weniger betrunken auf seinem gepflegten Rasen, sahen in den rosa schimmernden Sonnenuntergangshimmel und sangen gemeinsam:

„Dann seh' ich die Wolken, die über uns sind
und höre die Schreie der Vögel im Wind
Ich singe aus Angst vor dem Dunkeln ein Lied
und hoffe, dass nichts geschieht

Ein bisschen Frieden, ein bisschen Träumen
und dass die Menschen nicht so oft weinen
Ein bisschen Frieden, ein bisschen Liebe
dass ich die Hoffnung nie mehr verlier"

Geht doch...

Die nächste Kurzgeschichte heißt „Pretty Woman" und stammt aus dem Buch: „Wuscheltiere – Kurzgeschichten für Fortgeschrittene". Sie ist nur eine von über 60 lustigen, tiefsinnigen und unterhaltsamen Lebensgeschichten seiner frei erfundenen Protagonisten, die uns Markus Zang in seinen beiden Büchern „Kurzgeschichten für Fortgeschrittene" erzählt...

Pretty Woman

Sybille, „meine Fresse", wie aufreizend sie in der Tür steht. Alles in ihr schreit nach Aufmerksamkeit. Los jetzt, sag was aber sag jetzt bloß das „Richtige"! Eine Stunde im Badezimmer gequält, 30 Minuten in dutzende Cremetöpfe eingetaucht, 20 Minuten durch den Kleiderschrank gewühlt, 10 Minuten vor dem Spiegel gedreht und das alles, für diesen kurzen Augenblick. Dieser Augenblick entscheidet über den ganzen Abend. Ein falsches Wort, ein unpassender Gesichtsausdruck, eine Sekunde zu lange gezögert, ein falscher Unterton und der Abend ist gelaufen. Dieser Augenblick bringt jeden Mann ins Schwitzen.

Wenn ich mit Sybille über das Thema Kleidung und Schminken spreche, sagt sie immer: „Du glaubst doch nicht, dass ich das nur für dich mache, nimm dich mal nicht so wichtig!" Wie gerne würde ich sie jetzt mit ihrer eigenen Theorie konfrontieren, aber meine Intuition sagt mir, lass es! Wenn ich ehrlich bin, würde ich ihr jetzt gerne sagen, dass ich sie mit weniger Schminke viel hübscher finde, dass sie doch auch so, ohne diesen ganzen „Glitter", ganz toll aussieht und ich ihre natürliche Ausstrahlung liebe. Dass sie mir in einer ihrer engen Jeans und in ihrem roten „Schlabberpulli" viel besser gefällt, als in diesem viel zu engen, „papageienbunten" Cocktailkleid und diesen goldenen Riemchensandalen. Es gibt Augenblicke im Leben, da sollte man besser nicht ehrlich sein. Jetzt ist so ein Augenblick.

„Wow!"

Eine Kollegin hat mir mal verraten, dass ein möglichst begeisternd hingehauchtes „Wow" bei einer Frau mehr „Glückshormone" ausschüttet, als der übliche „Murks", den die Männer bei solchen Gelegenheiten ansonsten von sich geben. Wenn du dir den Abend nicht versauen willst, dann sag einfach nur "Wow!", gib ihr einen Kuss an eine Stelle, bei der du möglichst keine Schminke verschmierst, nimm sie an der Hand und sag ihr: „Lass uns gehen, schöne Frau!". Das Blöde an diesem „System" ist, dass Sybille inzwischen glaubt, mir würden ihre Outfits tatsächlich gefallen. Jetzt gehen wir auf diese Party, bei der die meisten Frauen in engen Jeans und „Schlabberpullis" rumrennen und meine Sybille leuchtet dazwischen wie ein bunter „Paradiesvogel", der von „zugekifften" Jugendlichen versehentlich mit Graffiti besprüht wurde. Sybille kann sich in diesem Outfit doch nicht ernsthaft wohlfühlen? Allerdings strahlt sie mich gerade an wie Julia Roberts, als Richard Gere sie zum ersten Mal in der Hotellobby in diesem tollen Abendkleid sieht. Okay, dieser Vergleicht hinkt. Erstens hatte Julia Roberts damals Kleidergröße 34, höchstens 36, war blutjung und nebenbei einer der schönsten Frauen Hollywoods und zweitens entfache ich mit Sicherheit nicht die gleichen erotischen Begehrlichkeiten wie dieser Richard Gere. Wenn ich mich richtig erinnere, dann hatte Julia Roberts in „Pretty Woman" am Anfang auch nur eine Jeans und einen „Schlabberpulli" an und Richard Gere hat sich trotzdem, oder sollte ich besser sagen, „deswegen" in sie verliebt. Sybille hat diesen Film bestimmt schon dutzendmal im Fernsehen geguckt, aber es hat offensichtlich nichts genutzt. Also, gehen wir.

Szenenwechsel

Sybille, „meine Fresse", wie aufreizend sie in der Tür steht. Alles in ihr schreit nach Aufmerksamkeit. Los jetzt, sag was, aber sag jetzt bloß nichts Falsches. Sie ist deine Freundin. Mein Gott, sie sieht einfach nur „scheiße" aus. Also nicht Sybille, aber das, was sie da anhat. Wie konnte es Pascal nur zulassen, dass sie so aus dem Haus geht? Haben die keinen bodenlangen Spiegel zuhause? Sybille hat echt eine tolle Figur, aber in dieser „quietschbunten Wurstpelle" würde sogar jeder x-beliebige „Hungerhaken" aus „Germanys next Top-Model" übergewichtig aussehen. Und dann diese Farbkombination. Natürlich können Frauen Ende Dreißig auch mal ein „extravertiertes" Kleid tragen, von mir aus auch gerne was „Buntes", mit Blumen drauf, aber warum ausgerechnet dieses Kleid? Überdimensionierte Orchideen in leuchtendem Lila, auf hellgrün und zartgelb gestreiftem Untergrund. Und als ob das nicht schon schlimm genug wäre, ist dieses Cocktailkleid mindestens 10 cm zu kurz. Ich meine damit 10 cm kürzer als die „Toleranzgrenze" einer Gastgeberin, die genau weiß, was hier auf ihrer Party gleich abgeht, wenn die anderen Frauen merken, dass sich die Blicke ihrer Männer an den durchtrainierten Oberschenkeln und dem strammen Arsch von Sybille festsaugen. Am liebsten würde ich ihr vor der Nase die Tür zuschlagen. Scheiße, was soll ich denn jetzt machen? Sie ist meine Freundin und ich habe sie auf meine Party eingeladen.

„Wow!"

Wie bitte, das kann Julia doch nicht ernst meinen? Dass die meisten Männer wenig Ahnung von Mode haben, ist bekannt, aber ausgerechnet Julia? Julia arbeitet als Redakteurin bei einem Verlag, der den Markt mit Modezeitschriften und Lifestyle-Magazinen flutet. Die muss doch sehen, dass das „scheiße" aussieht, oder habe ich etwa wieder mal einen Modetrend verpasst und das Outfit von Sybille ist „der letzte Schrei"?

„Der letzte Schrei" passt aber irgendwie, bei dem Anblick schreit auch der Letzte! Vielleicht ist das auch nur so ein „Ding" zwischen Freundinnen, die wollen sich nicht gegenseitig wehtun, die haben für alles Verständnis. Die freuen sich zusammen und die leiden zusammen. Im Moment habe ich allerdings den Eindruck, dass sich Sybille freut und Julia leidet. Wie doof ist das denn? Jeder findet ihr Outfit grässlich und keiner traut sich was zu sagen. Wenn noch nicht mal der Partner oder die beste Freundin ehrlich zu dir sind, dann stimmt doch was nicht. Jetzt ist allerdings der falsche Zeitpunkt über dieses Thema zu diskutieren. Gibt es dafür überhaupt einen richtigen Zeitpunkt? Natürlich laufe ich in solchen Momenten Gefahr, den anderen emotional zu verletzen, wenn ich ehrlich sage, was ich denke. Nur, wer fragt nach meiner Emotionslage, wenn ich weiterhin schweige? Apropos Schweigen, von einem Moment auf den anderen wird es mucksmäuschenstill im Wohnzimmer. Das ist die Ruhe vor dem Sturm. Einen Sekundenbruchteil später folgt genau das, was ich befürchtet habe. Nein, es kommt schlimmer.

Szenenwechsel

Im Nachhinein gesehen war es die falsche Entscheidung auf diese Party zu gehen, also ich meine, in diesem Outfit auf die Party zu gehen. Ich glaube Julia nannte das höflich „overdressed" oder „overstyled". So oder so ähnlich klangen auch die Kommentare von den anderen Partygästen, also die netteren Kommentare. Da kamen aber noch ganz andere. Da Sybille mit ihrem Outfit etwas länger gebraucht hatte, kamen wir natürlich auch etwas später zur Party, genau genommen zwei Stunden. Natürlich hatten zu diesem Zeitpunkt die meisten Gäste schon zwei Runden Begrüßungs-Sekt intus und einige Gläser Wein gebechert. Kurz: Die Stimmung was ausgelassen! Kein Wunder, dass da die eine oder andere Zunge schon etwas lockerer saß, als man das normalerweise erwarten würde. Irgend so ein Trottel macht dann den Anfang und es nimmt seinen Lauf. Das nennt man Gruppendynamik!

Warum musste dieser Typ auch ausgerechnet „Du siehst ja geil aus!" durch`s Wohnzimmer rufen. Okay, der Typ meinte das vermutlich ehrlich und anerkennend, denn er zeigte auch körpersprachlich eine deutlich wahrnehmbare Begeisterung. Es mag ja Situationen geben, in denen sowas passt und die weibliche „Zielperson" nicht abgeneigt ist, diesen Flirt, wenn auch auf niedrigem Niveau, anzunehmen. Blöd war nur, dass dieser Typ direkt neben seiner Partnerin stand und die für seine Begeisterung wenig Verständnis zeigte, was sich dann auch bei ihr körpersprachlich ausdrückte. Ich glaube, die hatten auch ohne diesen „Fauxpas" schon Stress miteinander, sonst hätte sie ihm nicht gleich eine Ohrfeige gegeben.

Daraus entwickelte sich sofort eine Gruppendynamik, die ein Psychologe vermutlich als „Solidaritätstumult" umschreiben würde. Ich denke, dass in diesem Moment der Eskalation, die eine oder andere Frau ihren Mann auch gerne geohrfeigt hätte. Nicht, weil der Sybille auch „geil" gefunden oder ihr zu lange auf den Arsch geschaut hätte, nein, einfach so. Gründe gibt es immer. Mein Vater hat früher gerne vom „Zarten Geschlecht" gesprochen, wenn er über Frauen erzählte. Der hätte vorhin dabei sein sollen, dann würde er so etwas nie wieder behaupten.

Wenn es um Eifersucht geht, können Frauen zu Hyänen werden. Wir Männer sind aber auch manchmal echt unüberlegt in unseren Handlungen. Anstatt peinlich zu schweigen, wie es in einer solchen Situation angebracht gewesen wäre, nein, da mussten auch noch andere „ins gleiche Horn blasen". „Rattenscharf" war da im Vergleichsranking noch harmlos. Die anderen Bemerkungen habe ich geflissentlich verdrängt. Sybille hat sie offensichtlich nicht verdrängt. Sie liegt jetzt heulend auf der Couch und würde sich am liebsten verkriechen. Es ist ja nicht so, dass Frauen für ihre Figur oder für ihr Outfit nicht bewundert werden wollen. Hin und wieder ein ehrlich gemeintes Kompliment ist gerne willkommen, wobei man gerade als Mann immer aufpassen sollte, wann und wo man was sagt. Stell dir vor, du gehst mit deiner Frau auf eine Party und sagst der Gastgeberin, wie toll sie aussieht, ohne, dass du deiner eigenen Frau vorher mindestens die „doppelte Ration" gegeben hast. Aus, vorbei, der Abend ist gelaufen. Oder du sagst deiner Frau: „Schatz, du siehst heute Abend toll aus!". Was dann folgt, ist absehbar:

„Wie, nur heute Abend und ansonsten sehe ich nicht gut aus?". Das ist schon eine „hohe Kunst", in solchen Situationen die richtigen Worte zu finden. Auf der Party hat keiner die richtigen Worte gefunden. Ehrliche Worte, ja, aber sie waren nicht richtig, sonst wäre dieser Abend nicht so verlaufen. Nachdem die erste Frau ihre Hemmungen über Bord geworfen und ihren Mann geohrfeigt hatte, zeigten sich die anderen Frauen solidarisch und schon ging sie los, die „Hexenjagd". Klar, Sybille war die „Hexe". Nichts schweißt mehr zusammen als ein gemeinsames Feindbild.

Julia hat mir später im Vertrauen gesagt, es hätte ganz bestimmt nur an den 10 cm gelegen. 10 cm Stoff, die über „schön" oder „geil" entscheiden. Hätte dieser „Typ" Sybille zugerufen: „Ey, siehst du schön aus!", hätte er vielleicht nur einen strafenden Blick von seiner Frau bekommen und der Abend wäre anders verlaufen. Ist er aber nicht. Sybille hat ganz schön „ihr Fett weggekriegt". Von wegen „zartes Geschlecht", das war härter als ein „Quentin-Tarantino-Film". Bisher kannte ich solche Ausdrücke und Flüche nur von „aufgepeitschten" Männern, aber in Zeiten von „Trucker-Babes" haben die Frauen echt aufgeholt. Und ich? Natürlich habe ich Sybille in Schutz genommen, so gut es eben ging. Das ist aber nicht leicht, wenn ein Dutzend aufgebrachter Frauen sie am liebsten auf einem „Scheiterhaufen" brennen sehen will. Rein körperlich konnte ich sowieso nicht viel ausrichten, ich bin ja nicht unbedingt der Kräftigste. Rhetorisch war ich auch ziemlich überfordert.

Ich habe ja schon viele Bücher über das gute Benehmen und die wohlwollende Art der Kommunikation gelesen, aber über „sowas" hat noch keiner was geschrieben. Als ob es „sowas" nicht gäbe? Natürlich kann so etwas passieren. Ich war mit dieser Situation auf jeden Fall gnadenlos überfordert. Die ganzen Kerle haben nur blöd zugeguckt und sich nicht getraut, dazwischen zu gehen. Alle hatten „Schiss", dass sie mit ihren Frauen deswegen auch Stress kriegen könnten. So ein feiges Pack! Erst große Klappe und dann den „Schwanz" einziehen. Die Jungs haben sich schnell ein neues Bier geholt und dem ganzen Treiben genüsslich zugeschaut. Selbst Julia und ihr Mann haben nicht eingegriffen. Als Gastgeber ist das aber auch nicht leicht, was willst du da machen? Irgendeinem trittst du dabei immer auf die Füße. Die Beiden hatten die Wahl: Entweder Sybille und ich oder der Rest. Der Rest war zahlenmäßig klar überlegen, da kann ich den Beiden also keinen Vorwurf machen. Nachdem hier nichts mehr zu retten war, habe ich Sybille am Arm geschnappt und wir sind geflüchtet. Ja, geflüchtet! Alle reden von Zivilisation, Integration, sozialer Nähe und emotionaler Intelligenz und dann musst du vor solchen Menschen flüchten. Das alles nur wegen 10 cm Stoff und ein paar angetrunkenen Kerlen, die ihre „Klappe" nicht im Griff haben. Man kann doch nicht alles nur auf den Alkohol schieben. „Tut mir leid Herr Richter, aber der Jägermeister war schuld!"

Ich will nicht wissen, welche Dramen sich jetzt bei den anderen Pärchen zuhause abspielen. Geschieht denen aber auch recht, jetzt haben die endlich mal einen Anlass über ihre eigenen Probleme zu sprechen.

Wenn ich als Frau mit meinem Mann eine „gute" Beziehung hätte, würde ich über so eine „gewagte" Bemerkung hinweghören. Wenn ich aber als Mann, in Gegenwart meiner Frau, so etwas öffentlich sage, dann habe ich offensichtlich keine „gute" Beziehung. So gesehen, war diese Party beziehungstechnisch ein einziger Offenbarungseid! Und jetzt? Wie schaffe ich es, Sybille wieder zu beruhigen? Am besten, ich bringe mich selbst aus der Schusslinie und lenke sie ab.

Vielleicht sollte ich eine DVD einlegen? Vielleicht Pretty Woman? Und wenn die Stelle mit dem „Schlabberpulli" kommt, nehme ich Sybille in den Arm und sage ihr, dass ich sie so am hübschesten finde und ich sie ganz doll liebhabe.

Happy End

... und weil es so schön war, kommt gleich noch eine

Krieg der Sterne

„Bei weniger als vier Sternen würde ich die Finger davonlassen!"

Lothar und seine Sterne. Der Typ ist echt „krass". Lothar verbringt die Hälfte seines Lebens im Internet auf irgendwelchen Online-Portalen und guckt, was am besten bewertet wird, egal was. Dann vergleicht er die Preise auf mindestens drei Preisvergleich-Portalen und freut sich ein Loch in den Bauch, wenn er es anschließend woanders nochmal 30 Cent billiger kriegt. Dann kauft er es und ist glücklich. Er kauft wohlgemerkt Dinge, die er nicht wirklich braucht. Es geht ihm nur um dieses „Erfolgserlebnis". Erfolg ist immer eine Frage der Definition, aber man muss es nicht immer verstehen. Für mich ist das „krank".

Lothar ist aber nicht alleine mit diesen Krankheitssymptomen. Er ist zwar rund um die Uhr aktiv, aber nur wegen ihm allein würde es nicht diese unzähligen Vergleichsportale geben. Früher war ein „Checker" ein Typ, der die Frauen „gecheckt" hat. Der ging denen solange „auf den Nerv" und hat sie mit übertrieben verheißungsvollen und romantischen Versprechungen gelockt, bis er sie endlich ins Bett gekriegt hat. Heute gibt es Check24. Die „checken" bekanntlich alles. Wahrscheinlich kommen die bald auch mit einem Partner-Portal auf den Markt. Ich bin neugierig, wie das aussehen wird. Dann gibt es „Fünf-Sterne-Frauen" oder „Sonderangebots-Männer". Man stelle sich nur mal vor, man würde seinen Partner auf Check24 suchen.

Da findest du dann eine komplett ausgestattete Frau mit vielen Extras zum „Bestpreis", mit über 300 Fünf-Sterne-Bewertungen und liest so Kommentare, wie: „Sieht toll aus; hochwertige Materialien; liegt gut in der Hand; seit zwei Wochen im Dauereinsatz und immer noch voll funktionstüchtig; hat meine Erwartungen voll erfüllt; gerne wieder."

Wer will denn ernsthaft eine Frau, die schon über 300 zufriedene Nutzer hatte? Oder du findest da Männer als „Schnapp des Tages". Da siehst du dann drei mit Photoshop geglättete „Grinsbacken" und darüber in großen Buchstaben: „Kauf zwei, nimm drei!" Lothar würde denen von Check24 aber nicht trauen. Lothar würde sich die Bestellnummer rauskopieren und nochmal schnell bei billiger.de gegenchecken. Nicht, dass er die drei „Grinsbacken" ernsthaft haben wollte, aber es macht ihn eben glücklich. Lothar ist echt krass.

Leider erwische ich mich selbst auch immer öfter dabei, dass ich nach diesen „Sterne-Bewertungen" schaue. Du kannst dich denen ja kaum entziehen, im Internet schon gar nicht. Selbst in den Einkaufsstraßen unserer Stadt werben die immer mehr mit irgendwelchen Sternen. Wenn ich heute einen Laden eröffnen wollte, der irgendwelche unnützen „Sachen" anbietet, würde ich mir ein Firmenlogo zulegen, auf dem fünf Sterne prangen. Außerdem würde ich alle meine Preisschilder rot unterlegen und überall „Sales"-Schilder aufhängen. Wir Menschen ticken so. Alle wollen nur noch „Schnäppchen machen".

In meiner Kindheit hat meine Mutter manchmal eine 10-Kilo-Trommel „Dash" oder „Persil" gekauft, nur weil die im Verhältnis zum Normalpreis zwei Mark billiger war. Mein Vater musste deswegen sogar mit dem Auto in die nächste Stadt fahren, weil es in unserem Ort keinen Supermarkt gab. Dabei war das Benzin meistens teurer als die Ersparnis. Heute weißt du vor lauter Discountern überhaupt nicht mehr, in welchen du gehen sollst und bist du erst einmal drin, siehst du fast nur noch rote Schilder. Die Marketingleute sind ja nicht doof. Nachdem wir über Generationen gelernt haben, dass Sonderangebote immer auf roten Preisschildern angepriesen werden, greifen wir automatisch hin, ohne dass wir nach dem Preis schauen. Allerdings steht auf jedem zweiten roten Schild nur „Aktion" oder eben „Sales", was bekanntlich einfach nur „Verkauf" heißt. Lothar geht übrigens immer mit seinem Smartphone einkaufen. Dann scannt er den QR-Code oder die Produktnummer von der Streich-Mettwurst im Glas oder von in Plastik eingeschweißten Fleischwürsten und schaut, wie viele Sterne die haben und ob er sie irgendwo billiger kriegt. Lothar wirkt dabei immer sehr glücklich. Lothar ist übrigens Veganer. Lothar ist echt krass.

Ich persönlich habe so meine Probleme mit diesen Sternen. Eine Bewertung ist doch immer subjektiv. Was der eine schön oder ganz toll findet, muss dem anderen noch lange nicht gefallen. Da gibt es Menschen, die können sich dafür begeistern, wenn so ein technisches Gerät zwei Dutzend Zusatzfunktionen hat, von denen man eine Einzige vielleicht alle drei Jahre mal brauchen könnte.

Für alle „Normalos", die einfach nur auf einen Knopf drücken wollen, damit das Gerät an oder ausgeht, ist das aber nichts. Was für den einen gut ist, stürzt einen anderen ins Chaos. Aber Hauptsache Testsieger und Fünf-Sterne! Also schnell noch Preise vergleichen und dann mit einem guten Gefühl kaufen. Ist dieses Teil erst mal ausgepackt und in Gebrauch, kommt der „Kaufkater", aber da wir ja den geringsten Preis dafür bezahlt haben, ist das alles nicht so schlimm. Wahrscheinlich quellen vor lauter „Schnäppchen" die Schränke in der Wohnung über. Wenn es zu voll wird, dann werfen wir es eben weg und gucken nach neuen Sonderangeboten. Das ist ja das bescheuerte an diesem „Billigzeugs". In der Regel lohnt es sich nicht, es zu reparieren, also werfen es die Leute gleich in die Mülltonne. So viel zum Thema Umweltverschmutzung und Klimaschutz.

Übrigens sagt man jetzt nicht mehr Sonderangebote, es heißt neuerdings „Deals". Wenn ich was von „Deals" höre, dann muss ich immer an Drogendealer denken. Irgendwie passt das auch. Drogen machen süchtig, Sonderangebote auch. Das geht zwischenzeitlich soweit, dass viele Menschen wie „ferngesteuerte Roboter" nur noch dort in die Regale greifen, wo es die vermeintlichen Sonderangebote gibt. Scheißegal, ob ich das brauche, Hauptsache billig. Vielleicht macht es uns ein wenig traurig, wenn der Bauer nebenan seinen Hof aufgeben muss, weil er nicht genügend Geld für seine Milch kriegt, oder wir ärgern uns, dass Chinas Wirtschaft immer mehr boomt, während alle anderen darunter leiden müssen. Das hält uns aber nicht davon ab, unsere „Geiz-ist-geil-Mentalität" auszuleben.

In einer Talkshow hat ein Psychologe zu diesem Thema einmal treffend bemerkt: „Die Moral der Verbraucher endet an der Ladentheke!" Der hat gut reden, denn diese „Moral" muss man sich erst einmal leisten können.

Dieser „Krieg der Sterne" wird mit den Jahren aber auch immer exzessiver. Wenn einer was im Internet erfolgreich verkaufen will, braucht er für sein Produkt verständlicherweise bestmögliche Bewertungen. Ich vermute mal, die machen das ganz einfach, zumindest würde ich es so machen. Ich lasse alle meine Mitarbeiter und deren Familienangehörige und Freunde mein Produkt und meinen Service bewerten. Zur Not würde ich die mit ein paar Euros motivieren. Da kommen dann schon mal schnell zwanzig oder mehr „Fünf-Sterne-Bewertungen" zusammen. Das sieht auf der Website dann richtig gut aus, wenn die ersten Kunden im Portal unterwegs sind. Im Zeitalter von „Fake-News", darf man doch auch im Internet ein bisschen mogeln. Mogeln, klingt fast schon wie „googeln", aber wir spielen dieses Spiel ja freiwillig mit, es zwingt uns keiner dazu. Wären da nicht die Algorithmen. Die Algorithmen sind nach meiner Überzeugung nichts anderes als eine „moderne Seuche". Die breiten sich überall aus und infizieren die Menschen auf der ganzen Welt. Die übertragen sich vollkommen unbemerkt und keiner kann sich vor ihnen schützen. Naja, es geht schon. Wenn du dich vor einer Grippe schützen willst, dann musst du eben von Oktober bis März zuhause auf der Couch unter der warmen Decke bleiben und darfst nicht rausgehen. Wenn du dich vor Algorithmen schützen willst, musst du eben ganzjährig rausgehen und deine Sachen „offline" kaufen.

Die meisten Menschen regen sich darüber auf, dass ihre Innenstädte immer mehr „verwaisen" und es zwischen den Dönerbuden, Nagelstudios und Handyläden kaum noch vernünftige Einzelhandelsgeschäfte gibt, sorgen aber selbst dafür, dass sich in Sachen „Konsum" fast alles nur noch zwischen dem Paketauto und ihrer Haustür abspielt. Es soll Menschen geben, die sehen den Paketboten häufiger als den eigenen Ehepartner.

Da fällt mir ein, dass Zalando diese Werbung zwischenzeitlich abgesetzt hat: „Ich schrei vor Glück!". Die war am Anfang der Kampagne ziemlich lustig, aber wenn du deine Pakete jetzt ständig beim Nachbarn oder in einer weit entfernten Filiale abholen musst, ist das weniger lustig. Das mit dem „Hin und Her" wird sowieso immer mehr zum Problem. Ich meine das ökologisch. Wenn du dir die Umsatzzahlen von Amazon & Co. anschaust, wird dir doch schwindelig. Es soll Menschen geben, die bestellen sich jede Woche mehrmals irgendeinen „Scheißdreck", den sie, wenn sie ehrlich zu sich selbst wären, meistens nicht wirklich brauchen, nur damit sie jeden Tag dieses Spannungs- und Glücksgefühl haben, wenn sie ein Paket aufmachen dürfen. So, als ob jeden Tag Weihnachten wäre. Dadurch fahren die Paketautos rund um die Uhr kreuz und quer durchs Land und verpesten die Luft. Die Pakete werden aufgerissen und die Verpackungen müssen später, nach der Rückgabe, wieder erneuert werden. Alles, was nicht perfekt aussieht oder funktioniert, landet nach der Rücksendung in der Regel auf der Müllkippe. Was das für Ressourcen kostet?

Das ist doch krank. Wir wollen unser Klima retten und dann sowas. Da wird produziert was das Zeug hält und für was? Damit es einigen Menschen nicht langweilig wird und wenigstens der Paketbote hin und wieder mal nach ihnen schaut?

Und jetzt steht Lothar an meiner Haustür und erzählt mir was von seinen „Sternen". Der ist echt krass.

„Du Lothar, kannst du bitte mal aus dem Weg gehen, der Paketdienst kommt."

Wem diese Bücher gefallen, dem werden vielleicht auch seine selbstkomponierten, deutschsprachigen Pop-Songs nicht mehr aus dem Ohr gehen. Die Songs von seinem Bandprojekt „Marsecco" finden Sie im Internet, auf allen bekannten Portalen zu kaufen oder zum streamen.

Wer Lust auf „mehr" hat und gerne eine richtige CD mit einem tollen Booklet in den Händen halten will, der kann sie hier bestellen: mail@markuszang.de
Einfach das „Zauberwort" MANNI mit angeben und schon sparen Sie bares Geld. Für meine treuen Leser trenne ich mich von CD`s für jeweils 10 € inklusive Versandkosten.

Wer mehr über Markus Zang, seine Bücher, Musik und seine sonstigen kreativen Aktivitäten wissen möchte, der geht einfach auf:

www.markuszang.de/kreativ

Markus Zang

Chronologie
(Bisher erschienen 5 Bücher im twentysix-Verlag)

Der Tod ist kein Arschloch (Roman)

Wuscheltiere (Kurzgeschichten)

Band 1: Kurzgeschichten für Fortgeschrittene
Band 2: Kurzgeschichten für Fortgeschrittene 2
Band 3: Der Soundtrack meines Lebens

LiLa Reiseabenteuer (Romane aus aller Welt)

Band 1: Namibia
Manni auf Abwegen

Ausblick:
Band 2 erscheint im August 2022 (Ägypten)